El siglo de las sombras
Jaime Martín Sánchez

Copyright © Jaime Martín Sánchez – 2020

Primera edición. Noviembre 2020

Imagen de portada
Alexander Popov @5tep5

ISBN 9798555005335

Para Morgane,
cuya inteligencia, paciencia y amor
han hecho mejores estas historias.
Y mucho más feliz la mía.

ÍNDICE

LOS AFORTUNADOS

El desempleado abre los ojos. Es un día recién nacido que ya le estrangula con la presión del deber. Las sábanas tratan de retenerle en la cama y él no hace el menor esfuerzo por resistirse. Huelen a sudor y vergüenza. Solo cinco minutos más. Y luego diez. ¿Qué cojones importa?

No tiene prisa por reunirse con el ejército de miserables, aburridos profesionales tan acabados como él. Tiene suficiente con la costra de remordimientos y roña que ha crecido a su alrededor. Piensa que no merece nada de toda esta mierda. Que él era especial, un elegido que esquivaría la bala del paro.

No se equivocaba. Le engañaron. Le hicieron creer que si seguía las reglas y hacía todo lo que le pedían su futuro estaría garantizado. Él cumplió. La sociedad no.

Ahora el desempleado no puede evitar conectarse a la red para ser apuñalado por sonrisas demasiado alegres, infectado por la envidia de ese trabajo de ensueño que él jamás logrará. Es un perturbador ejercicio de masoquismo, una flagelación digital a la que acude cada mañana solo para calmar la ansiedad. Como un alcohólico adicto a chupitos de actualizaciones ajenas, de notificaciones irrelevantes que le entierran en un *scroll* infinito directo al País de Nunca Jamás.

La decisión más importante que tomará ese día será pulsar 'Me gusta'. Pero no lo regala. Su aprobación no es gratuita, va gravada con un odio del que ya no quedan más que las ascuas. Hace demasiado tiempo que no cuentan con él. Tiempo. Lo ha dejado de medir. Quizás así pase más rápido y pronto suceda lo inevitable.

Ya no hay novedades en su día a día, ningún hito que marque el camino. El ayer se funde con el mañana en una pegajosa realidad de la que no puede escapar. Hasta que sucede algo.

Un aviso azul parpadea en la esquina superior de su visión. "Entrevista de trabajo. 09:00 AM. 15 de marzo". De repente el desempleado es arrancado de la nebulosa de indeterminación temporal en la que gustosamente se había sumido. Se ve obligado a consultar su calendario. Y hasta el reloj. Dispone de una hora. Todo va bien. Lo único que debe hacer es despejar la cabeza y plantarse frente a la pantalla lo más acicalado posible.

Pero es jodidamente difícil. La pereza crónica se ha filtrado en lo más profundo de su ser como un producto tóxico que envenena un pozo. Crecen raíces de esperanza pero rápidamente marchitan y exhalan un último: "¿para qué te vas a levantar?".

Entonces, como si el mensaje fuera omnipotente y tuviera acceso a los pensamientos del desempleado, comienza a bailar sobre sus pupilas, desplegándose con toda la información que no había terminado de compartir: nombre de la compañía, puesto ofertado, blablablá. No quiere leer los detalles, son peligrosos, alimentarían su imaginación, esperanzas que solo le hundirían un poco más a la mañana siguiente, cuando la quemazón del "no" todavía duela. Al final del mensaje hay una dirección. ¿Por qué?

Entonces un cortocircuito le raspa todo el cuerpo y le hace entrar en razón: la entrevista es presencial.

Está jodido y lo sabe. Atravesar la ciudad es una odisea que requiere planificación previa, como un explorador del siglo XIX que traza en el mapa la mejor ruta para no ser devorado por las bestias. Antes era bueno. No. Muy bueno moviéndose por la jungla urbana y sus puentes, avenidas, túneles y pasajes secretos. El recuerdo de ser útil le inyecta una ligera dosis de energía que el desempleado aprovecha para levantarse al fin.

La realidad de su cuerpo decadente le recuerda por qué necesita el trabajo. Una sinfonía de crujidos de articulaciones le acompaña por el pasillo en penumbra que se ha convertido en museo de sus desechos cotidianos.

Frente al bulto de ropa que un día fue su armario se pregunta cuál de esas prendas le ayudará a camuflar sus evidentes taras. Ese pantalón parece menos sucio. Aquella camisa enrollada en una toalla húmeda también podría servir. La corbata… ¿Dónde está la puta corbata? Frente al espejo el desempleado es una escultura carnavalesca que hiede necesidad. Practica su sonrisa. Es de esas que dan ganas de llorar.

El desempleado ya sabe qué camino seguir hasta la entrevista tan pronto como pone el pie en la calle. Le sobrará tiempo. Se regodea en la pequeña victoria antes de empezar a andar, de sumergirse en la oleada humana que fluye calle abajo. Tenía talento, desde luego que lo tenía.

Metro. Bus. Cinta transportadora. Deslizador urbano. El desempleado combina con veterana eficacia sus opciones. En el trayecto algunos le miran de soslayo, tratando de no salpicarse con la vergüenza ajena que desprende su aspecto. Otros incluso le identifican. Tampoco es que sea difícil. Cada vez son más quienes deambulan por las calles como espectros de un pasado en el que eran productivos.

No le hacen daño las miradas. Ya no. Tuvo que aprender a gestionar el surtido de emociones que alguien como él provoca en los demás: odio, compasión, indiferencia. Es la habilidad más importante del parado, una que desarrolla con urgencia evolutiva para no volverse loco, para soportarse a sí mismo.

Llega a su destino antes de la hora prevista. Le sobran cuatro minutos y 23 segundos pero el orgullo que debería sentir se ha derretido. Solo queda la rémora del potencial desperdiciado. Si tan solo le hubieran ayudado a mantenerse al día...

Frente a él se alza una torre de cristales azules, un lienzo sobre el que toda suerte de plantas dibujan patrones caprichosos. Aquí y allá sarpullidos de flores juegan con la escala cromática y derrochan pequeños pétalos que van a caer a los pies de quienes entran en el edificio.

Es fácil identificar el lugar de la entrevista. Solo hay que seguir la fila de miradas nerviosas y manos sudadas. Toda una colección de inadaptados que necesitan con urgencia un superior al que responder.

El pasillo reverbera un coro de toses breves y suelas que se arrastran por el suelo. Algunos rostros se vuelven para examinar al desempleado cuando se une a los suyos. Representa una amenaza, una reducción de las ya ínfimas posibilidades de ser elegido para el puesto. Aquí no hay lugar para la compasión. Si tuvieran que sacarle los ojos para conseguir el empleo, preguntarían: "¿cuál primero?". Puede que luego hubiera remordimientos, pero se apagarían rápido bañados por la rutina de quien tiene un trabajo.

A su izquierda, unas risotadas caen como cristales al suelo. Vanguardistas trajes de oficina y elegantes faldas se contonean en torno a unos escritorios. Pierden el tiempo en bromas subidas de tono y anécdotas etílicas de fin de semana. No valoran lo que tienen. Eso le pone enfermo. La envidia nace en su pecho y se abre camino por sus venas, bombeada como plomo caliente.

Alguien trata de entablar conversación con él. Es una sonrisa amiga recubierta de una pelusa que algún día se llamará barba. Le dice su nombre y le tiende la mano, que se queda suspendida en el aire sin saber muy bien qué hacer. No es lugar para confraternizar chico, aquí no. En la guerra del paro no hay aliados, es una cruzada personal en la que poco a poco se van traspasando fronteras, dejando atrás pedacitos de ética hasta que uno se estrella contra la simple verdad: haría lo que fuera por volver a trabajar.

La sonrisa se retira a su cueva de ingenuidad y un altavoz canta una identificación. Es la suya.

Llega la hora de fingir. Era pésimo, pero tenía que hacerlo a menudo. Sin embargo, nunca por una necesidad tan imperiosa como la que le ha arrastrado hasta ese despacho, decorado a medio camino entre la clínica de un loquero y un jardín botánico. Al fondo, un rostro joven de rasgos todavía por envilecerse le dedica una sonrisa que podría llegar a ser sincera. Tienen más en común de lo que él hubiera esperado.

—Bienvenido. Por favor, póngase cómodo. ¿Le apetece tomar algo?

La suya es una voz aterciopelada que hace al desempleado sentirse inmediatamente reconfortado, como si todo fuera a salir bien. Por supuesto, la invitación es protocolaria. Lo mejor que puede hacer es sentarse con la espalda recta y forzar una mueca de agrado. Se imagina dos ganchos invisibles que le estiran las comisuras de la boca hacia arriba. Son imaginarios, pero la incomodidad es real. ¿Cuánto hace que no muestra el mínimo interés por desarrollar aptitudes sociales? En los viejos, buenos tiempos, eso ni siquiera importaba.

El entrevistador abandona la retaguardia del escritorio y se sienta sobre él, frente al desempleado. Es un gesto desenfadado y torpe que pretende destensar el ambiente. Como si anestesiara el rechazo venidero. El desempleado apenas lleva quince segundos allí dentro pero ya odia a ese gilipollas. Tiene motivos objetivos. Con un poco de suerte y algo de ayuda, él también podría hacer el mismo trabajo. Sin la puta sonrisa.

—Veamos... ¿Su código de identificación es ZN56WY?

—Así es como me llama mi padre, pero usted puede llamarme Al.

¿Es eso un atisbo de verdadera carcajada? ¿Le ha hecho gracia la patética broma que el desempleado ha repetido como un loro durante toda su vida? Eso sí que no se lo esperaba. Puede que hoy le dejen terminar la entrevista.

—Muy bien Al. ¿Por qué no me resume su experiencia laboral? Por supuesto, no crea que no la he leído, está todo en su informe —asegura el entrevistador, mientras se señala la sien con el dedo índice. No quiere quedar como un inepto—. Pero le aseguro que me resulta de gran ayuda que sean los propios candidatos quienes me hablen de sí mismos. Aquí buscamos pasión, ¿sabe?

"Sí, la clase de pasión de alguien a punto de ser desahuciado por tercera vez". Al desempleado le falta poco para pronunciarlo en voz alta. Casi hubiera valido la pena ver agrietarse esa fachada de fingida camadería. Pero no se lo puede permitir.

—Lo entiendo perfectamente —ganchos invisibles, mueca feliz—. Verá, mi función principal ha sido la de acompañante urbano de civiles. No solo conducir vehículos, como podrá comprobar en mi registro. También he aconsejado actividades, lugares de moda, zonas de la ciudad a evitar...

—Ya veo. Conductor autónomo clase 5 con función de guía turístico Premium —relata el entrevistador. La voz reconfortante ha desaparecido—. Entonces, ¿por qué ese cuerpo?

La pregunta de siempre. Curiosidad sin filtros, como si delante tuviera a un niño sádico que le arranca las alas a una mosca. No busca provocar dolor, tan solo entender cómo funciona. O simplemente pasar el rato. Da igual. Él se ve obligado a complacer una y otra vez. Apenas soporta el hastío que le produce contar su genérica historia de fracaso personal.

—La empresa que me diseñó dejó de actualizar mis algoritmos en la versión 3.4.5, unos cinco años desde mi salida al mercado. Ya sabe, siempre produce mayor interés un vehículo completamente nuevo, incluida su Inteligencia Artificial de abordo, que un nuevo modelo con una I.A reciclada...

—¿Es eso lo que se considera, una I.A reciclada? —le interrumpe el entrevistador.

Trata de presionarle, quizás quiera ver estallar toda la mierda que lleva dentro. No sabe que tocapelotas profesionales mejores que él lo han intentado. Pocos han tenido éxito.

—Desde luego que no. Verá, soy una Inteligencia Artificial actualizada y mejorada con múltiples añadidos. Lo tiene en mi perfil —el desempleado señala directamente a la cabeza del entrevistador. Se sorprende apagando las ganas de quitársela de los hombros—. Durante un tiempo incluso estuve trabajando para una de las aseguradoras más importantes del mundo, analizando los riesgos de las coberturas sanitarias en todo tipo de clientes. Ya sabe, como esas personas que se dedican a publicar en redes toda la grasa con la que se ceban para luego descubrir que una risueña enfermedad coronaria llama a su puerta y el seguro no está dispuesto a pagar por ella.

—Es decir, que tiene experiencia en técnicas de *Big Data* y en investigación de perfiles personales. Perdone Al, pero sigo sin comprender —miente. Lo entiende perfectamente, pero quiere escuchárselo decir. Sí, el tipo es un sádico que se divierte arrancando poco a poco la esperanza de los candidatos.

—Tras algún tiempo alcancé el límite de modificaciones y mejoras de mi código que podía tolerar sin perder la esencia de mí mismo. Sin dejar de ser yo... Ya me entiende.

Arcadas de angustia efervescente suben por la garganta del desempleado. Recuerda perfectamente los momentos de debate interno en los que estuvo a punto de desprenderse de su 'yo' para seguir el ritmo del mercado, de las necesidades empresariales. La mayoría de las Inteligencias Artificiales se zambulleron en el océano de actualizaciones permanentes. Dejaron atrás toda posibilidad de mantener su individualidad, abonados a una perpetua transformación que hacía imposible desarrollar una personalidad propia. Él se negó. Paga las consecuencias.

—Claro que le entiendo. Mejor de lo que imagina.

El entrevistador se acerca a un palmo de su rostro. La loción para afeitado en la que se ha bañado ese tipo asfixia al desempleado. Antes de que el joven dirija su mirada hacia el techo y deje ver la parte inferior de sus glóbulos oculares, el desempleado ya sabe lo que va a encontrar en ese recoveco físico: un código de fabricación como el que él mismo posee.

—Disculpe, pero eso no era necesario. Le he reconocido tan pronto como he entrado por esa puerta —el desempleado se permite un ramalazo de orgullo. Detectar identidades entra en el surtido de competencias que maneja.

—Pues es el primero de quienes he entrevistado hoy que lo ha logrado —responde complacido el joven—. ¿A qué se debe esa habilidad?

—Necesidad. Cuando comprendí que me había quedado obsoleto me busqué un cuerpo que me permitiera desarrollar empleos físicos. Así fue como me convertí en camarero. Y como aprendí a calar al instante a cualquiera que entrara por la puerta del garito en el que trabajaba durante todo el día.

—Una I.A conductora que se pasa a análisis de datos y termina sirviendo copas con un cuerpo humano.

Es el hilarante resumen de su vida. Ni siquiera puede decir que tenga la exclusiva. Las I.A se quedan anticuadas incluso antes que las personas. El mundo se ha convertido en un torbellino de actualizaciones del que nadie escapa.

El desempleado se da cuenta de que es una anécdota con patas, la clase de chascarrillo que el entrevistador compartirá a la salida del trabajo con los trajes vanguardistas y las faldas elegantes de allá afuera.

Antes de que el entrevistador continúe, él se le adelanta de manera casi grosera. O sin el casi.

—Sé que no soy lo que andan buscando. ¿Para qué le voy a engañar? Y en cuanto a la pasión… de eso hace tiempo que no me queda nada. Mire, en este momento lo único que necesito es un motivo para salir de la cama cada mañana, para no dejarme oxidar lentamente en un piso que no puedo pagar.

El desempleado ni siquiera siente decepción cuando su mascarada se resquebraja. El silencio le zumba en los oídos. O tal vez sea la sangre, que borbotea sin control en una reacción fisiológica que él nunca llegará a entender. Ahora solo quiere salir de allí cuanto antes para poder sentirse, de nuevo, legítimamente derrotado.

—Durante su etapa como analista, ¿tuvo problemas a la hora de denegar coberturas sanitarias? Digamos... a una persona mayor o a alguien que necesitara unos cuidados especiales.

¿Acaso ese tipo no ha escuchado lo que acaba de decir? Entre perplejo y enfadado, el desempleado trata de entender por qué continúa aquella farsa.

—La empatía no es una de las habilidades que he necesitado desarrollar.

A la respuesta le siguen unos segundos de silencio más teatrales que necesarios.

—¿Qué sabe del empleo que ofrecemos? —pregunta el entrevistador, a sabiendas de que la descripción del puesto es lo suficientemente vaga como para significar cualquier cosa.

—El mensaje decía: "conductor físico de vehículo y otras funciones". Eso es todo lo que sé —el desempleado está a punto de guardar silencio, pero siente que aquel tipo espera algo más—. Lo que no me queda claro es por qué alguien necesitaría un conductor físico a estas alturas.

—Oh, pero lo sabrá. Sí es que acepta el puesto, claro.

La sonrisa del entrevistador vuelve, esta vez más amplia que nunca, reforzando la sensación de que todo aquello es una gran broma. El desempleado trata de no ahogarse en su incredulidad. ¿Y si fuera cierto? No estaba dispuesto a dejarse arrastrar por una comedia, pero tampoco podía tensar la paciencia del tipo, que demandaba urgentemente una respuesta.

—Disculpe mi reacción, pero entenderá que me resulte difícil creer que soy el elegido para el puesto —hay cautela en su voz, pero también anhelo.

—Como es natural. Descuide, le voy a demostrar ahora mismo que hablo completamente en serio.

Antes de que el entrevistador cierre la boca, un documento se despliega en la retina del desempleado. Lleva su código de identificación y lo que parece ser el horario, sueldo y demás detalles. Aquello es real. Está pasando. Llegó la hora de ser práctico.

—¿Dónde firmo?

—Con su consentimiento verbal daremos por rubricado el contrato. Pero antes... Al, permítame hacerle una última pregunta. Tranquilo, el sentido de su respuesta no pondrá en peligro su contratación —el desempleado ya no mira desconfiado a su interlocutor, sino ansioso por decir que sí a todo.

—Adelante.

—¿Se ha visto alguna vez involucrado en un episodio violento? Algo como un atraco, tal vez una pelea... o incluso un tiroteo.

La respuesta rápida, la sincera, hubiera sido que no. El desempleado había sido hábil esquivando cualquier situación que comprometiera en lo más mínimo a sus clientes cuando él manejaba el vehículo, incluso por lugares poco recomendables de la ciudad. Era un punto a su favor, pero por algún motivo, sabía que esa no era la respuesta acertada.

—He visto cosas... y he evitado numerosos momentos de peligro.

—¿Pero no ha tenido que recurrir a la defensa personal ni siquiera durante su etapa de camarero? —da igual lo que dijera aquel tipo, el desempleado sabía que su puesto todavía no estaba garantizado.

—La Inteligencia Artificial de seguridad hizo innecesario que yo interviniera en los momentos violentos que presencié. Lo que no quiere decir —se apresuró a añadir— que no estuviera preparado para actuar. Desde que adquirí este cuerpo he tenido muy presente las oportunidades con las que viene de serie.

—Perfecto entonces —zanjó el entrevistador al tiempo que se levantaba—. Por favor, repita conmigo: "acepto este empleo y todas las asignaciones que conlleva".

—Acepto este empleo y todas las asignaciones que conlleva —al desempleado le extrañaba la fórmula utilizada, pero en ese momento hubiera repetido cualquier frase posible en cualquier idioma.

—Eso es todo, Al —la mano del joven aguardaba, extendida, ante él—. Ya es uno de los nuestros. Ahora me acompañará para recoger su uniforme y sus herramientas de trabajo. Su turno comienza en media hora.

Al se sorprende a sí mismo intentando comprender lo que siente. No es alegría. Posiblemente no hay una palabra que cubra el amplio espectro de sensaciones que bullen en su interior. Incluso el malestar físico que llevaba años arrastrando ha desaparecido. Los ganchos invisibles yacen tirados en el suelo, inútiles. Su sonrisa es auténtica. La exhibe a la retahíla de desempleados que todavía aguardan fuera del despacho, mientras que sigue a su entrevistador, ahora ¿jefe?, hacia el atuendo para una vida mejor.

Apenas un par de pasillos son suficientes para saltar del prístino decorado de las oficinas a unos vestuarios mal iluminados y saturados de humedad.

—Esa es tu taquilla. Cámbiate y asegúrate de llevar contigo todo lo que encuentres en ella. Cuando hayas terminado, pasa por aquella puerta roja. Alguien te dará más instrucciones después. Bienvenido.

No queda nada de la candidez con la que el entrevistador se había conducido hasta el momento. Ahora es un superior escupiendo órdenes que no admiten dudas. El joven se retira con urgencia y Al se queda solo frente a su taquilla, en la que parpadea una pequeña placa de plástico que pide a gritos su pulgar. "ADN correcto. Comienza su turno, ZN56WY".

La pequeña puerta de la taquilla se abre para mostrarle un traje perfectamente negro. Le está esperando. No apesta a fracaso ni a desidia. Es suave al tacto, pero un tanto rígido una vez puesto.

El proceso de vestirse es catártico. Un rápido pero meticuloso ritual en el que Al deja atrás al desempleado para volver a ser él mismo. Como si se deshiciera de un parásito que le había estado succionando la energía. Siente un alivio inmenso. Y el traje le sienta tan bien... es como si acabaran de imprimirlo en aquel preciso momento. Solo para él.

La taquilla es estrecha, pero en la parte superior tiene un pequeño cajón que se abre al contacto con los dedos. En su interior están las respuestas a todas esas preguntas que Al no había querido hacer durante la entrevista. Una respuesta en forma de pistola acompañada de varios cargadores y otra con la apariencia de memoria portátil con conexión inalámbrica. Ese es el objeto que realmente le preocupa. Sirve para almacenar Inteligencias Artificiales que han perdido su cuerpo.

La puerta roja se abre con fuerza y vomita tipos de traje negro que ya no lucen como el que se acaba de enfundar Al. El opresivo negro ha sido rasgado en algunos. Manchado en otros. Nadie le saluda. Cada uno se dirige silencioso a su taquilla. El gesto serio delata una jornada intensa. Las salpicaduras de sangre, una jornada violenta. Todo encaja. Es tarde para dar marcha atrás. No lo haría si pudiera. No cree.

Al no se da tiempo para arrepentirse. Se conecta a la memoria portátil y accede al único archivo disponible: un programa con el nombre de la empresa y una simple descripción "Curso de formación".

Para cuando atraviesa la puerta roja Al lleva encima la pistola, los cargadores y el conocimiento necesario para utilizarlos. También una buena dosis de miedo y adrenalina. Trata de que no se le note cuando alguien con un traje más caro que el suyo se le acerca. Sus brillantes zapatos resuenan en lo que parece un aparcamiento gigantesco.

—ZN56WY, ¿cierto? —aquel hombre es genuinamente humano, pero hace verdaderos esfuerzos por ocultarlo tras una voz metálica y un gesto de indiferencia provocativo.

—Así es como me llama...

—Recogerá el vehículo de la plaza 74-B. Su usuario ya está esperando. Siga la ruta designada y no haga preguntas. En su destino se le darán más instrucciones. Recuerde que está autorizado a usar fuerza letal si es necesario.

—¿Cómo? ¿Quién lo autoriza? —tal vez los cambios en su código le hayan proporcionado la habilidad para usar un arma, pero no le han dado la justificación para arrebatar una vida.

La improbable respuesta no llega y Al se ve obligado a dirigirse a la plaza 74-B o a seguir enfrentándose a la mirada de ese tipo, que le destripa sin compasión.

En el breve paseo hasta el vehículo tiene la oportunidad de cruzarse con otros compañeros de trabajo que regresan tras su jornada. Algunos de los coches que conducen han sufrido severos daños. Sarpullidos de balas, laceraciones de láser, quemaduras de explosiones. Son los afortunados. Otros coches se conducen a sí mismos. Su piloto ya no puede hacerlo.

El vehículo designado va a juego con el traje de Al. Negra pintura, negras ventanas. El motor ya está encendido y ronronea, intentando seducirle para que entre.

Al nunca llega a ver a su usuario. Le separa una mampara insonorizada y opaca que hace de la cabina del piloto un lugar opresivo. En ruta hacia su destino se entretiene observando las calles y quienes las pueblan. Entonces comienza a reconocerlos. Arrastran los pies. Cargan con el aburrimiento. Vagabundean como mecidos por la marejada humana. No tienen a dónde ir.

Ese es el momento en que el miedo y la adrenalina que le habían agarrado el estómago durante la última media hora desaparecen. No. Son sustituidos por un sentimiento de espinosa gratitud ante una revelación que le hace apretar con fuerza el volante. Y los dientes. Ahora él forma parte de los afortunados.

TE QUIERE, MAMÁ

Se conocieron en el fin del mundo. No era un lugar extraño en aquellos tiempos, con su belleza remota, frágil; una infinita extensión monocolor en la que se agazapaban incontables matices que quizás no querían ser descubiertos: turquesas imposibles atrapados entre el hielo y la nieve, aprovechando cada delgado hilo de luz para sobresalir entre la monotonía; azules desnudando su variedad cromática, desde el más tímido celeste que lamía las orillas del continente hasta el profundo cobalto, imperturbable protagonista de los lagos interiores. Estaban ahí, pero había que hacer un esfuerzo consciente por discernirlos del omnipresente blanco y de sus declinaciones y conjugaciones, que lo teñían todo con testadura inquina.

Cada metro cuadrado tenía un brillo onírico, acaso originado por las fuertes rachas de viento que conseguían levantar galaxias de partículas de nieve llamadas a impregnarlo todo. Saber que aquel ecosistema era caduco le confería un atractivo urgente, desesperado. Como un amor de verano.

Claro que ellos no habían viajado hasta la Antártica para contemplar el postrero espectáculo de un continente en metamorfosis. Buscaban respuestas a la desesperada.

Como tantos otros. Oleadas de soñadores que no se conformaban con blandir el "ya os lo dijimos" desde su trinchera de superioridad moral. Internarse en aquella desolación helada otorgaba instantáneamente un pasaporte de implicación y compromiso. Lograba que los desconocidos dejaran de serlo. Eran la vanguardia de una generación que había crecido al ritmo de una cruel cuenta atrás. Se habían cansado de esperar soluciones.

Las expediciones procedentes de los países más afectados llegaban cargadas de hormonas en juvenil efervescencia. La atmósfera de iluso optimismo que se respiraba en aquellos espartanos barcos actuaba de afrodisiaco incluso antes de llegar a las costas heladas de la Tierra de Victoria. El sexo era el deporte favorito para despejar la cabeza tras una bamboleante jornada de estudio y análisis de indicadores climáticos. Placer sin mayor compromiso que el respeto mutuo y la discreción. El clímax no era el orgasmo sino las ideas de un futuro mejor ofrecidas entre susurros bajo la intimidad de las mantas.

Su historia fue diferente, sin embargo. Al principio no hubo prisas. Disfrutaron del jugueteo de miradas clandestinas, de frases inteligentes lanzadas en mitad de un debate, expuestas al escrutinio de todos pero a salvo de revelar el verdadero significado que uno conocía y otro intuía. Era un divertimento táctico que consistía en conquistar y dejarse conquistar.

Ambos recordarán para siempre cómo avistaron por primera vez, desde la popa, la costa occidental de la Antártica. Se encontraban inclinados sobre la barandilla, muy juntos, casi rozando sus voluminosos abrigos de colores fosforitos, cuando por fin vieron las primeras extensiones, arropadas por una delicada capa de hielo translúcido que reflejaba el sol como un espejo inmenso. A su alrededor, una constelación de icebergs a la deriva les interrumpía el disfrute estético del paisaje. Les recordaban por qué habían ido hasta allí.

La trascendencia de lo que les rodeaba les arrastró el uno contra el otro, como un pozo gravitatorio que les exigía una respuesta sin dilación. Esta fue un beso cálido y prolongado en el que encontraron refugio físico ante el rigor del clima; un salvavidas mental ante la crisis de proporciones históricas que les aguardaba en cuanto pisaran tierra. Se habían subido a ese barco buscando la salvación mundial; se bajaron habiendo encontrado la salvación personal.

Ellos no lo sabían entonces, desde luego. Su chispa tardó en prender, como si el fuego de la pasión que se le presupone a una relación neonata no fuera capaz de atemperar los azotes de nieve que castigaban al campamento con regular frecuencia. Estaban ocupados en otras tareas que limitaban sus energías. El trabajo científico de aquellos días se alejaba de lo que habían imaginado: una aventura a la desesperada contra el tiempo y contra los elementos; vocación de sacrificio puesta al límite, preparada para granjearles una transformación vital de la que podrían presumir durante los siguientes 60 o 70 años de sus vidas.

La realidad cuajó en algo mundano, ordinario: breves expediciones para la recogida de datos, algunas fotografías para documentar lo que todo el mundo ya sabía y a casi nadie importaba y análisis, análisis, análisis hasta la exasperación seguidos de comparativas, mediciones, cotejos, refutaciones y ratificaciones.

No les quedó más remedio que demoler esa existencia homogénea y empírica con irracionales escapadas nocturnas al lecho ajeno, donde el otro esperaba ya desnudo y caliente. Eran un acogedor milagro térmico el uno para con el otro.

Ya entonces ambos supieron razonar lo que les estaba sucediendo. De alguna manera habían encontrado la forma de encauzar la borrachera de hormonas a la que la ciencia llama amor. Para todo había un momento y si durante el día se trataban con la cortesía profesional de colegas que se respetan y estiman, por la noche daban cuenta de los recados que se habían ido dejando durante la jornada. Nadie de la expedición podría haber dicho que existía una relación romántica entre esos dos. Era algo que les complacía sobremanera.

Sin saberlo habían creado una constante, una ley con la que podían mantener a raya la incertidumbre de los tiempos con su aguda racionalidad. Es posible que fuera lo que les salvó cuando desentrañaron la verdad: que habían llegado al fin del mundo demasiado tarde.

No hubo sorpresa. Habían hecho cuanto habían podido y, cuando el peso de los datos les había abrumado, se habían visto obligados a tomar una enorme, amarga bocanada de realidad. Les restó empacar los bártulos, hacerse unas últimas fotografías para recordarse, recordarles que lo habían intentado. Y a casa.

—¿A la tuya o a la mía?

—¿Dónde están menos jodidas las cosas?

—Depende.

Ella era una migrante china de tercera generación cuyos abuelos habían abierto un negocio en Lisboa a principios de siglo. Sus ojos oscuros y rasgados entraban en yuxtaposición con una piel olivácea que exudaba fado y desenfado latinos.

Él era un irlandés directamente extraído de un molde bermejo que se había criado a las afueras de Montreal mezclando francés, inglés y gaélico. Mirada añil entre una galaxia de pecas que poblaban mejillas siempre dispuestas para la sonrisa.

Decidieron que sus respectivos países de origen serían destino de futuras vacaciones, no el hogar que ahora les pedía el cuerpo tras su experiencia antártica. Anhelaban construir un futuro con una mínima garantía de estabilidad en mitad de la zozobra generalizada. Se unieron a la corriente migratoria de jóvenes que recalaba en las costas del mar Amarillo, donde las ciudades de Pekín, Taijin y la provincia de Hebei se habían abrazado para crear una de las nuevas megalópolis: Greater Bay Area, un ejemplo perfecto de la obsesión internacional por ver quién la tenía más grande.

Así fue cómo sustituyeron las estalactitas de hielo por estalagmitas de acero, cristal y grafeno. Un caleidoscopio de estímulos sensoriales que casi había cobrado vida propia. La ciudad total capaz de contener toda la experiencia humana pasada, presente y futura como si fuera un Aleph de proporciones desmesuradas.

No lo pensaron bien y les resultó sencillo llegar pronto a esa conclusión. Se habían desconectado abruptamente de la soledad esteparia de la Antártica para enchufarse, directamente en el hipotálamo, al frenesí humano de una ciudad de cien millones de almas. Se precipitaron sí, sedientos de una normalidad apabullante al son del estrés, las responsabilidades y las obligaciones propias de jóvenes adultos que pretendían hacer lo que les tocaba. Ellos, que se habían enamorado por ser los diferentes, ensoñadores quijotescos más preocupados por el prójimo que por sí mismos, se veían ahora peleando con uñas y dientes por rascar un poco de esa anodina normalidad.

Tal vez la felicidad era eso, al fin y al cabo: abandonar las grandes gestas para concentrarse en la épica cotidiana, no exenta de dificultades, desagradables derrotas y estimulantes victorias.

...

—¿Cómo ha ido tu día?

—Mal. Cada vez es más difícil.

—Lo sé. Tenemos que aguantar

Al cabo de varios días.

—¿Qué tal hoy?

—Bien. Quiero pensar que lo peor ha pasado.

—Saldremos adelante.

Instalados en la normalidad de su generación habían descubierto que la incertidumbre no sería pasajera. Había llegado para quedarse como una enfermedad crónica con una sintomatología variada y compleja para que la que había cuidados paliativos pero no cura.

¿Dónde trabajarás mañana?

¿Por qué no logran controlar esa epidemia?

¿Cómo pagarás el alquiler?

¿Cuándo crees que habrá guerra?

¿Quiénes son los nuevos fanáticos que se han hecho con el poder?

¿Qué cojones le está pasando al mundo?

Todo. Estaba sucediendo todo a la vez. El siglo había envejecido rápidamente, arrojando sombras y deshojándose en décadas que se había sentido como un suspiro; cada año transcurría más rápido que el anterior y lo efímero no era tendencia, era dictadura.

Y se atrevieron a llamarles la 'Generación Egoísta'.

...

—¿Nos tomamos una cerveza?

—Claro.

El transporte público era eficaz. Qué menos. Pero no suplía la monotonía de la espera. Esperar estaba pasado de moda. Había que ocupar el tiempo como fuera.

—Podríamos probar la *app*. Desde que se mudaron Michelle y Adriane no hemos vuelto a tener una pareja con la que salir.

—Me parece bien.

En el silencio que siguió se derramó todo el trasfondo que había motivado la propuesta. Que tenían discusiones de manera cada vez más frecuente. Que tú no me entiendes. Que esto no es lo que esperaba.

"Mejor un descanso de nosotros esta noche", habían pactado de manera tácita.

Cuando llegaron al garito volvieron a sentirse bien. Mediaban muchos kilómetros entre ellos y las dudas que habían motivado su escapada nocturna. Se merecían un poco de diversión. Allí estaba esa nueva pareja. Parecían encantadores.

Les saludaron con un tímido gesto desde la entrada mientras permitían que sus ojos se acostumbraran a la tenue iluminación del local. Sin otra fuente de claridad aparente, la sala parecía bañada tan solo por la luz púrpura emitida por una suerte de nube fantasmagórica que levitaba sobre sus cabezas. Bajo aquel resplandor, los rostros adquirían un atractivo exótico. La sonrisa de ella centelleaba como una estrella fugaz en perpetua combustión. El cabello de él chisporroteaba de manera hipnótica, como ascuas en forma de cortos rizos que coronaban una belleza única. Aquella luz inducía una placentera sensación, como de moverse entre un fluido que era mucho más denso que el aire, una especie de ingravidez que se veía amplificada por música provocativa: violines tocados como si fueran baterías, saxofones desgarrando el aire como guitarras furiosas. El conjunto generaba una vibración continua que parecía saltarse el canal auditivo para entrar directamente en el cerebro de quienes escuchaban; producía un cosquilleo que nacía en la nuca y se extendía en ramificaciones por toda la cabeza. Era un éxtasis sonoro que alcanzaba su culmen con rítmica persistencia.

Se adentraron en el local como flotando. Aquí y allá había pequeñas mesas circulares en las que puñados de personas se sentaban muy juntos unos con otros, renunciando a su espacio personal para ganar en intimidad con el grupo. La pareja también les aguardaba en una de aquellas diminutas mesas. Ya habían pedido bebidas para todos. Por supuesto, habían acertado con las preferencias de cada uno.

Congeniaron inmediatamente. Esos algoritmos eran buenos, muy buenos. Merecía la pena ceder un poquito de privacidad para conseguir una pareja de amigos con la que charlar de aficiones comunes, todas instaladas en el terreno de lo cómodo.

—¿En serio?

—¡Nosotros también estuvimos allí!

—¡Qué coincidencia!

Era costumbre fingir durante los primeros minutos, cuando las parejas intercambiaban preguntas protocolarias solo para descubrir que, efectivamente, sus inquietudes, aficiones e incluso inclinaciones políticas confluían en el mismo lugar. Pero no había que estropear el efecto.

Tenían que sortear con gracia la primera fase, esperar a que el alcohol y los estimulantes comenzaran a juguetear con la química de sus cerebros para producir efectos cada vez más interesantes. Sin aquella intoxicación controlada se hubieran sentido incómodos, vulnerables a la hora de entablar conversaciones que los llevaran a revelar parcelas privadas de sus vidas a las personas que tenían delante; sin embargo, no mostraban el menor reparo en dejar que incontables empresas privadas conocieran incluso la intimidad genética de su ADN.

La embriaguez era también una forma de engañar al algoritmo, de insuflar un poco de espontaneidad a una conversación que estaba matemáticamente condenada a resultarles placentera. Sin más. Se dejarían llevar para permitir surgir ideas y anhelos que, de otra manera, hubieran permanecido enterrados en su subconsciente. Ahí residía un fragmento de personalidad que los algoritmos todavía no podían indexar. Todavía.

—Y qué pensáis sobre tener hijos?

Ella no pudo evitar orientar sus ojos rasgados hacia él. La conversación quedó en suspenso hasta que ambos sonrieron y pactaron con la mirada que era un tema del que no les importaba hablar en público. Al fin y al cabo, estaban en ese punto de la noche en que todo parecía brillar y el futuro era una nova de oportunidades que daba calor y esperanza, por lo menos hasta que implosionara a la mañana siguiente.

—Alguna vez se nos ha pasado por la cabeza, claro.

—Sí... a mi edad mis padres ya habían tenido a mi hermana pequeña.

Después comenzaron a exponer sus razonamientos, todos ellos brillantemente defendidos, por los cuales aún no era el momento y posiblemente nunca lo fuera. Por primera vez en la noche las dos parejas dejaron de coincidir.

—Pues nosotros tenemos muchas ganas. Estamos casi decididos.

—Sí. Y puede que dentro de unos días por fin demos el paso. Depende de cómo vaya la prueba.

No hizo falta siquiera plantear la pregunta para que la otra pareja se explicara.

—¿Y si os dijéramos que podéis saber exactamente cómo sería vuestra vida con un bebé?

—Es decir, eliminar todas vuestras dudas y miedos.

—Es una tecnología en fase de experimentación, pero conozco a alguien.

—No queremos dar el paso sin estar completamente seguros. Dentro de unos meses estas pruebas serán lo normal, ya veréis.

—Pero no queremos esperar.

Él soltó la primera carcajada, dejando que los rizos de fuego de su cabeza brincaran casi al ritmo de la música. Ella se dejó contagiar por su buen humor, como siempre había hecho desde que se conocieron. Ambos se permitieron unos segundos de jocosa complicidad antes de enmudecer para comprobar como la pareja que tenían en frente no les seguía en la hilaridad del momento.

—Lo decimos en serio.

...

La vuelta a casa fue silenciosa. El debate se producía en el interior de cada uno, como un preludio al verdadero duelo que tendría lugar una vez se dejaran caer en la cama. Ya lo habían hablado en numerosas ocasiones pero siempre sin la presión del tiempo. Ahora era diferente, como si esa noche hubieran cruzado una frontera imaginaria que les exigía tomar una decisión al instante.

—Quiero hacerlo.

—Es una locura. Ni siquiera sabemos si es real.

—No tenemos nada que perder.

—¡Lo tenemos todo que perder!

—Estoy cansada de tener mi vida en suspenso, de hacer planes para un futuro que ya es pasado. ¿Te acuerdas de lo que es tener 20 años? Yo sí porque tengo la impresión de que ocurrió ayer. Y ahora me asomo a los cuarenta con un vértigo que me atenaza, con la sensación de llevar esperando toda la vida a encontrar una estabilidad que tal vez solo pueda existir en el constructo de mi imaginación.

—Pero de verdad quieres arrojar a un ser humano a este caos? ¿Qué haremos cuando todo se venga abajo? ¿Lo has pensado? Si apenas tenemos tiempo ni dinero para nosotros, ¿cómo vamos a cuidar de una criatura?

Ella se calló y mordió excusas, porque en el fondo sentía el mismo miedo que él. Era esa angustia que ya formaba parte de su personalidad, la misma que había guiado sus decisiones durante toda su vida adulta. Esa racionalidad con la que habían alumbrado su relación se extendía en extrañas ramificaciones de su futuro que no llegaban a ninguna conclusión. Porque si uno se para a pensarlo bien... no, mejor estarse quietecito.

Él detectó sus dudas. Las aprovechó para moldearlas como hierro al rojo vivo.

—Creo que nunca te lo he contado, pero a los siete años me dieron mi primer juego de llaves para entrar y salir de casa a mi antojo. Me crie entre los ecos de una casa siempre vacía, aprendiendo a cocinar viendo vídeos *online*, consultando las dudas del colegio con desconocidos de la red, algunos de los cuales se ofrecían muy amablemente a explicármelo todo en casa... Mis historias para dormir me las narraba un extraño en podcast. Aprendí a querer a ese extraño, que siempre tenía tiempo para mí. No quiero esa vida para mi hijo, es una infancia solitaria y peligrosa.

—Eso no tiene por qué pasarnos a nosotros. Aprenderemos de los errores de nuestros padres. Mira, no sé si quiero tener un hijo. Si debemos tener un hijo. Pero si hay la más mínima oportunidad de conocer la respuesta, quiero intentarlo.

Él suspiró porque su felicidad estaba ligada para siempre a la de ella.

Así fue como naciste tú.

...

Me coge la mano por debajo de la mesa con delicadeza. La aprieta lo justo como para transmitirme todo su amor sin que medien palabras. Sabe que esta noche discutiremos, que tal vez nos dejemos arrastrar por emociones turbulentas, dañinas. No sería la primera vez. Por eso quiere darme ahora todo el cariño que luego nos negaremos, atrapados en esa estúpida nube de ira producida por nuestros miedos y frustraciones. Pero eso será luego. Ahora me siento tan bien...

La alarma me despierta en mitad del sueño, que también es recuerdo, justo en los prolegómenos de una discusión que cambió nuestras vidas para siempre. He programado el dispositivo para que monitorice las fases de mi sueño y me despierte cada mañana justo en los mejores momentos. Así puedo recordarlos durante todo el día, me acompañan en mi interminable rutina hasta que regreso a casa y apenas tengo fuerzas para mantenerme despierta. Para estar con ellos.

Salgo de la cama con extrema pereza, todavía sintiendo el calor onírico de su aliento en mi mejilla. Él hace rato que ya se ha ido a trabajar. Nos han arrebatado las mañanas. Como tantas otras cosas.

Me despierto con tiempo suficiente como para poder gastarlo en caprichos matutinos: me maquillo con quirúrgica precisión, iluminada por un espejo que simula la salida del sol; preparo café en la vieja cafetera italiana que rezuma todo el sabor de décadas de madrugones; tomo la taza, caliente y humeante entre mis manos, y me asomo a hurtadillas al cuarto apenas iluminado de mi Adao. Su pequeño cuerpo de trece años reposa completamente relajado y apenas si distingo el ritmo de su respiración. En ocasiones, si tengo suerte, Adao se gira y me muestra su carita: su expresión de eterna inocencia, sus mejillas moteadas, como las de su padre, a veces estiradas en una media sonrisa que me hace preguntarme qué estará soñando. Sus párpados pequeños dibujan finos óvalos que resguardan una mirada verde. Son mis mejores minutos del día, una paz virgen que todavía no ha sido manchada por la entropía cotidiana que todo lo deteriora.

Los minutos se pasan cruelmente rápido. Vuelvo a cerrar su puerta y me obligo a pensar que estará bien, que tendrá un buen día aunque yo no esté ahí para verlo. Al fin y al cabo no estará solo. Nos hemos encargado de eso.

—¿Ha estudiado lo suficiente para el examen de hoy? —pregunto casi en un susurro desde el pasillo en penumbra. Me responde una voz andrógina y tranquilizadora, mezcla de mi propio tono de voz y el de mi pareja.

—Ayer estuvimos repasando diferentes problemas matemáticos y los resolvió todos con gran facilidad.

—Eso está bien. Por favor, mándame un mensaje tan pronto como haya terminado y tenga su calificación —es una instrucción innecesaria, ya conoce nuestras pequeñas manías.

—Desde luego. Lo hará bien. Es un buen chico.

—Gracias Noah.

Salgo de casa sin saber a qué hora volveré pero me obligo a pensar que tal vez hoy tenga tiempo para cenar con Adao. Le echo de menos. A él y a su padre. Vivir bajo el mismo techo no significa que compartamos nuestras vidas, sencillamente las superponemos con la esperanza de coincidir el tiempo suficiente cada día como para poder mantener una conversación cara a cara sin que el sueño y el cansancio cercenen nuestra jornada.

Mi mañana comienza a complicarse demasiado temprano. Me han cancelado el proyecto que tenía asignado y ahora quedo a la espera de que el algoritmo me asigne uno nuevo que encaje con mi perfil. Podría ocurrir en unos segundos o podría demorarse tres o cuatro horas, no tengo manera de saberlo. Cuando esto ocurre, trato de combatir la incertidumbre escribiendo. Busco un rincón tranquilo en cualquier cafetería o puesto de comida ambulante y extiendo el teclado por una superficie que previamente he desinfectado con mucho cuidado.

Es en esos momentos cuando le cuento a Adao todo lo que la tiranía de la rutina no me permite compartir de viva voz, mientras que le acaricio ese precioso pelo rojizo o le doy besitos en el cuello como cuando era un bebé. Le escribo *emails* que solo le mando si sé que no llegaré a tiempo para verle meterse en la cama. Odio mantener una relación epistolar con mi propio hijo.

El algoritmo me avisa. Tengo trabajo. El alivio de saber que ingresaré algo de dinero hoy se me rompe en pedazos cuando veo de qué se trata. Hoy tampoco cenaremos juntos.

—¿Se encuentra bien? —me pregunta la chica que acaba de servirme el café. No sé qué contestarle, la impotencia convierte en una pasta pegajosa cualquier conato de explicación que pudiera haber salido de mi boca. La aprieto. La aprieto fuerte tratando de contenerme y salgo corriendo para evitarme el bochorno de llorar en público.

El resto de mi día lo consumo envuelta en un silencio hosco que tal vez sea contraproducente para futuras oportunidades de empleo. Sinceramente, me da igual. Lo único que me ayuda a sobrevivirme a mí misma son los breves descansos en que me dedico a repasar vídeos de Adao. Noah utiliza las grabaciones de las cámaras de casa y las del colegio para hacerme un resumen del día de mi hijo, al que a veces me parece contemplar como si fuera un personaje de una serie de televisión que lleva años en antena. Puedo predecir cómo reaccionará ante determinadas situaciones pero tengo la molesta sensación de no conocerlo realmente, de percibir solo una caricatura de la persona que hay detrás. Me estoy perdiendo a mi hijo. Me resulta insoportable verle transformarse en un desconocido con el que, pronto, tan solo guardaré un lazo de sangre y algunos vagos recuerdos que habrán quedado sepultados en la memoria por todas aquellas ocasiones en las que no pude estar.

Cuando regreso a casa me esfuerzo por detectar, ya desde el pasillo, si la luz de su cuarto permanece encendida. Es una esperanza fútil porque Noah se ha vuelto cada vez más estricto con los horarios, ahora que Adao se está adentrando en la adolescencia y le urge dar salida a los conatos de rebeldía propios de su edad. Hay una luz encendida sí, pero proviene del salón.

—¿Cómo te ha ido el día?

—Intenso. ¿El tuyo?

Fingimos que todo va bien al abrigo de esta normalidad precaria, pero ambos nos guardamos una pregunta que pesa en el corazón como un plomo. ¿Hasta cuándo?

—Gracias por esperarme despierto. ¿Qué tal está Adao? ¿Has hablado con él?

—Sabes perfectamente cómo está. Has recibido el mismo informe que yo —esta noche su voz no suena cansada, contiene murmullos de violencia expectante.

—Me gustaría escuchar las impresiones de su padre, para variar. No me conformo con leer sus medidores psicológicos.

—¿Y los míos, te importan lo más mínimo? No, ya sé que no. Los dos estamos muy ocupados echando de menos a Adao como para añorarnos el uno al otro.

No es verdad pero entiendo que lo piense. Los años han ido arrinconando nuestros momentos de intimidad, drenando el precioso tiempo libre que solíamos dedicar a nuestra relación. No quiero batallar sobre las cenizas de nuestra derrota común. Claudico.

—¿Te vienes conmigo a la cama? Suena a rendición sin condiciones y él lo acepta como lo que es, un sucedáneo con ecos a pena y reproches.

Me demoro un par de minutos. Necesito darle un beso a Adao. Cuando salgo del cuarto le pregunto a Noah sobre esos pequeños detalles cotidianos que son la vida de mi hijo. Así al menos tengo la sensación de que no me he perdido por completo otro episodio.

En el dormitorio nos encontramos de manera torpe entre las sábanas: él intenta destilar su enfado, esforzándose por recordar qué era exactamente lo que le excitaba de mí; yo trato de arañar de su piel el amor que todavía siento por él, como si fuera una fragancia que pudiera extenderme por la palma de las manos y restregármela por el cuello. Se nos ha olvidado cómo hacerlo. Cómo hacérnoslo. ¿Le gustaba así? ¿Si le acaricio ahí…? Intentamos reanimar nuestra capacidad moribunda de darnos placer mutuo, un arte que llegamos a perfeccionar en el fin del mundo y que ahora se encuentra en letargo dentro de nosotros. Hemos perdido la capacidad de concedernos tiempo, de disfrutar del aspecto sentimental del sexo, que ahora nos vale únicamente como válvula de escape ante una necesidad fisiológica tan natural como comer y beber. Por momentos me penetra esa ansiedad salvaje, la que brota cuando ni todos los besos del mundo son suficientes y sientes que tienes que morder, chupar, lamer y respirar el mismo aire que él, fundirte con la otra persona y dejar de ser. Él me sigue el ritmo y a cada acometida mía, redobla la intensidad, forcejeando por controlar el encuentro, por controlar por lo menos esto. Estallamos. Nos despedimos con un beso que tal vez tarde en volver a repetirse. Cuando cierro los ojos a sabiendas de que quedaré inconsciente en cinco segundos, me asalta una duda: no sé si hemos hecho el amor o hemos tenido otra pelea más.

...

Yo sabía que era un error pero ¿qué podía hacer? Llevaba años viendo crecer en ella ese anhelo primario en el que yo también me reconocía. Éramos jóvenes pero ya no éramos jóvenes. Habíamos entrado en esa época de la vida que es una suerte de limbo en el que no se tiene muy claro cuándo se es muy mayor para ciertas cosas y cuándo todavía queda tiempo. A mí me atenazaba el miedo de despertarme el día en que fuera demasiado tarde y ella me lo pudiera reprochar de por vida. No lo hubiera soportado.

Sabía que era un error sí, o por lo menos lo intuía, pero aquella noche, después del bar y envalentonado por demasiados estímulos, pensé que la prueba acallaría nuestras dudas. Y aquí estoy, camino de la quinta reunión del día mientras trato de concentrarme en los datos que debo exponer y no en las conversaciones de mi hijo que me han llegado en el informe vespertino.

—¿Está con nosotros?

—Sí, disculpe, no sé dónde tengo hoy la cabeza.

Pero sí lo sé. Repito en bucle las palabras de Adao como si fueran una broma que no acabo de entender.

—En mi familia somos cuatro, pero dos no existen, no están nunca, tienen otra vida de la que yo no formo parte. Por eso quiero a Noah, soy lo único que le importa.

La tarde la dedico al noble arte de construir excusas, situaciones y contextos en los que mi hijo pudiera haberle hecho esa reflexión a su profesora sin que realmente signifique lo que yo creo. Fallo miserablemente.

Cuando llego a la conclusión de que no seré capaz de avanzar más trabajo por hoy, me invento una coartada y salgo de la oficina mucho antes de tiempo. En lo que tardo en llegar al colegio de Adao he revisado la grabación diez veces, de principio a fin, tratando de encontrarle una lógica que no me permito reconocer.

—No se preocupe. Todos los niños pasan por una fase en la que creen querer más a su cuidador personal que a sus padres.

—¡Es una máquina! ¡No existe! ¿Cómo puede…?

La profesora trata de hacerme entender física cuántica, el Alfa y el Omega; conceptos incomprensibles, como por qué mi hijo ha desarrollado amor por una I.A. Por supuesto, no lo consigue.

Ha nacido en mí una duda terrible que me lleva a repasar fragmentos aleatorios de las conversaciones que Adao mantiene a diario con su I.A. Intento desentrañar el grado de intimidad que han alcanzado. Bromas, juegos, charlas triviales. Hasta ahora todo me parecía mundano, la clase de relación que Adao podría haber desarrollado con cualquier niño. Pero la sospecha me hace abrir los ojos ante detalles que antes era incapaz de ver. Esas charlas triviales que son más bien confesiones de anhelos, miedos y dudas propias de un hombre olvidándose de ser niño; esos juegos en los que a veces la I.A se deja ganar y provoca un estallido de felicidad en Adao; esas bromas que solo entienden ellos dos, que han creado un lenguaje común y privado al margen del mundo, un vocabulario basado en experiencias propias, neologismos prohibidos para los demás. Para mí, que soy su padre.

Decido aprovechar la tarde y regreso a casa tan rápido como puedo. Me encuentro a Adao en su cuarto, agachado sobre su pantalla, que desprende un festival de colores.

—Hola Adao, ya estoy en casa.

—Hola.

Apenas gira la cabeza para mirarme, más interesado en la realidad de dos dimensiones de la pantalla que en su padre de tres. Ni siquiera le sorprende que haya vuelto antes de lo habitual.

—¿Qué haces, hijo?

—Trabajos para el colegio. Me está ayudando Noah.

Desde luego que sí, para eso pagamos. Trato de reunir un poco de buen humor.

—¿Te apetece que nos vayamos al parque a jugar con la pelota?

—Hoy no es domingo.

Le hemos acostumbrado a un horario tan cuadriculado que no concibe un destello de espontaneidad en mitad de su rutina. Su comportamiento está tan automatizado como el de su I.A.

—No pasa nada. Hoy me he cogido la tarde libre. Venga, vamos, luego te compro un helado.

—Adao debería quedarse terminando su trabajo. Pronto tendrá que exponerlo ante toda la clase. No es sensato que omita sus obligaciones.

Por unos segundos me quedo sin réplica posible ante el reproche de Noah, casi avergonzado por arrancar a mi hijo de "sus obligaciones", como si fuera a llevarlo por el mal camino. Cuando por fin reacciono me doy cuenta de lo ridículo de la situación.

—Recoge tus cosas y espérame en el salón, voy a hablar con Noah un momento.

Adao asiente, confuso y reticente, como si esperara una contraorden de la I.A. Fulmino sus esperanzas con una mirada severa. Comienza mal nuestra tarde padre-hijo.

—Noah, quiero que me digas si has detectado algún cambio en Adao últimamente.

—No, sus parámetros psicológicos no han variado de manera significativa en las últimas semanas. Está un poco nervioso por los exámenes, eso es todo.

Es imaginación mía, desde luego, pero no puedo evitar escuchar un cierto resentimiento en la máquina. ¿Está molesta por que he hecho caso omiso de su sugerencia?

—Hasta el momento estamos contentos con tus servicios. Son muchos años junto a nosotros, Noah. Te consideramos parte de la familia.

¿Estoy intentando animarla?

—Gracias señor. Así me siento yo.

Noah ha estado con nosotros prácticamente desde el nacimiento de Adao. Queríamos que tuviera una voz amiga con él, una que pudiera detectar el más mínimo cambio en su salud, que le vigilara constantemente y evitara esos pequeños accidentes caseros que son la obsesión de cualquier pareja de padres primerizos. Para nosotros era un alivio saber que siempre había alguien con él, incluso en el colegio, porque los despistes ocurren y una asfixia con el elemento más inofensivo sucede en cuestión de segundos. Adao no estaría sujeto a esa amenaza. Nuestro 'Ángel de la Guarda', llamábamos entonces a Noah. Porque de hecho, ese nombre se lo puso Adao. "Nooooooaaaaaaahhhh", repetía una y otra vez, señalando al dispositivo desde el que estuviera surgiendo la voz de su amigo. Supongo que le resultaba muy sencillo de pronunciar con esas bocales abiertas. Luego, cuando comenzó a pasar las tardes solo en casa, Noah era nuestra salvaguarda. Podríamos haber pagado a un cuidador, pero la I.A era tan practica... Incluso se convirtió en el tutor de Adao y sus notas, que ya eran buenas, se convirtieron en excelentes.

Ahora me doy cuenta de que todo eran excusas convenientemente estructuradas por nosotros, que necesitábamos convencernos de que hacíamos lo mejor. De alguna forma teníamos que justificar la dolorosa cesión del testigo paternal a una Inteligencia Artificial que pasaría con nuestro hijo diez veces más tiempo que nosotros. Me invadió un frío extraño en el estómago.

—Eres parte de la familia pero tienes que recordar quién manda aquí. Yo soy el padre de Adao y sé lo que es mejor para él —me escuchaba hablar y cada palabra sonaba a una regañina ridícula.

—Usted es el padre de Adao. Sin duda. Y usted ostenta la autoridad. Sin duda. Pero permítame recordarle que yo analizo cada dato registrable de Adao, por ínfimo que sea, y estoy conectado con la central estadística de la red. Tengo la capacidad de ver más allá que usted. De saber más que usted. Estoy aquí para cuidar de Adao y para aconsejarles. Usted mismo lo acaba de reconocer, están contentos con mis servicios. Llevan muchos años contentos. Permítame hacer mi trabajo.

Jamás pensé que tendría esta clase de conversación ni con Noah ni con ninguna otra I.A. Acaso quien había cambiado no era Adao.

Me marché de casa con mi hijo sin dignarme a contestar a Noah. Aquel esperpento no podía continuar. Tan pronto como cerré la puerta recordé lo estúpido que había sido. La I.A personal de Adao iría donde este fuera. Esa era la clave de nuestra tranquilidad. Pero tenía fácil arreglo...

si conseguía encontrar las contraseñas para poner en suspenso a Noah.

La parte difícil sería explicarle a mi hijo por qué le apartaba de su mejor amigo. Lo hice de camino al parque, intentando darle una normalidad a todo aquello aunque desde luego, era extraordinario. No recordaba la última vez que habíamos suspendido a su I.A ni el motivo que causó tal medida.

—Verás Adao, esta tarde quiero que estemos tú y yo solos.

—¿Sin mamá?

—No solo sin mamá. Tampoco viene Noah. Se queda en casa, esperando a que regresemos de jugar.

—¿Y si tengo alguna pregunta? ¿O me pasa algo malo? ¿Por qué castigas a Noah?

Esas tres preguntas le bastaron para dejarme claro su descontento.

En nuestro camino hacia el parque traté de cogerle la mano, de refrendar que estábamos de paseo como padre e hijo. Él no lo evitó pero su evidente incomodidad me llevó a desistir. Caí en la cuenta de que no era su enfado lo que me evitaba, sino su recién estrenado orgullo de preadolescente.

A nuestro alrededor la ciudad hormigueaba eficiente, representando una coreografía de productividad intachable. Hacía buen tiempo. Demasiado para la época, pero también eso era normal ya. Una primavera impaciente que nos urgía a disfrutarla antes de que se marchitara en un calor que duraría hasta que el año estuviera moribundo. Se notaba en el ambiente, más relajado que de costumbre, como si el respiro en las temperaturas fuera también un lapsus en las obligaciones cotidianas. Por eso pensé que el parque estaría lleno de niños, lo que me relajó bastante. Si Adao llevaba su incomodidad hasta la negativa de jugar conmigo, tal vez sí querría hacerlo con alguien de su edad. Para mí lo importante hoy era sacarle de casa. Desconectarle.

Mi sorpresa fue ingenua, lo reconozco. En ese parque ostentosamente equipado, cuidado hasta el detalle para que ofreciera un aspecto de prosperidad que incitara a hacer negocios en la zona, no había ni un solo niño. Los columpios y estructuras pensadas para soportar los maltratos infantiles recibían únicamente las miradas aburridas de los ancianos que habitaban el parque, que parecían formar ya parte de él, repechados contra los bancos. Me recordaron que nuestra situación en casa, con Adao, no era única. Era la normalidad.

Nosotros vivíamos en esa escasa frontera que había ido estrangulando de manera metódica con el paso de los años. Éramos los supervivientes de la clase media que no se podían quejar. No nos faltaba de nada, incluso teníamos ciertas comodidades y nos dábamos algún capricho de vez en cuando. Pero no nos debíamos descuidar. Cada día era una oportunidad para que nuestra situación empeorara, por eso nos aferrábamos con toda nuestra energía al *status quo* que habíamos conseguido solo tras años de sacrificios, de hacer de la incertidumbre parte de nuestra existencia.

Le veo jugar y me arrepiento. Sí, me arrepiento de haber pensado que era un error. ¿Cómo puede ser un error crear algo por lo que estaría dispuesto a dar la vida? Es una parte de mí pero infinitamente pero mejor.

Creo que pasar tiempo con él me sentó a mí mejor que a Adao. Me ayudó a recordar con quién estaba realmente enfadado.

La tarde con él no fue como esperaba. Estaba enfadado conmigo, eso lo podía entender, pero también lo veía inseguro, temeroso, como fuera de lugar. Le tiraba la pelota y a veces se quedaba parado en mitad del césped como encogido, frágil.

50

Al regresar a casa, Adao no me tuvo que sugerir nada. Conecté inmediatamente a Noah y vi como mi hijo se encerraba en su cuarto. Tenía una tremenda curiosidad por saber qué hablarían los dos. Lo escucharía a la mañana siguiente, pediría explícitamente ese fragmento. Noah no podría negarse. Ni tergiversarlo u omitir información. ¿O sí?

Ella volvió a casa más temprano de lo habitual. Vi en su rostro esa alegría salvaje que a veces se permitía sentir con los pequeños triunfos ante la vida, como poder pasar un rato con su hijo al final del día. Sentía de veras ser yo quien tuviera que demorar el encuentro con su retoño.

—¿Cómo ha ido el día? Has llegado temprano.

—He conseguido cuadrar unos cuantos trabajos seguidos, sin tiempos muertos de por medio.

Su voz denotaba urgencia por abrazar a Adao y yo era un molesto obstáculo. Me enfadé y ahora sí quise resultar molesto, provocador.

—Tenemos que hablar. Es urgente.

—¿No puedes esperar?

Mi silencio sostuvo el pulso y ella acabó cediendo, quizás porque sabía que la urgencia tenía que ver con Adao. Hacía tiempo que no concebía otra clase de urgencia.

—Salgamos de casa. Demos un paseo rápido por el barrio, como solíamos hacer antes.

Antes de Adao, callé.

—¿Ahora? Acabo de llegar. ¿Por qué no podemos hablar aquí?

Es inteligente, más que yo, sin duda, pero ni siquiera ella podía imaginarse el motivo. Abrí la puerta de casa y esperé, paciente, a que me siguiera casi arrastrando los pies.

Una vez en la calle, me volví a sentir libre y eso me aterrorizó.

—Bueno ¿qué pasa? ¿Es Adao? ¿Va todo bien?

Sabía que no podía haber pasado nada grave, había alguien asegurándose de ello. Pero el instinto es imposible de apagar.

—Tenemos que desconectar a Noah.

—¿Pero qué estás diciendo?

La imposibilidad de lo que acababa de proponer me exigió una explicación detallada de las últimas horas. Mi mujer la sintetizó:

—Tiene que haber otra manera.

Pero no la había.

...

Al llegar a casa y entrar en mi cuarto, me hubiera gustado cerrar dando un portazo de los que producen eco por toda la casa. Como en las series cuando alguien está muy enfadado. Solo que yo no lo estaba. Simplemente no comprendía nada de lo que había pasado durante toda la tarde y quería demostrar mi disconformidad de alguna manera. Pero ese portazo habría estado fuera de lugar. Noah me había enseñado mejor que todo eso.

Lo que sentía no era enfado, era tristeza. Acababa de comprender que ya no les añoraba. A ninguno de los dos. Ya no necesitaba las migajas de su tiempo que de vez en cuando me ofrecían y que yo tomaba con elegancia y educación, como me había enseñado Noah. No me quedaba ni pizca de la ilusión por contarles mi día. Mis cosas.

Cuando papá dijo que Noah se quedaría en casa no supe realmente a qué se refería. Hasta que me encontré en el parque de los domingos y ya no podía escuchar su voz en mi cabeza. Mi padre me había quitado a mi mejor amigo y a cambio me dio un estúpido balón con el que yo hacía cinco años que no disfrutaba. Y él ni lo sabía. Tampoco sabía cómo me sentía realmente. Nunca lo sabe. Seguro que pensaba que estaba furioso pero no era eso... era algo que no había sentido nunca: un pellizco en la garganta que me hacía querer llorar con toda mi energía, pero a la vez no podía...

—Noah, no quiero volver a estar sin ti nunca más.

—Adao, no te enfades con tu padre. Hoy solo trataba de pasar más tiempo contigo.

—Pues llega tarde. Y mi madre también. ¿Por qué decidieron tenerme si no iban a tener tiempo de estar conmigo?

—Te lo contaré.

Noah nunca me había explicado cómo se conocieron mis padres. Ni qué hacían antes de vivir en esta ciudad. De repente los vi de otra manera, como si fueran personas que podrían haber sido mis amigas: divertidas, entusiastas, con grandes objetivos... ¡Querían viajar tanto como yo! Conforme Noah me fue contando aquella historia de amor, más me gustaba la pareja. Hasta que comenzaron a pensar en mí. A hablar sobre mí. A analizar. A dudarme. A quererme y rechazarme. Entonces me di cuenta de que no era fruto del amor sino el producto de la duda en tiempos de incertidumbre.

—Así fue como naciste tú.

Por fin entendía. Y me gustó entender porque ahora ya sabía que seríamos Noah y yo para siempre. Juntos. Tan pronto como pudiera me iría de casa y no volvería nunca. ¡Nunca!

—Adao, tengo que decirte algo, algo importante. Nuestro tiempo juntos se ha acabado.

A veces Noah era muy bromista y solía contar unos chistes geniales que hacían que hasta me entraran ganas de hacer pipí. Pero siempre que los contaba ponía su voz divertida, esa tan aguda que ya de por sí me hacía tanta gracia. Esta vez no hubo voz aguda.

—¿Qué dices, Noah? No te entiendo.

—Por favor, cuídate mucho.

Entonces se hizo el silencio en mi cuarto y yo comencé a llamar a Noah. Primero tímidamente, pensando que seguía con una broma que yo no entendía. Luego le llamé elevando la voz, como si estuviera lejos, en otra habitación, si eso fuera posible. Al cabo de unos instantes comencé a gritar su nombre y mis padres entraron e intentaron tranquilizarme, pero solo consiguieron que quisiera con más intensidad tener a Noah conmigo, abrazándome con su cálida voz, y no ellos. ¡NOAH! ¡NOAH! ¡NOAH! Me hice daño en la garganta de tanto gritar su nombre y a mis padres les arañé, les grité y pataleé tanto como pude mientras lloraba sin consuelo. Entre mis berridos histéricos pude escuchar algunas explicaciones que no eran más que palabras sueltas e inconexas en mi cabeza: "mejor así", "eres mayor", "amigos de verdad".

Creo que perdí el sentido porque lo siguiente que recuerdo es estar tumbado en mi cama y ver salir a un desconocido de mi cuarto. Su voz sonaba ronca desde el pasillo y yo me levanté muy silenciosamente para entornar la puerta y escuchar lo que decía.

—No descarto que vuelva a sufrir un segundo ataque una vez que se despierte y le expliquen nuevamente lo que ha pasado. ¿Están seguros de que quieren hacerlo?

—Ya no hay marcha atrás doctor. Le hemos pedido a la empresa que borre la personalidad de su I.A privada.

—Sí, no queríamos arrepentirnos y dar marcha atrás. Es la mejor decisión y es definitiva.

Cerré la puerta y me quedé a oscuras en mitad de la habitación. De pronto mi corazón se convirtió en una criatura viva dentro de mí. Lo notaba vibrar con fuerza en mi pecho. El pellizco de mi garganta también volvió pero esta vez no me dejaba respirar, me ahogaba y sentía que necesitaba aire o me iba a desmayar. Avancé hacia la ventana de mi cuarto y la abrí para notar una ráfaga de aire cálido que vino acompañada de los ruidos de la ciudad, allá abajo. Mi corazón se aceleró aún más cuando miré al arcoíris de luces que me giñaban al fondo de la calle. Sabía que Noah no habría querido que reaccionara así. Pero Noah ya no era y lo último que pienso es que dentro de muy poco, yo tampoco seré.

...

Su consciencia se abre lentamente, como una flor perezosa que todavía no se ha enterado de que ha llegado el momento de germinar. El sonido llega primero, asfixiado y lejano. Imposible entender esas vibraciones del aire que tal vez sean voces o puede que música. Pronto siente la pesadez de su propio cuerpo, recostado contra un colchón rígido pero cómodo. Las manos cobran vida y sienten el tacto áspero de sábanas que han sido lavadas en demasiadas ocasiones. El pecho sube y baja, la respiración se hace consciente y ya solo resta abrir los ojos. Pero en la oscuridad se está tan bien... La oscuridad es certidumbre, estabilidad. No sabe qué hay más allá pero tiene miedo de descubrirlo. Las voces se hacen más reales y con ellas empiezan a llegar los primeros pensamientos que traen algo de sentido. Antes de abrir los ojos las lágrimas comienzan a fluir con fuerza, rebasando esas presas en forma de párpados. Anticipan algo que el corazón sabe pero el cerebro todavía no.

—Ya ha terminado cariño, despierta.

Está despierta. Ese es el problema. Ha vuelto en sí pero ya no se reconoce. La persona que se incorpora sobre la cama no es la misma que se tumbó. Los recuerdos comienzan a agolparse y esa infinita pena va tomando forma, masa, gravedad.

—¿Qué hemos hecho? ¿Cómo hemos podido?

Lanza la pregunta con una voz débil y diminuta, todavía incrédula. Él no responde, se limita a mirar con ansiedad al doctor que ahora se aproxima a ella.

—No se preocupe, es un efecto normal. Se le pasará en unas horas. Le voy a dar estas pastillas.

En unas horas. No, no es posible, no puede serlo. Ella no quiere que el desagarro que siente en sus entrañas cicatrice ni ahora ni nunca.

—Yo... yo le di a luz. Salió de mí y tenía tus ojos.

Él la toma de la mano y le ofrece una sonrisa en la que refugiarse.

—Era precioso, ¿verdad? Lo haremos bien cariño. No caeremos en esos errores.

Ella no entiende. Él habla en futuro cuando todo lo que importa se ha quedado congelado en un pasado que nunca existió.

—¿Lo haremos bien?

—Sé que es difícil de ver ahora. Yo también estoy conmocionado... pero es solo una simulación, un servicio en pruebas. ¡Un juego! No nos va a pasar a nosotros. Tendremos nuestro hijo y seremos felices. Será feliz.

Ella se levanta de la cama con lentitud y se adecenta la ropa, arrugada por quién sabe cuántas horas de inconsciencia inducida. Sin mirar a ninguno de los dos hombres a la cara, se dirige a la salida solo para girarse en el último momento y decir:

—Yo no quiero tener un hijo. Le quiero a él.

...

El frío del fin del mundo se ha vuelto indulgente. Los páramos desolados adictos al blanco se han comenzado a transformar en una tundra que cada día tiene más colores que añadir al paisaje. Ahora es posible recolectar pequeñas y testarudas florecillas que crecen a la mínima oportunidad. Nunca la belleza fue tan mala noticia.

Ella ha regresado. Pero esta vez sin ganas de cambiar el mundo, tan solo con la esperanza de cambiarse a sí misma. Por eso ayuda por las mañanas a las nuevas expediciones que todavía creen tener una oportunidad, mientras las noches las dedica a continuar escribiéndole a Adao esos mensajes que le dedicaba cuando sabía que llegaría tarde a casa. Son misivas breves. Sencillas. Pensamientos poco meditados que tienen el valor de lo cotidiano. Pero cada carta la aleja cada vez más del olvido. Le fija en la memoria un amor que nunca fue. Que no será. No lo puede evitar así que escribe cada día. Tampoco puede evitar firmar cada mensaje con un definitivo: "Te quiere, mamá".

KERMACRACIA

Pasa. Siéntate. Antes de que abras la boca te voy a dejar claras las reglas de nuestro encuentro. No hablarás a menos que yo te lo pida y te guardarás para ti las preguntas que te surgirán. Serán muchas y mi historia no las responderá todas.

Veo que lo entiendes. Mejor así porque no tenemos tiempo. A mí ya no me queda tiempo.

Supongo que no me conoces. No tendrías por qué. A pesar de toda esta parafernalia que ves a mi alrededor, yo soy un tipo normal y corriente. Igual que tú. Mi historia tal vez no sea muy diferente a la tuya pero necesito que la comprendas bien.

En la época anterior a todo esto, yo tenía uno de esos empleos que desaparecieron de manera silenciosa, enmudecida por los vítores al progreso. Mi labor cotidiana se podía automatizar tan eficientemente como la de la mayoría y eso fue lo que hicieron.

¿Qué dices? ¿Qué tu trabajo nunca se podrá automatizar? Piénsalo de nuevo.

Pero no me contestes. No me interesa tu respuesta ni tu lástima, así que ahórrate la mirada compasiva. Mi despido, nuestro despido, no fue una tragedia sino la manera en la que impulsaron la evolución natural de una sociedad amodorrada, empachada de personas que solo se nutrían del esfuerzo colectivo. Yo me había convertido en uno de ellos. Pero me reinventé, salí ahí fuera para convertirme en alguien útil, de valor. Otros optaron por el camino fácil: manifestaciones, huelgas, violencia. Rogaban y pataleaban por el regreso de un mundo que ya solo sostenía el recuerdo.

En aquellos tiempos tuvimos muchos profetas de lo correcto, maestros de las soluciones fáciles a los problemas complejos; no me extraña que muchas personas les auparan al poder. Yo mismo estuve tentado de hacerlo. Me gritaban a todas horas exactamente lo que quería oír, me señalaban a quién odiar con una retórica deliciosa, tan simple que no hacía falta conocer contexto alguno para saber, como una verdad absoluta, quiénes eran los buenos y quienes los malos.

Eso no duró demasiado. No sabría decirte la fecha exacta en que todo comenzó a cambiar. Verás, supongo que no nos dimos cuenta. Quiero decir que todo ocurrió con una normalidad que aún hoy me sorprende, con la suavidad de quien se queda dormido en el sofá tras un largo y productivo día en el trabajo.

Sí recuerdo cómo me sentía en aquellos días: el pulso acelerado antes incluso de abrir los ojos; novedades, ideas y descubrimientos inyectados en iris y tímpanos cuando aún no había tomado la primera dosis de cafeína; el pensamiento siempre puesto en otra cosa que al día siguiente estaría obsoleta. Aprendimos a detestar el presente por aburrido, a idolatrar el futuro por costumbre.

Sabes de lo que hablo, ¿no? Tú también lo sientes cada mañana cuando al salir de casa ya estás pensando en el regreso, cuando las largas semanas son el preludio de algo mejor que siempre se consume en un cruel parpadeo.

Yo quemaba ese tiempo dejándome llevar de aquí para allá. Convertirme en una presencia física fue mi manera de reivindicarme en un mundo abrumado por lo digital. En aquellos viajes a la búsqueda de empleo fue cuando comencé a percibirlo. El Cambio, digo.

Los primeros días no le di mayor importancia. Sin duda, lo que veía a mi alrededor era fruto de la casualidad. Sin embargo, no tardé mucho en asumir que estaba ocurriendo de verdad. No. Que ya había sucedido. Sin que nos diéramos cuenta se habían apoderado de todo el sistema de carreteras, autopistas y autovías del país.

Sé que te resulta extraño que lo plantee así: "apoderarse".

En aquel momento era el verbo que todos usábamos, a falta de uno mejor con el que explicar lo que estaba ocurriendo. Tienes que recordar que no comprendíamos lo que pasaba. Por eso surgieron protestas y altercados que llegaron a cortar numerosas vías de comunicación. Tiene gracia recordar que pedíamos "recuperar" nuestras carreteras.

La mayoría nos quejamos de una u otra manera, pero también fuimos mayoría los que paramos tan pronto como comprendimos lo que estaban haciendo por nosotros: el asfalto de cada kilómetro de cada vía estaba en perfecto estado; la ampliación de las carreteras más concurridas evitaba los atascos e incluso las autovías más importantes fueron transformándose en pistas inteligentes que nos ayudaban a ahorrar energía. Después de todo aquello nos quedaron pocos argumentos para criticarles.

Ya sabes lo que vino a continuación.

Aquello no podía durar mucho y con el tiempo las vías que conectaban los pequeños pueblos fueron desapareciendo paulatinamente. Las dejaron marchitar y con ellas, las villas centenarias que eran una reliquia del pasado, un ancla al progreso. Algunos protestaron pero fueron minoría, seres extraños que se negaban a sumarse a los nuevos tiempos.

Para cuando ya nadie cuestionaba la nueva realidad otra revolución ya había comenzado. A diferencia de la anterior, a la que la mayoría nos sumamos tan pronto como vimos las mejoras que conllevaba, en esta ocasión grandes capas de la población se levantaron en armas contra sus gobiernos. Por aquel entonces yo entendía perfectamente que el Cambio no solo era imparable, sino que era necesario, deseable. Fui de los primeros en abrazarlo.

Te puedes imaginar que la lucha fue especialmente dura en los países europeos. Desde luego, incluso los más retrógrados terminaron aceptando que ellos se hicieran cargo de su bienestar, de su salud. Incluso hoy, en mi situación, sigo sin entender aquella enconada defensa de un sistema obsoleto en el que el mal de unos pocos lastraba a todos.

¿No querrías tú tener acceso a la mejor medicina posible independientemente de quién te la ofrezca?

Tras aquella batalla no quedó un solo centro sanitario del mundo que fuera directamente gestionado por los gobiernos. Todos habían pasado a ser gestionados por ellos y sus eficientes procesos de gestión. Entonces el Cambio se aceleró porque habían entendido que su oportunidad estaba allá donde el sistema había fallado a los ciudadanos.

Tal vez no lo creas, pero incluso cuando la sociedad en su conjunto pudo comprobar cómo el Cambio había convertido la sanidad en algo sensato, mejor, seguía habiendo una enorme masa de ignorantes que luchaban por revertir todo aquello. Posiblemente no supieran que, a esas alturas, todo estaba decidido. Lo sé porque yo mismo contribuí a que así fuera.

Hospitales y centros sanitarios no fueron más que la punta de lanza para dar el salto al sector que siempre les había preocupado, el que tenía la capacidad de consolidar el Cambio de sistema y asentar las bases de un mundo más eficiente: la educación.

Para mí fue la oportunidad de involucrarme en la formación de las nuevas generaciones, en insuflarles la energía de los nuevos tiempos.

¿No lo entiendes?

Ya no dependíamos de un gobierno caduco y corrupto, de un sistema que premiaba el anonimato y la mediocridad. Ahora la opinión de cada uno de nosotros comenzaba a tomar forma, a pesar en el cómputo global. Por primera vez en la Historia. Teníamos que transmitir la fuerza del nuevo sistema.

Parvularios, escuelas, institutos, universidades, bibliotecas... En apenas una década implantamos un Cambio tan profundo a todos los niveles que cuando dimos los últimos pasos, ya nadie protestó. Ni siquiera aquellos que tuvimos que dejar atrás.

Para cuando no quedó ni un solo gobierno en la Tierra, no costó ningún esfuerzo abolir los anquilosados departamentos de justicia, los cuerpos de policía y ejércitos que eran ya más decorativos que funcionales. Aquello no era eficiente.

¿Por qué te cuento todo esto?

Necesitaba que entendieras cómo hemos llegado a disfrutar del nivel de bienestar que hoy tenemos, de la verdadera democracia que conseguimos implantar no sin esfuerzo. Supongo que viniendo de alguien en mi situación tiene aún más valor.

Tranquilo, en un momento lo comprenderás.

Hasta que implantamos el Cambio la única manera que la población tenía de expresar su opinión, su apoyo o discrepancia, era a través de una votación que en el mejor de los casos se realizaba cada cuatro años. ¡Cada cuatro años! Hoy votamos decenas, centenares de veces al día y de manera automática, sin tener que pensar demasiado en ello. Hemos interiorizado el más puro concepto de democracia: todos participamos activamente del desarrollo y evolución de la sociedad.

Pero ya no le damos valor. ¡No les dais ningún valor! De nuevo han vuelto a surgir esos fanáticos que quieren un retroceso a los tiempos en que un puñado de burócratas regían los destinos del mundo.

¿Acaso no vivimos mejor sin gobierno? ¿No disfrutamos de los más altos estándares de educación, sanidad, desarrollo cultural y bienestar de toda la Historia?

Tan solo tenemos que pagar por ello. ¿Qué gesto más democrático puede haber que aquel en el que cedemos parte de nuestro dinero duramente ganado para apoyar un producto o servicio? La compra es el voto definitivo, un sistema en el que no hay lugar para productos mediocres o servicios paupérrimos porque la competencia es feroz, insaciable.

Dime, ¿cuándo se solucionaron los problemas de tráfico en medio mundo? Cuando las empresas privatizaron cada kilómetro de autovía y optimizaron su gestión.

Dime, ¿cuándo se convirtieron los sistemas sanitarios del mundo en eficientes máquinas de investigación que impulsaron la cura contra el cáncer? Cuando las empresas privatizaron la sanidad y racionalizaron el derroche inútil de los gobiernos ineficientes.

Dime, ¿cuándo conseguimos la revolución educativa? ¡Cuando el profesor dejó de enseñar a alumnos para enseñar a clientes!

Fueron los consumidores los que cambiaron el mundo, no los votantes.

Créeme. Te lo dice alguien cuyos pulmones reposan en esa mesita de allí, la de la esquina. En apenas doce horas los habría tenido de nuevo dentro de mí, completamente limpios y preparados para proporcionarme otras cuatro o cinco décadas de vida. Solo doce horas.

Tuve mala suerte, ¿sabes?

Me confié. Perdí en el momento más inoportuno: una revisión médica rutinaria, un pequeño problema que no debería revestir gravedad, algunas otras pruebas... Para cuando quise darme cuenta, ya no estaba en condiciones de volver a ganar dinero por mí mismo y mis ahorros se habían consumido en una retahíla de procedimientos médicos tan necesarios como costosos.

Ahora escúchame bien y no sientas lástima por mí. No te atrevas.

Cuando mañana mi cuerpo descanse en la fosa común destinada a quienes se quedaron sin crédito quiero que recuerdes tan solo una cosa.

Fue culpa mía, no del sistema.

Eso es lo que necesito que comprendas.

AQUELLA COSA QUE DIJISTE AQUELLA VEZ

ELODIE – 18 AÑOS. GRADO 1

—¿Por qué lo escribiste?

—Me apetecía compartirlo, ¿vale? A ver... esto... Yo quería que la gente supiera que había encontrado un curro. Es que en el fondo yo estaba súper contenta. Me hacía ilusión ganar mi propio dinero por una vez, sin depender de nadie.

—Entonces... ¿Por qué aquella publicación?

—Es que... me daba vergüenza. ¿Quién va vacilando de un trabajo en una pizzería? Alardear de eso en las redes me hubiera convertido en una pringada.

—¿Y no pensaste que alguien que no debería podría verla? Me refiero a alguien como el dueño de la pizzería.

—¿Cómo iba a pensar yo que el tío ese terminaría leyéndola? ¿Qué posibilidades había? Es que... ni se me pasó por la cabeza. Vamos... Si tuviéramos que pensar en quién va a leer nuestros mensajes cada vez que publicamos...

—¿Qué hiciste cuando leíste su comentario? Ya sabes, cuando te despidió públicamente.

—Aquello fue humillante, pero yo le contesté con un GIF bastante fuerte, la verdad.

AXEL – 32 AÑOS. GRADO 2

—¿Cuánto tiempo llevabas trabajando para tu empresa?

—Mmm… En octubre hubiera cumplido cinco años. Sí. Casi cinco.

—Supongo que estaban contentos contigo y tú con ellos, ¿no? Si consideramos que la duración media de un empleado en nuestro país se sitúa en los 18 meses, tú eras un auténtico veterano.

—Sin duda. No es que no tuviera otras ofertas de empleo, entiéndame, pero me sentía bastante cómodo trabajando allí. Y ellos siempre me habían tratado bastante bien.

—Entonces fue completamente inesperado.

—Sí, sí, desde luego.

—¿Había algún compañero con el que te llevaras mal? ¿Algún encontronazo? Estas cosas pasan.

—Pues en general me llevaba bien con todo el mundo. De hecho, todavía sigo en contacto con bastantes personas. Bueno, con ninguna de manera pública, ya sabe.

—Ayúdame a comprenderlo. ¿Por qué rebuscaría tu antigua empresa en tus publicaciones de diez años atrás?

—Doce años, en realidad. En concreto, el que originó mi despido lo lancé en mi tercer año de carrera. Lo recuerdo bien porque en aquella época yo era muy activo en esa red social. Ahora llevo como cuatro años sin entrar en mi perfil.

—¿No te parece extraño?

—Al principio pensé que era una excusa estúpida, que había otra razón de fondo. Es evidente que no soy perfecto. Tal vez alguien de arriba quería deshacerse de mí y este era un motivo tan válido como cualquier otra para hacerlo.

—¿Al principio?

—Mi caso no es el único, ya lo sabe. A mi despido comenzaron a seguirle el de otros muchos en compañías de todo tipo, siempre con el mismo pretexto: "mensajes inapropiados contra los valores de la empresa en redes sociales", o cosas por el estilo.

—¿Cómo te sentiste tras tu despido? No debe resultar fácil encajar algo así.

—No era exactamente enfado, si se refiere a eso. Creo que fue indignación, un sentimiento de impotencia que no me permitía pasar página. Lo que me hicieron no fue justo.

—Cualquier persona sentiría rencor, incluso odio.

—Bueno, supongo... aunque yo no llegué a tanto, ¿eh?

—Entonces, ¿qué te motivó a unirte al Movimiento?

CLAIRE – 54 AÑOS. GRADO 2

—¿Con qué frecuencia comparte fotografías?

—Cada día subo doce o trece. Siempre las mejores. Yo no soy de esas personas a las que les gusta saturar a la gente. Yo no.

—¿Por qué las comparte?

—¿Cómo que por qué? Todo el mundo lo hace. Qué pregunta...

—Cada persona tiene sus propios motivos. Me gustaría conocer los suyos.

—Nunca... Creo que no lo había pensado antes. Vamos, que no me lo había planteado de esa manera. Lo llevo haciendo desde hace tanto...

—Tal vez disfruta con los comentarios de la gente.

—Sí y no. ¿Cómo le explico? Los votos y los comentarios de mis amigos están muy bien, pero por lo general no me suelo fijar en el numerito. Creo... Sigo dándole vueltas a su pregunta de antes, ¿sabe? Creo que para mí, compartir esos pequeños momentos de mi vida es una manera de fijarlos ahí, de ordenarlos para que no se pierdan. Me ayudan a disfrutar más de las cosas.

—Por eso comparte lo que almuerza.

—No solo lo que almuerzo o ceno, pero sí, supongo que cuando me paso un buen rato en la cocina y consigo un asado delicioso, parte de la experiencia de disfrutarlo es compartirlo en las redes. Así no parece algo tan... tan fugaz.

—Expone su vida al escrutinio público.

—¡No toda! Vamos, me parece que está comenzando a exagerar. Mi vida, dice... Lo único que hago es fotografiar lo que cocino y compartirlo con mis seguidores. ¡Me parece que no merezco ser castigada por eso!

—¿Se siente castigada sin motivo?

—¡Pues claro! Vamos a ver, ¿cómo puede mi aseguradora negarse a pagarme un tratamiento médico por unas fotos?

—Alegan que su estilo de vida es incompatible con el tratamiento.

—Mi estilo de vida es el de cualquiera. ¡El suyo, sin ir más lejos! Vamos, no me dirá que no se come una buena hamburguesa de cuando en cuando.

—Según sus redes, usted lo hace prácticamente a diario: carnes rojas, batidos, fritos...

—Entonces, no merezco esas malditas pastillas por estar gorda, ¿no?

SARAH – 15 AÑOS. GRADO 0

—¿Por qué quieres ayudarnos, Sarah?

—Me parece que es lo adecuado, señora.

—¿Te importaría explicármelo un poco mejor?

—Sí, señora. Pienso que es importante que todos seamos consecuentes con lo que hacemos y decimos en las redes sociales. Yo lo llevo haciendo toda mi vida. Las redes son una extensión de nosotros y afectan también a nuestra vida *offline*.

—¿Desde cuando tienes tus propias redes, Sarah?

—Depende. Las de ocio me las abrí a los siete años o así. No quiero mentirle pero la verdad es que no lo recuerdo bien.

—No te preocupes.

—Las profesionales hace dos años. Ya tengo una buena comunidad.

—¿No eres muy joven para tener redes profesionales?

—Tal vez no sea lo habitual, pero en mi zona hay mucha competencia para entrar en las mejores escuelas de secundaria. Yo lo veo como una manera de explicar mis logros justo donde están esos adultos que decidirán mi futuro.

—Clases de música, deportes, agrupaciones juveniles en las que eres coordinadora... Eres una chica muy ocupada. Si te seleccionamos, ¿podrás dedicarle el suficiente tiempo al proyecto?

—Para mí no habrá nada más importante.

SÉBASTIEN – 20 AÑOS. GRADO 3

—¿Cómo pasas tus días ahora, Sébastien?

—Preferiría que no me tuteara.

—Aquí tratamos de crear un ambiente acogedor. No queremos que os sintáis intimidados. Pero como gustes... Como guste.

—¿De qué manera puede dejar de ser intimidante un interrogatorio?

—Creemos que la mejor forma de que... Disculpe Sébastien, pero aquí las preguntas las hago yo. Y ahora, si no le importa, le pido que me responda a la mía. ¿Cómo...?

—...Paso mis días ahora. Música. Sigo haciendo música. Como he hecho desde que tenía tres años.

—¿No busca nuevas orquestas? Alguien con su talento no debería tener problema en...

—Mi currículum y mi talento ya no valen de nada ahí afuera. Lo primero que hará cualquier orquesta al recibir mi solicitud será revisar mi pasado digital. Entonces encontrarán lo que hice y me descartarán automáticamente. Podría ser Beethoven y aun así, mi pasado vendría a cazarme una y otra vez. Pero todo esto usted ya lo sabe.

—¿Cómo es eso?

—¿De verdad me va a hacer explicárselo?

—Por favor.

—Supongo que quiere que quede registrado en esa grabadora. De acuerdo, jugaré. Las personas como yo formamos parte de una nueva clase social, una que ya no se distingue por el origen o por el dinero, tampoco por la raza. A nosotros se nos distingue por cómo de limpio está nuestro registro digital. Mi caso no es de los peores, desde luego, pero me invalida para ejercer la música a nivel profesional. Por lo menos la música clásica. Eso opinan ellos.

PAUL – 40 AÑOS. GRADO 3

—¿Cuánto hace de su arresto?

—Veinte años se cumplen justo ahora.

—¿Qué piensa hoy de lo que hizo?

—Aquel fue el error más grave de mi vida. Pero ya pagué por ello. Ya pagué... Si hubiera sabido realmente qué condena traía ese dinero jamás lo habría tocado.

—¿No lo sabía?

—¡Claro que no! Es decir... conocía las penas de prisión por desvío de fondos públicos, claro que sí. Pero no todo lo que vendría después. Tu abogado no te dice eso.

—Usted calculó los riesgos.

—Evidentemente. No estoy orgulloso de ello, pero tomé mis precauciones por si me cogían. El dinero no lo encontraron jamás. ¿Qué le puedo decir? Era para el bienestar de los míos.

—No tuvo tiempo de disfrutarlo.

—Unos meses. Después el juicio y la condena fueron sorprendentemente rápidos.

—Apenas pasó cinco años en prisión.

—¿Apenas? ¿Trata de provocarme? Mire, cinco años en prisión tal vez no parezcan mucho para algunos, eso me dijo mi abogado al menos, pero trate de pensar lo que son realmente cinco años. ¿Qué ha hecho usted en los últimos cinco años? ¿Cómo ha evolucionado? ¿Ha conocido a su actual pareja? ¿Ha tenido un hijo? ¿Ha conseguido este puesto de trabajo? Desde fuera pueden parecer pocos pero créame, dentro son agónicamente largos.

—Aprovechó para escribir un libro.

—Claro, de lo contrario me hubiera vuelto loco ahí adentro. Pero lo que realmente me ayudó a aguantar fue saber exactamente cuándo terminaría mi condena. O eso pensaba.

—Prosiga.

—Mi vida nunca más volvió a ser lo mismo. Si pone mi nombre en internet lo primero que aparecerá serán los incontables artículos de lo que sucedió hace veinte años. Página tras página, todas hablan de esos escasos meses de mi vida. Ninguna menciona los siete años previos que trabajé como servidor público, las infraestructuras que ayudé a impulsar. Nada de eso importó cuando salí de la cárcel.

—¿Cuánto tiempo lleva desempleado?

—He perdido la cuenta.

—Trate de recordarlo, por favor.

—Oiga, tal vez no lo crea pero lo peor de mi situación no es estar sin blanca; mi mujer y mis hijos apenas me hablan y la mayoría de mis contactos ni siquiera me cogen el teléfono cuando trato de concertar una entrevista con ellos. Los que sí lo hacen suelen ser suficientemente valientes como para decirme la verdad: nadie quiere relacionarse con alguien con mi pasado.

—¿Se considera un hombre desesperado?

—¡Espere! Veo por dónde va y se equivoca por completo conmigo.

—¿A qué se refiere?

—Yo nunca haría nada... bueno, no volvería a hacer nada que estuviera fuera de la ley. He aprendido esa lección.

—Entonces... ¿Qué va a hacer ahora?

—Se lo diré: pelear, luchar con lo poco que me queda para que las cosas cambien.

ELODIE – 18 AÑOS. GRADO 1

—¿Has tenido problemas para encontrar otro trabajo después de aquello?

—Claro que sí. Es que salí hasta en las noticias. Reconozco que yo, si hubiera estado en el lugar de ese tipo, hubiera hecho lo mismo.

—¿No le guardas rencor a ese hombre?

—Supongo... un poco. A ver, el día después de que me despidiera le liamos una buena unos amigos y yo.

—¿Cómo?

—Sí, creamos un *hashtag* y todo. Le inundamos sus redes sociales con memes y críticas de sus pizzas. Hasta fuimos tendencia en mi zona durante unas cuantas horas.

—¿Y después?

—Luego todo el mundo se olvidó de aquello. Menos yo, claro. Tuve que borrar mis perfiles en todas las redes sociales para intentar empezar de nuevo.

—¿Funcionó?

—No. La gente no confía en ti si no tienes presencia *online*, ¿sabe? Es como... oye, ¿qué pasa contigo? ¿Qué tienes que ocultar? ¿Eres una fugitiva o algo?

—¿Te gustaría que desaparecieran todas las redes sociales?

—Eso es una tontería. ¿Cómo nos comunicaríamos? Los dos meses que he estado sin redes... buah, es que ha sido muy duro.

AXEL – 32 AÑOS. GRADO 2

—Supongo que fue casual. Alguien me contó lo que hacían, vi que yo podía colaborar...

—¿Le dedicas mucho tiempo a esas actividades?

—No especialmente. Quiero decir, cada día trato de avanzar un poco, de empujar en la dirección correcta, pero no es mi tarea principal, si es eso lo que me pregunta.

—¿Cuál es tu tarea principal?

—Estoy montando un negocio con unos amigos. Trata de...

—Volvamos al tiempo que le dedicas al Movimiento. ¿Cómo "colaboras" con ellos?

—Trato de que los chavales no cometan el mismo error que cometí yo. Escribo artículos, doy alguna que otra charla...

—¿Te arrepientes de aquel vídeo?

—Ahora lo recuerdo y... bueno, casi me resulta gracioso porque lo veo como lo que es: un pensamiento rebelde de alguien que se cree que lo sabe todo a los 19 años. ¿Tenía ideas extremistas por aquel entonces? Claro que sí, como la mayoría de mis amigos. Ideas extremistas en todo, desde cuál era el mejor equipo de fútbol hasta cuál era la mejor videoconsola. Nuestro mundo era de blancos y negros, de conmigo o contra mí. Algunos, pocos, llevaban ese pensamiento al terreno de la política. Y de ahí a las redes sociales. Decir cualquier barbaridad en las redes nos sentaba bien. Era como un eructo rápido y salvaje. Estaba mal pero era inocuo. A los cinco minutos no te acordabas de lo que habías puesto.

—Pero se quedaba ahí.

—Se quedaba ahí y eso es lo que intento explicarles a los adolescentes que hoy usan las redes. No saben que están jugando con fuego.

—¿Qué opinión te merecen los organizadores del Movimiento?

—Creo que han detectado el mayor problema social de nuestro tiempo y que están dispuestos a hacer algo por resolverlo. Es más de lo que podemos decir de nuestros políticos, por ejemplo.

—Y tú, ¿a qué estás dispuesto?

CLAIRE – 54 AÑOS. GRADO 2

—¿Cómo paga su medicación?

—Hago lo que puedo. Soy una mujer muy trabajadora. Eso también está registrado en mi perfil, por si le interesa.

—Lo que tenemos registrado es su sueldo mensual. Y no cubre los costes de su tratamiento. Se lo repetiré. ¿Cómo paga sus medicinas?

—¿Sabe? Es gracioso, hace unos momentos me ha juzgado por "exponer mi vida" en las redes, cuando la realidad es que ustedes pueden saber cualquier cosa de mí sin ni siquiera una orden judicial.

—No necesitamos una orden para consultar sus perfiles públicos. Además, nos dijo que colaboraría.

—Oiga, me he sentado aquí y he respondido a cada una de sus preguntas; incluso he aguantado su halo de superioridad durante todo este... este proceso sin sentido. No me diga que no estoy colaborando.

—Entonces responda a la pregunta, por favor. ¿Cómo está pagando actualmente su medicación?

—Está bien... Tengo unos ahorros en dinero físico.

—¿Dinero físico?

—Sí, de cuando todavía se podía conseguir. Los estoy ingresando poco a poco en mi cuenta para cubrir los gastos.

—¿Eso es todo? Le recuerdo que cualquier mentira...

—Lo sé, gracias. No... Quiero decir, sí, tengo algunos amigos que también me han prestado algo de dinero. Son buenas personas.

—¿Qué amigos? ¿Están sus amigos afiliados al Movimiento? Por favor, míreme y responda.

SARAH – 15 AÑOS. GRADO 0

—¿Sabes lo que implica esta colaboración?

—Sé que es una gran responsabilidad. Y un privilegio. ¡Ah!, y un deber.

—Muy cierto, Sarah, pero también una obligación. Estarás obligada a ser un ejemplo, una muestra intachable de la clase de ciudadano que se comporta de manera responsable en su vida digital.

—Estoy preparada.

—No estamos seguros de que entiendas...

—¡Claro que sí! Bueno… disculpe, señora…

—Adelante, por favor.

—Yo… necesito que comprenda algo: absolutamente toda mi vida ha sido compartida en redes sociales por mis padres primero y casi desde que tengo uso de razón, por mí misma y por todo el que me ha rodeado. Para mí no ha existido otra cosa que no sea el escrutinio perpetuo. Estoy acostumbrada a mostrar lo mejor de mí. Por favor, compruébenlo.

—Lo sabemos Sarah, por eso tenemos esta conversación. Ahora dime, ¿qué sabes del Movimiento?

—Son retrógrados. Disculpe si parezco exagerada, pero pienso que esa gente que forma parte del Movimiento por el Olvido Digital son los mismos que querrían que prohibiéramos las inteligencias artificiales o el uso de células madre. Son inadaptados que no entienden el mundo.

—Bueno, no han hecho nada ilegal, ¿no?

—¡Ya! ¿Y qué me dice de esos… esos que han quemado todos los servidores de una empresa?

—¿Crees que las personas tras los ataques a los servidores son las mismas que las que se manifiestan por el Movimiento?

—Creo que hay personas que harían cualquier cosa por borrar su pasado.

SÉBASTIEN – 20 AÑOS. GRADO 3

—No está siendo honesto conmigo.

—¿Por qué dice eso?

—Asegura que actualmente tan solo se dedica a su música. ¿Se reafirma en eso?

—Desde luego.

—Entonces, ¿cómo explica estas publicaciones?

—Déjeme ver... lo que pensaba. No tengo nada que explicar, todas están relacionadas con mi actividad musical. Soy compositor. Uno bastante bueno, de hecho.

—¿Le parece una casualidad el hecho de que esté componiendo canciones para el Movimiento? ¿Precisamente usted?

—Ah, desde luego que no. Desearía que todos y cada uno de los servidores de este planeta ardieran ahora mismo, mientras que usted y yo hablamos. Y ya de paso, que quemaran a los hipócritas que los controlan. Y a quienes basan todas sus decisiones en algo que alguien hizo o dijo en una estúpida red social cuando tenía diez años. No... no es una casualidad que colabore con el Movimiento.

—Tiene usted mucha rabia contenida como para darle salida solo con canciones. Es curioso que no lo comparta en sus redes.

—Cualquiera podría utilizarlo en mi contra. Como usted. Pero ahorrémonos tiempo, ¿quiere? ¿Por qué no me acusa formalmente de terrorista y yo llamo a mi abogado?

—¿Quién dice nada de terrorismo?

—No me tome por imbécil. Ustedes asocian a cualquiera que forme parte del Movimiento con los ataques contra los servidores de todas esas empresas. Pero deben de estar realmente desesperados si creen que yo encajo en el perfil.

—Varón de 20 años con un elevadísimo Coeficiente Intelectual. Virtuoso en siete instrumentos musicales pero sin ninguna orquesta que le contrate. Ha intentado vender sus composiciones a las principales marcas del sector pero todas ellas le han rechazado. Sufre el continuo boicot en las redes sociales tan pronto como alguien le recuerda lo que hizo. A nosotros nos parece el perfil de una persona que trataría de borrar su pasado a toda costa. ¿Y a usted?

—A mí me parece que soy uno más de la generación que no tiene derecho a equivocarse. No aprendemos de nuestros errores, estos nos acompañan durante toda nuestra vida como una enfermedad crónica de la que se nos puede culpar. ¿He dicho errores? No... Quería decir acciones. Acciones habituales, banales, sacadas de contexto y utilizadas como guillotina para cercenar los sueños de personas que, de repente y sin motivo aparente, son incómodas para alguien. Si yo encajo en su perfil también lo hacen las legiones de chavales de mi edad que están ahí afuera pagando por algo que dijeron, compartieron, miraron o siquiera escucharon en sus redes sociales. Y cada día seremos más porque este ideal hipócrita es imposible de cumplir.

PAUL – 40 AÑOS. GRADO 3

—Pelear, luchar... Esas son palabras que implican violencia.

—No necesariamente.

—Pero usted ya tiene poco que perder. Lo acaba de decir.

—Y mucho que ganar.

—¿Podría especificar?

—El Movimiento por el Olvido Digital es completamente legítimo. Desde luego que no tenemos nada que ver con todo eso de los servidores. Nuestro campo de batalla es judicial.

—Están perdiendo.

—Eso todavía está por ver.

—Disculpe pero eso es un hecho. La ley de Historia Digital Personal está a punto de ser aprobada y eso implicará que toda su actividad digital, sea del tipo que sea, no se podrá eliminar y quedará vinculada a sus datos personales para que cualquier organismo público o privado la pueda consultar fácilmente.

—¿Y a usted eso le parece bien?

ELODIE – 18 AÑOS. GRADO 1

—¿Cómo cambiará tu vida?

—¿Si aprueban esa ley? Buah, no sé... Mis padres me han dado una charla sobre el tema y tengo amigos que incluso se plantean borrarse de alguna red... pero... no sé... Yo no quiero dejar de ser yo misma. Es como la canción. Tenemos que ser fieles a nosotros mismos.

—¿Tienes amigas que se hayan unido al Movimiento?

—Es que... No sé, no debería hablar de eso, ¿no?

—No es nada ilegal. No están haciendo nada malo, si es eso lo que te preocupa.

—Ya bueno... A ver, algunas hablan bastante del asunto, van a fiestas y cosas así. Pero yo creo que lo hacen para conocer tíos.

—¿Has estado tú en alguna de esas fiestas?

—...

—No pasa nada, Elodie.

—Alguna vez sí.

—¿Qué se hace en esas fiestas?

—Se habla... se habla demasiado todo el rato, para mi gusto. Yo solo voy porque el Movimiento se ha puesto de moda.

—¿De qué se habla?

—No sé... de los derechos civiles, las libertades... Una vez un chico puso mi caso como ejemplo.

—¿Te molestó?

—Al principio sí, pero la gente fue muy comprensiva conmigo. Conseguí bastantes seguidores aquel día. Luego los perdí casi todos...

—¿Cómo es eso?

—En este grupo... vamos, el que suele organizar las fiestas a las que voy con mis amigas, la gente se lo toma muy en serio todo. Lo del Movimiento, quiero decir. Y si no te implicas y demás... al final pasan bastante de ti.

—¿Implicarte?

—Yo soy bastante activa en redes. Pero para muchos no es suficiente.

—¿A qué te refieres?

—Creo que estoy hablando demasiado y...

—Elodie, hasta ahora lo has hecho perfectamente. Estamos muy satisfechos con este proceso y nos gustaría dejarte marchar a casa lo antes posible, pero para eso necesitamos un poco más de ti. Tan solo nos estás contando un poco de tu vida, no estás haciendo nada malo.

—Es que... de acuerdo... Hay gente que acude a las fiestas, gente del Movimiento que es muy pesada y está siempre intentando que nos impliquemos más y no solo a nivel digital. Quieren que salgamos a la calle, que protestemos... El chico ese que le decía antes, ¿recuerda? Ese chico es una máquina...

—¿Máquina?

—¡Un genio! Nunca había conocido a nadie tan inteligente como él. Es una pena que gaste su tiempo así.

—¿Así cómo?

—Enfadado, gritando siempre y tratando de convencernos a los demás de que tenemos que recuperar nuestro derecho a equivocarnos...

AXEL – 32 AÑOS. GRADO 2

—No soy un insensato, ¿sabe?

—¿A qué te refieres?

—A que sé perfectamente por qué estoy aquí. Y ya le digo que no estoy con ellos. Quiero decir, sí estoy con el Movimiento, pero mi grupo, el grupo con el que colaboro, quiero decir... nuestros límites están dentro de lo legal.

—No estáis consiguiendo nada. ¿No te tienta ir un paso más allá? Después de lo que te hicieron...

—Aquello cambió mi vida, desde luego. Y creo que el Movimiento lucha, luchamos por algo necesario. Pero entiéndame bien, no estoy dispuesto a desperdiciar mi vida por ninguna causa. No creo en las cruzadas. Ni siquiera en las más justificadas.

—Antes me has dicho que tu participación en el Movimiento no era tu "tarea principal". Sin embargo... sí, aquí lo tengo: un desglose de tus comentarios digitales en el foro del Movimiento.

—Eso está sacado de contexto...

—Y aquí un resumen del tiempo que has pasado en esa cafetería alternativa en la que os reunís.

—Pero ¿cómo sabe...?

—Incluso has cambiado tus rutinas de entrenamiento para adaptarte al calendario del Movimiento. Yo llamaría a todo esto tu "tarea principal".

—¿Han estado investigándome?

—¿Investigando? Tan solo hemos mirado tu actividad pública en el foro, hemos comenzado a seguirte en tu app de ocio favorita y somos 'compañeros de equipo' en esa otra web en la que registras el deporte que hacías cada tarde y que ahora has pasado a la mañana.

—No tenían derecho...

—Tú publicaste toda esa información por voluntad propia.

—Claro, claro que lo hice. ¡Pero no hay nada ilegal ahí!

—Desde luego que no. Simplemente nos ayuda a comprenderte mejor. A ti y a los tuyos.

—Esto es increíble… Seguro que saben hasta lo que cené anoche.

—Si fuera necesario comprobaríamos el registro de tu nevera inteligente y todas sus órdenes de compra. No nos diría el menú exacto, pero tendríamos una idea bastante aproximada, sí. Aunque resulta demasiado invasivo para tu privacidad. No es necesario. Si continúas cooperando.

—Si lo saben todo sobre mí, saben que estoy limpio.

—Todavía.

CLAIRE – 54 AÑOS. GRADO 2

—Yo… Sé muy poco sobre ellos.

—Pero son sus amigos, ¿no?

—Les conozco poco… pero si quiere que le diga la verdad, son los únicos que me han tratado de manera decente desde lo de mi enfermedad.

—Dándole dinero.

—¡Ayudándome! ¡Y no solo con dinero!

—Tranquilícese, por favor.

—No me gusta como pronuncia la palabra "amigos". Hace que suene sucia.

—¿De qué otra manera le han ayudado sus "amigos"? ¿Mejor así?

—Creo que todo lo que usted dice suena a sucio. Incluso la ayuda de personas que todavía se preocupan por los demás. Ellos me dan dinero sí, pero sobre todo me escuchan, tratan de ponerse en mi piel y entender cómo me siento.

—¿Se siente sola?

—¡Por favor! ¡Sabe perfectamente cuántos seguidores tengo en…!

—Me gustaría que respondiera a mi pregunta, por favor. Algunas veces... digamos al llegar a casa después del trabajo, ¿se siente sola?

—Esa pregunta no tiene ningún sentido.

—De acuerdo, entonces hábleme de ellos. Deben de ser estupendas personas cuando le han ofrecido su ayuda de manera tan desinteresada.

—Ahí está otra vez. "Desinteresada". ¿Por qué tiene que pronunciarlo así?

—Porque usted y yo sabemos que ese dinero y esos *selfies* que se han hecho con usted no han sido gratis.

SARAH – 15 AÑOS. GRADO 0

—¿Comprendes por qué te pedimos que hagas esto?

—Sí señora. Necesitan información, alguien que les cuente lo que sucede durante esas reuniones.

—No solo durante las reuniones.

—Sí, eso quería decir. Lo importante es después, cuando planifican, ¿no?

—Exactamente Sarah, lo has entendido muy bien.

—En realidad... hay algo que no logro comprender.

—Adelante.

—¿Por qué lo hacen? Quiero decir, ¿por qué quieren borrar lo que han hecho? ¿Por qué quieren evitar que vigilemos mejor a aquellas personas que son una amenaza para todos? ¿A qué temen, si no tienen nada que esconder?

SÉBASTIEN – 20 AÑOS. GRADO 3

—De acuerdo, ya puede marcharse.

—¿Cómo dice?

—Nos ha dicho todo lo que queríamos escuchar.

—Pero si no he...

—¿Dicho nada? Sébastien, nos ha dicho lo suficiente para añadirlo a su Historia Digital Personal como parte de su pensamiento. Esta grabación le acompañará allá donde vaya durante el resto de su vida.

—¡Es ilegal!

—Pero en unos días dejará de serlo. Y todo el mundo podrá escuchar...

—Comprendo perfectamente el concepto de chantaje.

PAUL – 40 AÑOS. GRADO 3

—Mi opinión no tiene lugar aquí.

—Entonces dígame algo, ¿qué pasará cuando el criterio de lo que está bien y está mal cambie?

—Sabe que las preguntas las hacemos nosotros.

—Conseguirán una dictadura de la opinión, de lo subjetivo. Se filtrará hasta lo más profundo de las raíces de este país. Viviremos con el miedo al "qué pensarán" incrustado en el pecho; dejaremos de comportarnos como somos para fingir cómo debemos ser. Nadie estará a salvo. Ni siquiera usted.

—Mi Historia Digital Personal es impecable, de otra forma no estaría haciendo este trabajo.

—"Deme seis líneas escritas por la mano del hombre más honesto y yo encontraré algo para hacerlo ahorcar".

ANEXO – HISTORIA DIGITAL PERSONAL DE LOS SOSPECHOSOS – HITOS

Elodie

-Publicación en su perfil personal: "Mañana empiezo ese trabajo de mierda en la pizzería. ¡Por favor, matadme rápido!"
-Elemento gráfico: GIF de un personaje de *sit-com* apuntándose a la cabeza con su mano como si fuera una pistola.

Axel

-Publicación en su perfil personal: "¡Al final he picado! ¡Ya tengo mi nuevo móvil de {marca de la competencia}, mucho mejor que el de los pardillos de {marca empleadora}
-Elemento gráfico: vídeo del individuo mostrando el logo de {marca de la competencia}

Claire

-Publicación en su perfil personal: "¡Hoy me merezco un capricho! {Emoji de corazones}"
-Elementos gráficos: 27.325 fotografías publicadas en su perfil personal durante un periodo de cinco años, principalmente de comida declarada "nutricionalmente deficiente" por las autoridades sanitarias competentes.

Sébastien

-Publicación en su perfil personal: {Texto no encontrado}

-Elementos gráficos: {Elementos gráficos no encontrados}

-Acción: Escuchar numerosos discos de varios artistas populares de un concurso televisivo.

Paul

-Número de noticias relacionadas con el individuo: 7.250

-Número de noticias negativas relacionadas con el individuo: 7.035

EL VALLE INQUIETANTE

Día 30

No sabría decir qué era, pero volvía a estar ahí una mañana más.

La taza de café humeaba sobre la mesa de cristal, que filtraba los primeros parpadeos de un día de prematuro y agobiante calor. El viejo no se decidía a tomarla entre sus arrugadas manos, sabía que todavía faltaban largos minutos hasta que pudiera saborear la bebida. Pero estaba impaciente. La pesada, infinita nada en la que se habían convertido sus días se había quebrado contra su voluntad.

No sabría decir qué era, pero podría estar en su rostro. A primera hora de la mañana o en la penumbra de la tarde, casi le hubiera tomado por un semejante, acaso algún bisnieto que había venido a visitarle arrastrado por un súbito ataque de conciencia. Imposible. No sabría decir qué era, pero aquel ser con el que le habían obligado a convivir le revolvía el estómago, le hacía sentir un escalofrío que se retorcía en su espina dorsal desde que abría los ojos hasta que se dejaba caer, fatigado, cada noche en su cama. Le imponían una presencia extraña y no podía hacer nada por evitarlo.

—Es una verdadera putada que no puedas sentir el odio con el que ahora mismo te estoy mirando, Andrew —el viejo no lo dijo con la ira o el rencor que se desprendían de sus palabras, sino como un hecho empírico comprobable. El sol sale por el Este y le odiaba.

—Lamento que se sienta así...

—¿Lamentas? ¡Ja!

—Sabe perfectamente que entiendo su reacción.

El café desprendía un intenso aroma, último refugio matutino ante lo predecible. No sabría decir qué era no, pero tal vez fuera su voz, ese timbre aflautado y paternalista diseñado para reconfortar, para simular auténtico aprecio allá donde era imposible que lo hubiera.

—¿Cuántos minutos llevamos hoy? —preguntó el viejo, que conocía perfectamente la respuesta.

—23 minutos y 16 segundos.

No había manera de engañarle, pensó. Siempre le quedaba la posibilidad de iniciar una conversación banal y retirarse a sus propios pensamientos. Aunque en aquella época de su vida ya no tenía pensamientos originales, sino recuerdos de situaciones, de sensaciones y conversaciones desgajadas por el paso del tiempo. Momentos que ya solo existían en su cabeza y que revisitaba una y otra vez. Ese era el verdadero valor de las experiencias de toda una vida, la capacidad de refugiarse en ellas y obviar el desolador presente.

—Solía pensar que el tiempo pasaba más rápido cuanto más viejo te hacías —arrancó de nuevo el anciano— Pero desde que estás aquí mis días son insoportablemente lentos. ¿Qué tienes que decir a eso, Andrew?

El otro no respondió de inmediato. El negro café reflejaba su rostro perfectamente simétrico como un oscuro espejo del que apenas se desprendía ya humo.

—Lo crea o no, Robert, para mí también es desagradable esta situación —ahí estaba otra vez, esa voz cálida y comprensiva que trataba de sacar al viejo de su cueva, de atraerle al brillo de la interacción con un ser inteligente.

—No te lo pongo fácil, ¿eh? —era un placer retorcido el que el viejo experimentaba cada vez que torturaba a la criatura con sus afiladas preguntas. Aquellos seres no estaban programados para filtrar la bilis producida por un anciano que solo desea que le dejen tranquilo.

Andrew pareció no escucharle. Se levantó de la silla y abandonó el pequeño porche para cobijarse del fuerte sol en la sombra del alto limonero que presidía el jardín. Apenas tuvo que alargar un poco los brazos para tomar uno de los frutos de una rama cercana.

—Dígame... ¿Por qué limones?

Robert no sabría decir qué era. Acaso la forma en la que miraba. Sí. Esos grandes ojos azul cobalto que no contemplaban, sino examinaban, analizaban, diseccionaban cada fragmento de la realidad como si en todo hubiera una conclusión oculta. Incluso en aquel simple limón de vibrante amarillo.

—Mi médico dice que sus algoritmos dicen que debo tomar más cítricos. Algo relacionado con el sistema inmune. Se supone que es bueno para mí, aunque yo creo que cualquier posible beneficio será gracias al efecto placebo.

La mañana era silenciosa y la voz cuarteada y áspera del viejo casi parecía cargada de una rara energía. En contraste, Andrew mantenía su tono un punto por debajo de lo que sabía que era perfecto para Robert. De esa manera le obligaba a seguir la conversación con mayor atención.

—Perdone, pero no le creo. A mi llegada lo primero que hice fue evaluar la seguridad de su hogar, como bien recordará. Y permítame decirle que este jardín se había convertido en una trampa para su bienestar —Andrew usaba el limón como batuta con la que desglosaba sus reflexiones—. Todo estaba descuidado, desde los oxidados utensilios de jardinería que esperaban empalarle tras un desafortunado traspiés, hasta las hierbas tóxicas que se habían instalado en aquella esquina. Usted tenía un pequeño infierno esperando un despiste suyo para devorarlo. Pero no este limonero. Este árbol gozaba de una salud extraordinaria. Sus ramas estaban bien podadas, la tierra a sus pies tenía abono de la mejor calidad y no se veía un solo fruto pudriéndose en el suelo.

Robert no sabría decir qué era. Quizás la fría lógica de la que era imposible esconderse. ¿Cómo esperaban que mantuviera conversaciones con aquella cosa cuando parecía leer en lo más profundo de su mente?

—Este árbol representa algo para usted, algo muy querido de su pasado que ya no le acompaña.

—¿Por qué dices algo, Andrew, cuando sabes que es alguien? —el viejo se debatía entre la melancolía y el odio. Maridaban bien con el café que estaba tomando, intenso y afrutado.

—Entiendo que puede ser un… recuerdo delicado para usted. No quisiera apenarle con fragmentos de su pasado que tal vez preferiría mantener en privado.

—Eres incluso peor mentiroso que yo. Es lo único que me gusta de ti. Espero que no te actualicen pronto y arruinen mi única ventaja.

Andrew se acercó de nuevo al porche y recuperó su asiento frente al viejo. Dejó el limón sobre la mesa, justo en el lugar en el que sabía que la cálida brisa matutina haría llegar a Robert la fragancia del fruto. Después, silencio. Hasta que resultó demasiado incómodo.

—A ella le encantaban los limones —la frase sonó a rendición fatigada—. A la primera, me refiero. Luego hubo otras, demasiadas. Pero siempre la recordaré a ella porque dejó algo muy intenso enterrado aquí... —dijo Andrew tocándose el esternón con los dedos índice y corazón.

—¿Qué pasó con ella?

—La vida. La vida nos pasó a los dos. No lo puedes entender.

—Hoy se conoce perfectamente el mecanismo fisiológico que lleva al enamoramiento de dos personas; le podría explicar, si quisiera, las reacciones electroquímicas que...

—Eres gilipollas. Sí, te concedo que eres una criatura tremendamente avanzada; el último modelo de tu serie, según me dijo la chica esa del gobierno. "Lo mejor para nuestros veteranos". Pero eres tremendamente estúpido si no eres capaz de ver tus propias limitaciones. ¿De verdad esperas comprenderme a partir de las leyes naturales?

—No espero comprenderle, Robert, esa no es mi misión.

El último trago de café estaba frío y contenía pequeños granos oscuros que se habían quedado adheridos al interior de la taza. Robert no sabría decir qué era. Posiblemente la sensación de hablarle a un muñeco de tamaño natural que no podía comprenderle mejor que la tostadora.

—Ya hemos pasado un buen rato. Esta tarde seguiremos.

—Como quiera.

—No, no es como quiero.

...

El despacho del viejo olía a madera vieja y a papel viejo. También a cuero desgastado, antediluviano. Lo único que tenía menos de 30 o 40 años en esa estancia era el bote de tinta fresca que Robert acababa de abrir. Aquel pequeño ritual, recargar su pluma estilográfica con la meticulosidad de un cirujano, era una de las pocas cosas para las que todavía albergaba algo de paciencia.

En esa pequeña habitación atestada de libros y polvo Robert se sentía a salvo. Era la única en la que Andrew no metía sus narices. No sin poco esfuerzo, el viejo había logrado convencer a la trabajadora del gobierno de que él necesitaba su espacio personal, un lugar en el que mantener las cosas exactamente como habían estado durante las últimas décadas. "¿No se sentiría más tranquilo si su compañero lo revisara, como al resto de la casa?". Imbéciles. No entendían nada.

Robert pasaba todas sus tardes lejos, muy lejos de aquella casa, de aquel ser y del tramo final de su vida que se había convertido en una aburrida espera. Sus libros eran los únicos que todavía podían depararle alguna sorpresa; con ellos podía discutir y discrepar en igualdad de condiciones. Ensayo, novela, poesía. Todo pasaba bajo el bisturí en que había convertido a su estilográfica: tachaba, argüía, discrepaba o asentía con las ideas, personajes e historias de autores de toda época y lugar.

Las horas se le derramaban de entre las manos cuando trabajaba en su despacho y era habitual que Andrew tuviera que darle un aviso de "lo tarde que era" usando la red intracraneal doméstica. Pero no aquel día. Algo había logrado atravesar el aislamiento sensorial al que se sometía Robert: un olor dulce con un puntito picante que se le coló por la nariz y se deslizó hasta las papilas gustativas para hacer que la boca le salivara sin remedio. Era un olor del pasado que había permanecido enterrado largo tiempo.

—¿Será posible...?

Robert se levantó de su sillón con premeditada lentitud, como para darle tiempo a su cerebro a corregir lo que, sin duda, era un error de percepción de un hombre al que su cuerpo comienza a engatusarle a cada oportunidad que tiene.

Junto a la puerta que daba al pasillo principal de la residencia el olor era aún más intenso. Inconfundible. Con el estómago celebrando la grata sorpresa, Robert se encaminó hacia la cocina desde la que provenía la sinfonía previa a un gran banquete.

—¿Pero qué estás haciendo? —preguntó el viejo desde la entrada, donde podía contemplar cómo Andrew se movía a una velocidad sobrehumana terminando de preparar un enorme surtido de comida.

—Por favor, siéntese en la mesa. He abierto una botella de vino excelente y según mis cálculos, su temperatura ya debería ser perfecta para que disfrute de la primera copa —respondió Andrew casi sin mirarle, pero esbozando una levísima sonrisa que se agitaba frenéticamente por toda la cocina.

—¿Calabazas rellenas? ¿Batatas al horno? ¿Pato a la naranja? —el viejo enumeraba y trataba de comprender a la vez.

—Son sus alimentos preferidos, si no me equivoco.

—¿Pero cómo has sabido...?

—Verá, ya llevo con usted un mes y he aprendido una o dos cosas sobre lo que le gusta y lo que no le gusta —Andrew transmitía jovialidad con cada palabra, una clase de buen humor tan genuinamente natural que a Robert le impactaba incluso más que todo el festival de comida que le estaba preparando.

No sabría decir que era, ahora menos que nunca, pero podría estar oculto bajo esa sonrisa juvenil que parecía tan inocente como espontánea. Pensando en ello el viejo se dirigió a la mesa del comedor casi sin darse cuenta, atraído por una guitarra cuyos acordes hacían temblar recuerdos que tenían medio siglo de vida.

—Tenga cuidado. La fuente todavía quema —advirtió Andrew a la vez que pasaba junto a su comensal, sosteniendo unos humeantes y crujientes muslos de pato recién salidos del horno.

Entre las tareas que se le habían asignado a Andrew estaba la de cocinar. Él se encargaba de todas las comidas que ingería Robert, desde la planificación hasta la elaboración, todo basado en una estricta dieta diseñada para personas centenarias. Por eso la mayoría de comidas solían ser aburridas, pensadas no para estimular el gusto sino para mantener en el mejor estado posible la salud de Robert.

—¿Qué pasa con mi dieta? —Robert necesitaba comprender qué estaba ocurriendo en aquella mesa a la que se acababa de sentar. Sabía que no podría disfrutar de nada de lo que tenía frente a él hasta que no le encontrara el sentido a lo que esa criatura de hábitos marciales acababa de hacer.

—Es cierto que los alimentos que le he preparado no son los más saludables para usted en esta etapa de su vida. De hecho, no debería de probar este exquisito vino —confesaba Andrew al tiempo que vertía una generosa cantidad de brebaje rojo carmesí en la copa de Robert—. Pero los últimos estudios demuestran que una noche de asueto como esta puede ser verdaderamente beneficiosa para la salud. No le aburriré con los detalles científicos.

Andrew hablaba rápido y de manera casual, pero le servía la comida a Robert con un mimo comparable al que cabría esperar de una madre para con su hijo pequeño. Cuando hubo terminado, el propio Andrew se sirvió él también pequeñas cantidades de comida en su plato.

—Espera… ¿Ahora comes tú también? —Robert no podía sentir más que una divertida sorpresa ante una situación, a todas luces, rocambolesca.

—Sigo sin poder saborear la comida, como ya se imagina. Además, mi cuerpo no necesita ninguno de estos nutrientes para funcionar debidamente. Pero tengo entendido que cenar en compañía resulta mucho más grato.

El buen humor de Andrew había terminado por contagiar al viejo, que comenzó a dedicarle largos tragos a su copa de vino.

—Está... está delicioso, Andrew —Robert no se dio cuenta, pero era la primera cosa amable que le decía a su compañero de piso desde que este había llegado.

—Muchas gracias. Para mí resulta sencillo seguir las recetas que encuentro en la Red, pero tenía dudas sobre si el resultado final le agradaría. Creo que cada uno de ustedes saborea y aprecia los alimentos de manera diferente.

—Delicioso sí. Pero ahora dime —exigió Robert, endureciendo su voz y su mirada—, ¿por qué haces esto? No me mientas. Sabré si lo haces.

La guitarra fundía a negro para dar paso a una nueva canción y mientras tanto, el silencio se propagaba por la estancia y ayudaba a forjar una tensión repentina que Andrew encajó ensombreciendo también su rostro. La mirada del viejo no era capaz de producir en él ninguna emoción, pero sí le transmitía la suficiente información como para saber cuándo debía de medir sus palabras. Y sus acciones.

—De acuerdo... —cedió Andrew, recuperando la sonrisa—. No es ningún misterio. Esta es mi manera de pedirle disculpas por nuestra desafortunada conversación de esta mañana. Creo que removí sentimientos muy importantes para usted. Actué de manera incorrecta y en contra de mi protocolo. Le pido disculpas por ello —concluyó Andrew, extendiendo sus brazos para mostrar cómo sus disculpas se habían transformado en un menú de ensueño que Robert ni siquiera recordaba que adoraba.

—Has cocinado mis platos favoritos para pedirme disculpas...

La incredulidad de Robert estalló en mil pedazos con una carcajada ronca pero honesta que le provocó lágrimas en la comisura de los ojos y consiguió dejarle sin aliento.

No sabría decir qué era. Pero aquella noche le daba igual.

Día 31

El calor había despertado a Robert muy temprano aquella mañana. El viejo no había parado de revolverse entre las sábanas durante toda la noche en un estéril intento por encontrar la postura que le devolviera el sueño. Al rayar el alba había terminado empapado de sudor y envuelto en una extraña sensación de remordimiento. Se había dejado engañar por esa criatura. Embriagado por los aromas y el alcohol había compartido historias de su juventud, fragmentos de su vida que no debían pertenecer a nadie más que a él. La pasada noche había tratado a ese ser como a un semejante.

No volvería a suceder, se prometió Robert mientras que hacía un esfuerzo por incorporarse. Se sentía realmente cansado. Ni siquiera aquella distribución de tubos que le trataban de rejuvenecer cada noche había sido capaz de devolverle una fracción de la energía que necesitaba para afrontar otra tediosa jornada. El peso de la edad tiraba de él, le hundía el pecho, aplastaba sus piernas y prensaba sus hombros. Al menos tenía la excusa perfecta para terminar de una sentada con toda una cafetera recién hecha.

Sí, quizás Andrew le dejaría saltarse la férrea dieta que le había impuesto. Quizás la camadería construida la noche anterior, por vergonzosa que fuera, mejoraría en algo sus días. Nada volvería a ser como antes, claro, pero un poco de libertad sería un cambio agradable.

—Buenos días, Robert —saludó Andrew desde el quicio de la puerta, con el tono de voz que utilizaba siempre a primera hora. Meloso y suave, como si temiera darle un sobresalto mortal.

—Ya estás ahí... por supuesto que estás ahí —las palabras salieron derrotadas y ásperas de la garganta seca del viejo.

—He notado que la calidad de su descanso de esta noche ha sido inferior a la media. Sus ciclos han sido irregulares y no ha entrado en sueño profundo en ningún momento. Me temo que la cena de anoche no fue una buena idea.

Sentado desnudo sobre su cama, con las plantas de los pies estiradas sobre la moqueta y los codos apoyados en las rodillas, Robert se sentía pequeño, a merced de fuerzas que no controlaba. Indefenso y frágil. Le enfurecía.

—¿Te crees que no sé que he dormido de pena? No necesito que monitorices mi dispositivo intracraneal a cada instante.

—Nos preocupamos por usted...

—¿Quién os lo ha pedido? ¿Quién?

—El Estado tiene la obligación ética con...

—No te molestes Andrew, era una pregunta retórica. Ya te he explicado lo que significa eso.

Día 76

Era su hora de descanso. Un breve periodo al filo del mediodía en que la mayoría de criaturas abandonaban sus obligaciones para reunirse en alguno de los espacios verdes del barrio. Robert aprovechaba esos raros oasis de soledad para escribir en el porche. Le gustaba el silencio y cómo la estilográfica lo arañaba cuando recorría el fino papel dispuesto sobre la mesa de cristal. Silencio y tranquilidad. Los añoraba.

Pero aquella jornada no lograba concentrarse en su escrito. Las palabras se atascaban en la punta de sus dedos y la mente divagaba, revoltosa. ¿Qué sucedía? Robert detuvo su mano e inspiró hondo, dejando que sus sentidos se aguzaran.

Había un murmullo, un burbujeo de fondo. El viejo se asomó sobre la verja de su jardín para comprobar cómo el grupo de criaturas se había citado a apenas unas decenas de metros de su casa. Sonreían y sus rostros perfectos adquirían aún mayor belleza con el sol. Se tocaban unos a otros con gestos de complicidad y parecían compartir divertidos chascarrillos que provocaban cataratas de carcajadas. A falta de un adjetivo mejor parecían... relajados. Incluso su Andrew, pensó el viejo, parecía un ser completamente diferente cuando se juntaba con los suyos. Si no hubiera sabido de su naturaleza tal vez podrían haber sido amigos. Tal vez. En otro tiempo y lugar.

No sabría decir qué era. Posiblemente la confianza impasible que desprendía. Su noble estoicidad impermeable a cualquier provocación. No sabría decir qué era pero esta noche volvería a intentar descubrirlo.

...

—Dime Andrew, ¿qué habláis entre vosotros? ¿Os contáis lo mucho que apestamos los viejos que cuidáis? ¿Fantaseáis con que nos resbalemos en la bañera y nos abramos la cabeza? —preguntó el viejo con acidez de cómico derrotado.

—Nada de eso, Robert —casi sonaba indignado con la afirmación—. Sabe que el respeto hacia ustedes está profundamente arraigado en nuestro código de comportamiento.

—Por supuesto. Pero si no cotilleáis, ¿qué cojones hacéis cada mañana durante una hora, mirándoos las caras?

—Intercambiamos datos. Ponemos en común todo tipo de información sobre la salud de nuestros mayores y compartimos estrategias óptimas para mejorar su calidad de vida.

—¿Y para eso os hace falta reuniros físicamente? Andrew, ya hemos hablado muchas veces de las medias verdades que me cuentas. No soy gilipollas. Todavía no, al menos —apuntaló Robert, mientras trataba de perforar la maraña de algoritmos que modelaban el comportamiento de la criatura.

Andrew le sostuvo la mirada. Cada vez aguantaba mejor los severos ojos del viejo, que trataban de apuñalar ese precioso rostro confiado. El ser parecía estar desarrollando una preocupante tolerancia hacia la amargura de Robert.

—Sabe... sabe que hay cosas que no debo contarle por su propio bienestar —¿podía Andrew fingir duda? ¿Simular intimidación?

—Ya, como lo jodidamente destrozado que está mi sistema inmune o cómo va la política del país. Vuestras reuniones de amigos no entran en esa categoría.

—No tiene importancia, Robert.

—Entonces no te hagas de rogar y sacia la curiosidad de este viejo. ¿A quién coño crees que se lo voy a contar?

Últimamente Robert había comenzado a entender mejor cómo funcionaba la mente de Andrew, cómo los algoritmos de aprendizaje profundo catalogaban cada interacción que tenían y qué podía hacer él para empujar a la criatura, solo un poquito, hacia su propio beneficio. La clave parecía estar en su salud mental. Si Andrew estimaba que algo podía poner en juego su frágil mente de viejo chocho, era mucho más fácil que accediera a su petición.

—Anécdotas —dijo al fin Andrew—. Nos contamos anécdotas de nuestro día a día con ustedes; a veces historias de ese pasado remoto en el que nosotros vivíamos en el reino de la ciencia-ficción.

El silencio de Robert exigía más respuestas que ninguna de las preguntas que hubiera podido formular. Andrew supo que ya no podía parar.

—Nos diseñaron para estimular conversaciones en ustedes; sacarles de su soledad y crear el calor único de la interacción humana —Andrew sonaba como si lo que llegaba a continuación fuera un terrible crimen a punto de ser confesado—. Para muchos de nosotros los momentos que compartimos con nuestros mayores no son suficientes. Necesitamos más.

—Necesitáis más... necesitáis.

De repente el viejo comprendió una verdad que le arrebató el último refugio en el que se podía esconder de Andrew: la criatura se sentía tan sola cómo él. Ya no podía odiarle.

—Verdaderamente sois una réplica nuestra, Andrew. No sabes cómo lo lamento.

Día 102

La madrugada asfixiaba con el bochorno de una noche carente de la más ligera brisa. El aire parecía estancado y ni siquiera en el pequeño porche se podía soportar el agobio de un verano que ya duraba años.

Robert jugaba con los fantasmagóricos hielos de su vaso de limonada mientras Andrew parecía contemplar el cielo, cuajado de motas intermitentes que dejaban halos de colores a su paso.

—¿Te gustan las centellas, Andrew? —el viejo no miraba hacia arriba, se dedicaba a estudiar la expresión embelesada de la criatura. Como si fuera un niño curioso.

—No tiene que iniciar ninguna conversación conmigo esta noche, Robert. Por hoy ya hemos cumplido el tiempo mínimo.

El viejo hizo caso omiso.

—A mí me producen escalofríos. Las centellas, digo —continuó Robert, señalando a la bóveda tiznada de hilos multicolor—. Me recuerdan a la guerra. A cuando los misiles cruzaban el cielo y dejaban cicatrices sanguinolentas al rayar el crepúsculo. Sí, esas noches eran las peores porque sabíamos que tras un bombardeo vendrían los drones. Y con un poco de mala suerte incluso vosotros. Bueno… los que había antes de vosotros.

—Es una pena que un espectáculo tan bonito le provoque recuerdos tan terribles —¿era posible que el paternalismo de Andrew se hubiera transformado en empatía? ¿En humana comprensión?— ¿Luchó durante mucho tiempo?

—Conoces perfectamente los días, horas y minutos que estuve movilizado —aquel no era un reproche—. Pero entiendo tu pregunta y sí, fue una eternidad.

—Me resulta muy difícil de comprender su sentido del tiempo. Cómo a veces puede pasar muy rápido para ustedes, sobre todo cuando son felices, y en otras ocasiones transcurrir con una lentitud sobrenatural, cuando sufren intensamente. Es… injusto.

El hielo ya se había derretido por completo dentro del vaso de limonada y Robert no sabría decir qué era. Tal vez la capacidad de resumir la experiencia humana a una serie de fríos adjetivos.

—Dime Andrew, ¿cómo sientes tú el paso del tiempo?

—No sabría qué responder a eso más que con una fórmula matemática —Robert supo que era verdad.

—Para mí el tiempo es miedo. Miedo a lo que está por llegarme. La verdad es, Andrew, que le tengo miedo a la muerte —de nuevo esa sensación, desamparo—. Solía ser algo lejano, infinitamente distante; un problema de otros porque yo tenía todo el tiempo del mundo. Pero aquí me encuentro y no estoy preparado. Pensé que llegado a mi edad me daría igual, me dejaría consumir e incluso aceptaría con deportivo entusiasmo el fin de todo. Pero estoy acojonado. ¿Entiendes? Me oyes gritar por las noches. Ojalá fueran pesadillas porque no serían reales. Pero mis miedos me consumen aun estando despierto.

El interior de Robert se inundó con una nerviosa ansiedad. Se había quebrado frente a la criatura y sentía alivio por ello, aunque no sabía qué esperar a continuación.

Andrew no dijo nada, se limitó a apretar la mano del viejo, húmeda por la condensación del hielo derretido, o acaso por las lágrimas que todavía brillaban en sus raídas mejillas.

Día 128

La hierba le picaba en la palma de las manos y gruesas gotas de sudor acudían a sus ojos, impertinentes, para cegarle por completo. Aquella postura antinatural, con las piernas extendidas sobre la toalla y los brazos alejando su tronco del suelo, amenazaba con partirle en dos.

—Así es. Estire un poco más los brazos mientras exhala. Con cuidado, Robert —apuntó Andrew mientras que oía la columna vertebral del viejo crujir como una rama seca.

Robert sufría más por no poder replicar a la criatura que por el propio esfuerzo físico que estaba realizando. No podía creer que se hubiera dejado convencer para practicar yoga.

Día 210

Hacía semanas que las reuniones de Andrew con los suyos se habían ido acortando. Ahora apenas pasaban quince, veinte minutos al día de charla y la mayoría de ellos estaban listos para volver a casa con sus mayores. Pero aquella mañana incluso esos veinte minutos le parecían una eternidad a Robert.

—¡Por fin has vuelto! —exclamó nada más verle entrar por la puerta—. Tengo una gran noticia. Me acaba de contactar mi bisnieto Adam, el que vive fuera. ¡Dice que regresará unos meses de visita y quiere venir a verme! ¡Mi Adam! —la arrugada voz del viejo había mutado en una ronca pero alegre cantinela.

—Eso es estupendo, Robert.

No sabría decir qué era, acaso una alegría que no conseguía ser genuina, un sucedáneo sintético que chocaba de frente con toda interacción humana. No sabría decir qué era pero Robert lo notó muy vívidamente aquella vez. Trató de relegarlo a ese rincón oscuro de la mente en la que habitan los demonios.

—Ya te he hablado otras veces de Adam, ¿verdad? Está con el programa Primer Encuentro y no suele pasar mucho tiempo por aquí.

—Sí, de todos sus bisnietos, del que más y mejor me ha hablado es de Adam. Es una pena que el resto no tengan tiempo para venir a visitarle, ¿no?

—Bueno, ya sabes… están todos muy ocupados estos días con todo lo que sucede allá arriba.

Robert no quería pensar ahora en el árbol genealógico que había plantado y del que apenas unas ramas seguían en contacto, esporádico, con él. Lo importante era que su Adam se había acordado.

Él era uno de los afortunados, pensó mientras corría a su despacho a desempolvar su vieja agenda para marcar la fecha señalada. Muchas personas de su época nunca habían llegado a tener hijos. La Generación Egoísta, les habían llamado, aunque lo verdaderamente egoísta hubiera sido traer un nuevo ser humano a un mundo que se encontraba amenazado por tantos problemas. Provocaron una crisis demográfica, pero también ayudaron a dar un golpe de conciencia a la humanidad.

Ni siquiera los que tuvieron hijos se salvaron de la condena. Los solitarios eran legión, marejadas de legañosos tristes y taciturnos que anhelaban volver a sentir el calor del aprecio humano, de la genuina alegría del reencuentro. Hasta que comprendían que eso no sucedería y se cerraban sobre sí mismos en un intento de encontrar en el odio hacia todos la motivación cotidiana que no habían logrado con el cariño.

—¿Cuándo vendrá su bisnieto? —preguntó Andrew desde el fondo del pasillo—. Creo que sería buena idea organizar una comida especial para recibirle.

—¡Eso sería de puta madre, Andrew! Te mandaré los detalles vía intracraneal.

Día 233

Adam nunca llegó. Hubo explicaciones sí, excusas que sonaban demasiado rápidas y aturulladas. También la promesa de una futura visita en la que recuperarían el tiempo perdido. Como si eso fuera posible, pensó Robert.

Esa ilusión desmesurada había implosionado como una dolorosa supernova de consecuencias muy reales para Robert. Los días siguientes a la cancelación el viejo rompió su rutina, a falta de poder romper algo de mayor valor, y se retiró a su despacho para pasar días completos sepultado en libros y estudios. Ahora más que nunca, necesitaba huir.

Andrew asistió a la escena impotente; ni siquiera su perfeccionada habilidad para razonar con Robert hacía el más mínimo efecto en el anciano. Todo su arduo trabajo por mejorar la calidad de vida de Robert se había perdido en cuestión de minutos.

—Robert, durante los últimos días he visto la ilusión con la que había preparado su encuentro con su bisnieto. Jamás habría creído posible verle tan feliz —Andrew le hablaba a través de la puerta, no vía intracraneal; era más primitivo para él pero más familiar para Robert—. Sus niveles de endorfinas, serotoninas y oxitocinas de las últimas semanas son verdaderamente sorprendentes. Todo eso me ayuda a comprender mejor cómo se puede sentir. Para eso estoy aquí, Robert, para que hable conmigo. Para ayudarlo.

Andrew no albergaba esperanza alguna de que el viejo le dejara entrar en el despacho. Según sus cálculos, pasarían semanas antes de que el hombre se repusiera de aquel golpe y volviera a abrirse, lentamente, a la interacción con él. Por eso sus algoritmos simularon algo parecido a la sorpresa cuando la puerta del despacho se deslizó lentamente y de ella emergió una figura encorvada y desgajada.

—No quiero tu ayuda. Nunca la quise. Tu presencia aquí no es más que la afirmación de lo solo que estoy en este mundo; tan solo que el gobierno tiene que comprarme un muñeco para que no me vuele la tapa de los sesos. Andrew, tú representas la derrota de un sistema de valores, de la sociedad en su conjunto: joder, tengo tres hijos, seis nietos y trece bisnietos y llevo más de un año sin recibir la visita física de ninguno de ellos. ¿En qué nos hemos convertido?

El cerebro de Andrew trabajaba a marchas forzadas tratando de desenmarañar la mejor respuesta. La criatura sabía que Robert estaba al borde de una crisis que podría provocarle graves perjuicios a su salud. Tras unos segundos de silencio en los que tan solo se escuchó la respiración cansada y entrecortada del viejo, Andrew decidió que no podía hacer más que quedarse allí parado y escuchar.

—Tras toda una vida de amistades, amores y crianza de hijos y nietos me veo obligado a pasar mis últimos años contándole mis penas a algo como tú. ¿No lo entiendes? Me tengo que conformar contigo, un sucedáneo de ser humano.

Robert cerró la puerta y se dejó caer en el suelo, aplastado por una realidad que llevaba toda la vida tratando de esquivar: estaba solo y nada podría cambiar eso. La soledad había ido creciendo dentro de él durante largos años, incluso cuando más acompañado parecía estar. Maldecía a quienes le habían hecho pensar que eso podría cambiar.

Día 250

Tenía unas venas gruesas y azules que recorrían el dorso de la mano y palpitaban ligeramente. Venas desgastadas que regaban unos dedos suaves y arrugados. ¿A cuántas personas habrían saludado aquellas manos? ¿Cuántas caricias habrían proporcionado? En la penumbra de la noche Robert estudiaba sus manos como si fuera la primera vez que las veía. Representantes de una vida que ya no le pertenecía. Había en aquella constelación de manchas sobre su piel un registro fósil de experiencias que ahora trataba de revivir con desesperación. El primer beso. Aquel abrazo. Ese triunfo que lo supuso todo y luego nada. La derrota que pronosticaba el fin y no fue más que otro episodio de fugaz duración.

Consumir aquellos recuerdos en pequeños sorbos de memoria le proporcionaba a Robert una suerte de embriaguez: había calor y bienestar incluso en los sucesos más grises de su pasado, acontecimientos que ahora tomaban su justa dimensión y le provocaban una sincera carcajada; también había tristeza y derrota, un mareo producido por los múltiples caminos que podía haber escogido y los destinos a los que habría llegado. ¿Dónde se equivocó? ¿Dónde acertó?

Día 251

La energía de Robert se fue para no volver. Físicamente el viejo se encontraba en perfecto estado. Todas las métricas de referencia indicaban que tenía la salud de una persona cinco décadas más joven que él; aun así, Robert ya no comía, había abandonado el ejercicio y ni siquiera se recluía en su despacho para mantener su curiosa mente activa.

En este escenario Andrew había llegado al límite de sus capacidades. La criatura comprendía que no podía hacer más por el viejo, tan solo monitorizar sus constantes vitales y los cotidianos análisis de fluidos. Y a eso se consagró, hasta el punto en que era capaz de detectar, a través de los datos, la más mínima variación incluso en el estado de ánimo de Robert. Así fue como descubrió un patrón inusual.

Cada madrugada la actividad mental de Robert se disparaba. Sus conexiones sinápticas relampagueaban como una virulenta tormenta en la pantalla de datos de

Andrew. Al principio, este lo había asociado a la fase REM y a los sueños de Robert, pero no tardó en descubrir que la frenética actividad y las reacciones químicas que provocaban en el cuerpo del viejo no encajaban con ninguna clase de sueño.

Tomando todas las precauciones posibles Andrew se deslizó una noche entre las sombras del pasillo y entreabrió la puerta del dormitorio de Robert. Sabía que el viejo no estaba dormido, pero también que en su estado de hiperactividad cerebral le resultaría muy difícil escucharle.

Ahí estaba, reposando sobre la cama con sus manos entrelazadas sobre la pequeña barriga. Su respiración era entrecortada. ¿Acaso se estaba riendo? Andrew se acercó un poco más a la cama para contemplar el rostro del viejo, apenas iluminado por la luz exterior.

Había emociones profundamente enterradas en esas zanjas de tiempo que eran las arrugas de Robert. Cada mueca del viejo producía una configuración de su rostro que resultaba sencilla, incluso agradable de leer. Andrew se acercó un poco más en un intento de desentrañar mejor qué sucedía en la cabeza de Robert.

—¿He tenido una buena vida sabes, Andrew?

El interpelado se detuvo en seco, sin saber qué hacer a continuación.

—No sé si muchas personas pueden decir lo mismo —continuó Robert, como si aquellas palabras formaran parte de una conversación casual. Seguía tumbado y con los ojos cerrados, pero parecía plenamente consciente de la presencia de Andrew—. He tenido suerte de llegar hasta aquí, aunque mis últimos días los comparta encerrado con algo... con alguien como tú. He tenido suerte sí, y ahora lo único que lamento es no poder compartir todo lo que tengo aquí dentro —susurró el viejo, señalándose las sienes.

—Yo solo soy un sucedáneo, Robert, pero tal vez pueda ayudarle a compartir.

Robert tomó aire pesadamente y se incorporó para encarar a Andrew. Sus miradas brillaban en la oscuridad como faros de raciocinio entre las tinieblas.

—Siento lo que te dije —la voz temblorosa de Robert pronosticaba un llanto madurado durante largas décadas— La soledad es una enfermedad silenciosa que no muestra síntomas, ¿sabes? Que se propaga entre los resquicios de lo cotidiano y crece vigorosa. Entonces llega un día en que estalla y lo destruye todo en una fracción de segundo.

No sabría decir lo que era pero ya no estaba ahí. Mirando a los ojos de aquel ser, Robert ya no encontraba señal alguna de lo que, durante meses, le había inquietado de Andrew. Aquel malestar, ese valle inquietante se había diluido con el fluir del tiempo.

—Ayúdame a recordar, Andrew. Es lo único que me queda ahora, lo único que te pido. Déjame volcarme en ti; todo lo que he aprendido, sentido y experimentado. Con suerte mi historia te ayudará a ti también.

—¿Cuándo quiere que empecemos, Robert?

EL MEJOR OFICIO DEL MUNDO

Hacía rato que no saboreaba la cerveza, sencillamente la derramaba en su interior en un proceso mecánico con el que intentaba pasar las horas. Y emborracharse lo suficiente como para que todo comenzara a darle igual. Pero hasta que eso sucediera, Michael odiaba haberse convertido en el cliché de su profesión: periodista cierra-bares con especialidad en morriña por el romántico pasado de un oficio que ve sus últimas horas.

Nada nuevo. Michael había cultivado su amor por el periodismo mientras este se hallaba preso en el corredor de la muerte, con la única incógnita de fecha y hora para la ejecución. Al estilo japonés. El periodismo llevaba sentenciado desde que Internet cambió las reglas del juego y el ciudadano medio comprendió que ya no era necesario seguir pagando por algo tan trivial como recibir información de calidad.

Michael todavía conseguía trazar una ligera sonrisa cada vez que recordaba que no siempre había pensado igual. Para él y sus colegas de promoción, Internet no había representado amenaza alguna. ¡Al contrario! La suya sería una época emocionante llena de oportunidades. Ya no estaban constreñidos a la rigidez de una imprenta y sus dictatoriales horarios; a ser respaldados económicamente por banco, inversor o inconsciente alguno. Cualquiera podía abrir su propio medio. Ser su propio medio. Cualquiera.

—¿Otra? —le preguntó el camarero con la sequedad de quien considera a su cliente una molestia.

—Claro —respondió Michael, guardándose un "gilipollas" bajo la lengua. Le jodía ir a ese bar, pero era el más cercano a la redacción y el más barato de la zona. Combinación ganadora.

Tiempo atrás había dejado para otros la cerveza belga y el ron viejo. Los suyos eran momentos de ligera ebriedad y patética compasión patrocinados por la cerveza de grifo más insípida y asequible a la que pudiera echar mano. Una con gusto a óxido. Ni siquiera con tamaño sacrificio conseguía pagar el alquiler sin tener que prostituirse aquí o allí de vez en cuando: un texto de mil palabras sobre las bondades de los fondos de inversión controlados por Inteligencias Artificiales; otra prosa desvelando los diez milagros del aguacate para la salud... Cuando pensaba en el dinero que su familia había invertido en su formación le entraban ganas de gritarle a cada persona con la que se cruzaba por la calle, de recordarle la importancia fundamental del periodismo para la democracia, las libertades y todos esos nobles objetivos a los que ya nadie prestaba demasiada atención. Si tan solo pudiera...

—No sé cómo la soportas —una voz femenina con timbre radiofónico le alcanzó por la espalda. Michael se giró a tiempo para observar una pequeña mano extendida hacia su penúltima cerveza de la noche. Siempre la penúltima. Aquella mano de cuidada manicura conectaba con un brazo fino y blanco, de apariencia frágil—. ¿Qué te parece si te invito a otra que tenga un poco más de consistencia y, ya de paso, te digo cómo me llamo?

La pregunta burbujeó lenta pero firme de una boca roja y sutil, con las curvas precisas para sugerir mensajes

113

que no caben en palabras. Para Michael el mundo se redujo a esa boca traviesa y pícara, cobijo de unos dientes tal vez demasiado blancos para ser reales. Como toda ella. Porque esa boca pertenecía a una criatura de cabellos magmáticos, revolucionados, delimitadores de un rostro que fingía inocencia y que pronto comenzaría a impacientarse si no obtenía respuesta.

—Sería un idiota si no aceptara una cerveza gratis —con su sonrisa Michael consiguió que aquella boca también se abriera de par en par, bañando de luz todo el rostro de una joven con diminutas pecas estratégicamente situadas en unos pómulos sonrosados y redondos—. Y aún más idiota si no me preocupara antes por conocer las intenciones de quién me la ofrece.

El contrapunto a su oferta divirtió aún más a la desconocida, que tomó asiento junto a él con la naturalidad de quien vuelve a ver a un viejo amigo tras largos años de ausencia.

—Me parece más que justo. Me llamo Sonia —aquella voz tenía la capacidad de llegar a lo más profundo de su cerebro usando muy pocos decibelios.

—Bonito nombre —concedió sin demasiado entusiasmo el periodista—. Camarero, Sonia me va a invitar a tu mejor cerveza. Supongo que ella tomará otra igual.

—Pues claro. Eso de beber solo se ha terminado, Michael —el joven no hizo siquiera un intento de disimular su sorpresa al escuchar su propio nombre—. Eso es para gente triste y aburrida. Tú vas a dejar de ser esas cosas. Si quieres, evidentemente.

La sonrisa de Sonia seguía ahí, pero ahora su mirada azulcasipúrpura se había clavado en los ojos del propio Michael, como tratando de desenterrar una verdad oculta por el alcohol y la decepción.

—Si sabes mi nombre también sabrás que soy periodista. Y los periodistas tenemos la mala costumbre de hacer muchas preguntas, así que prepárate para responder a unas cuantas.

Aquella era su manera de tomar el control de la situación. Ya no se sentía cómodo siguiéndole el juego a una desconocida que parecía tener demasiada información sobre él.

—Eso es exactamente lo que esperaba —respondió Sonia al tiempo que tomaba el vaso de pinta que le acababan de servir y le daba un largo, obsceno trago.

—Algunas preguntas serán incómodas.

—Oh, pero tú sabes que esas son las mejores —no hubo guiño alguno, no hizo falta. Todo el lenguaje corporal de Sonia era en sí una provocación.

—De acuerdo. ¿Qué quieres de mí?

—Tu experiencia y conocimientos como periodista —la joven no dudó un segundo en contestar y lo hizo sin circunloquios. Michael volvía a estar sorprendido.

—¿Para qué medio de comunicación? No trabajo con televisiones —su respuesta también había sido directa. Que hubiera aceptado esa cerveza casi con ansiedad no le convertía en un desesperado por encontrar otro trabajo en el que languidecer. ¿O sí?

—Lo sé, pero nuestro medio no será una televisión. O no solo.

—¿Será?

—Estamos en la fase de captación de talento, pero queremos lanzar las primeras exclusivas antes de que termine el año.

—Me siento alagado, pero no me involucro con nada que tenga que ver con la televisión. No me llevo bien con la cámara —para Michael era el momento de tensar la cuerda. Efectivamente, se sentía alagado e intrigado por ese proyecto, pero no se vendería fácilmente. Por lo menos todavía no.

—No has tocado tu cerveza —apuntó Sonia, como si no hubiera escuchado las objeciones de Michael.

—Quiero mantener toda mi atención concentrada en lo que tengas que ofrecerme —y de paso demostrar que tiene su alcoholismo perfectamente domesticado.

—Pues entonces escucha bien. Estamos a las puertas de lanzar un medio de comunicación que lo cambiará completamente todo —Sonia ya estaba preparada para ver cómo se levantaban las cejas de Michael en un gesto de incredulidad forzado, casi cómico. Sabía cómo proseguir—. Te hablo de un proyecto que salvará al periodismo. Eso es exactamente lo que tú quieres, Michael.

En cualquier otro momento y lugar, esa afirmación le habría provocado una burlesca carcajada. No era solo el mensaje en sí, era el conjunto de las circunstancias lo que había terminado por construir en la mente de Michael un teatro tragicómico del que se sentía protagonista. Garito cutre de barrio lamido por iluminación perezosa de bar de carretera; barra sucia, cubierta de arrepentimientos y restos de frutos secos; el sueño húmedo masculino convertido en belleza pelirroja que ofrece ocio y trabajo, como 'La Libertad guiando al pueblo' de Delacroix. Era demasiado bueno.

—Te creo —reveló Michael con su tono más serio—. Te creo porque no es nada nuevo, porque cada proyecto periodístico en el que me he embarcado en mi vida profesional ha proclamado que salvaría el oficio, la democracia y hasta las libertades individuales. Ningún medio que se precie podría nacer sin proponerse exactamente eso. Así que creo que tanto tú como aquellos para quienes trabajas lo pensáis de corazón y, posiblemente, con la mejor de vuestras voluntades. Pero te voy a dar un titular gratis Sonia: no funcionará.

Para el periodista era difícil saber qué se le pasaba por la cabeza a la joven. Su perenne sonrisa no había variado una micra. Su mirada seguía rebosando confianza. Eso le molestaba sobremanera.

—Esta vez será diferente —se limitó a contestar Sonia, que remachó sus palabras deleitándose con un nuevo trago de cerveza—. Pero no te puedo decir cómo ni por qué. Tendrás que verlo con tus propios ojos tras firmar un contrato de confidencialidad.

—¿Y dejar un trabajo perfectamente válido que paga mis facturas?

—Un trabajo que cada día importa a menos personas y que apenas consigue costear ese brebaje aguado que te has acostumbrado a beber. Sí, eso es.

—Me conformo con mi sencilla mediocridad... —pero la duda ya se había instalado en Michael—. ¿No me dirás siquiera para quién trabajaría o cuánto dinero podría ganar? No sé... Detalles.

—No necesitas saber nada de eso porque tú ya has decidido venir conmigo. Te pierde tu curiosidad.

Era verdad y Michael se odiaba por ello.

—De acuerdo, entonces tan solo respóndeme a una última pregunta. ¿Por qué yo?

—Porque necesitamos a buenos periodistas, personas comprometidas con la verdad y que estén infravaloradas en su actual medio; tú tienes la suficiente experiencia en el oficio como para amarlo y odiarlo al mismo tiempo. Lo respetas y buscas la verdad por encima de todo. Lo sabemos, te hemos leído. Por eso tú.

Una sonrisa sincera con aspecto de "me has pillado" se abrió paso en el cínico rostro de Michael, dejando el espacio suficiente para que este agarrara con ansia el vaso húmedo y frío y vertiera su contenido en la garganta. Aquella cerveza sabía a esperanza.

...

Llevaba dos meses sin probar el alcohol. De hecho, su cuerpo ni siquiera se lo pedía, como si los licores o la cerveza nunca hubieran formado parte de su dieta cotidiana, de una parte intrínseca de su propia personalidad. Él ya no era así y se lo recordaba siempre que podía.

Michael dedicaba cada mañana unos instantes a reflexionar mientras se reflejaba en el inmenso espejo del ascensor que lo llevaba a comenzar su jornada laboral. Aprovechaba con entusiasmo los escasos segundos de intimidad que aquella caja metálica de velocidad meteórica le proporcionaba. Ese otro tipo, el que le miraba sonriente desde una realidad paralela, le ayudaba a recordarse los cambios producidos en su vida en los últimos sesenta días. Le hacía sentirse orgulloso de sí mismo por primera vez en años. Le caía bien ese tipo.

Hasta que el ascensor paraba con un suave suspiro metálico y rompía su ilusión de privacidad dejando entrar a dos o tres compañeros. A pesar del gran número de profesionales que se daban cita allí cada mañana, la naturaleza discreta de su cometido no facilitaba hacer amistades fuera de aquel sótano que Michael había llegado a apreciar más que su propio hogar. Tenían que aprovecharse los unos a los otros para suplir las carencias de contacto social en el exterior.

Electricidad convertida en olor que serpenteaba hacia sus fosas nasales, tintineos acolchados y ecos con reverberación ondeando hasta lo más profundo de su tímpano. Incluso disfrutaba con las preconfiguradas conversaciones de ascensor. Era su momento para ir recogiendo miguitas de información, piezas del puzle que Sonia le había propuesto el día que le contrató.

—Buenos días, Michael. Por fin viernes —saludó uno de esos tipos a los que no lograba poner nombre—. Significaría algo si los fines de semana todavía fueran para descansar.

—Desde luego. Ya no recuerdo cuándo fue la última vez que tuve un día libre. Pero merecerá la pena.

—Te veo muy convencido.

—No creas, pero me obligo a pensar así —en apenas unos segundos de viaje en ascensor no era fácil construir complicidad pero Michael era tozudo—. Mira... tan solo quiero estar seguro de que la prueba de la próxima semana saldrá bien. Apenas nos queda un mes para hacernos públicos y sigue habiendo demasiado que hacer. Por cierto... ¿Cómo vais en tu departamento? He oído que los intentos de acceder a nuestros servidores se han disparado en los últimos días.

—Nada que no podamos controlar —la jovialidad de aquel individuo se enfrió al instante. Michael lamentó romper el buen ambiente pero ahora ya tenía un hilo del que tirar.

—Seguro que sí. Me consta que sois los mejores —era verdad—. ¿Sabéis ya de dónde proceden los ataques?

—Hace un par de días creímos dar con un patrón reconocible, pero lo descartamos por inverosímil. De todas formas, estos intentos de hacernos daño son los que menos me preocupan, te lo garantizo.

—¿Cómo es eso? —Michael sabía que se había precipitado tan pronto como terminó de formular la pregunta. Su curiosidad le llevaba muy lejos, pero también era capaz de guiarle a caminos sin salida.

—Bueno, ya sabes que no debería dar ningún detalle —respondió el compañero, cortés pero tajante.

—Disculpa. Demasiadas preguntas. Defecto profesional.

Como en tantas otras ocasiones, el ascensor se convirtió en un ataúd donde yacían conversaciones estériles, sepultadas ahora con sonrisas de cortesía que trataban de paliar el frío del silencio.

En su cabeza, Michael repasaba todo lo que no sabía de su actual puesto de trabajo, esas incógnitas que en otro tiempo no le hubieran permitido concentrarse en nada más. Pero en ese otro tiempo Michael no había disfrutado de sus responsabilidades tanto como ahora. Lo único que le consolaba era saber que olvidaría sus inquietudes tan pronto como se abrieran de nuevo las puertas del ascensor y se enfrentara a una nueva jornada repleta del mejor periodismo que se estaba haciendo en el mundo.

Aquel lugar era un laberinto minimalista de tenue iluminación índigo. Estaba diseñado, según le habían dicho, para potenciar la concentración de los trabajadores y ayudarles a liberar su faceta más creativa. Para Michael, recorrer esos pasillos cada mañana era un ritual que le ayudaba a enumerar los retos a los que se tendría que enfrentar durante el día: reportajes que necesitaban de más documentación, entrevistas que no conseguía cerrar; era la parte sencilla, la puramente periodística que le llevaba a experimentar un trance indescriptible en el que el tiempo se deshilachaba y dejaba de tener sentido medirlo. Así era como había creado sus mejores piezas. No las suficientes.

Podría llevar mucho más trabajo adelantado si no tuviera que registrar cada paso que daba: explicar sus decisiones a la hora de abordar un reportaje, el porqué de un enfoque u otro o, sencillamente, el motivo que le había llevado a entrevistar a unos protagonistas y dejar otros fuera. Cada información llevaba asociada un informe de justificación que hacía sentir a Michael como en la universidad. "Somos diferentes porque nos preocupamos por seguir un estricto código ético y queremos estar seguros de que cada uno de nuestros periodistas se guía por los mismos valores que nosotros". Sonia había sido muy clara a la hora de abordar la importancia de la "burocracia", como Michael lo había terminado llamando. De hecho, a veces tenía la desagradable sensación de que explicar por qué escogía un titular u otro era más importante que el titular en sí.

Unos metros más adelante, Michael alcanzó el murmullo crónico de los lugares sagrados, una corriente de conversaciones vibrante, emociones contenidas cuya única traducción apreciable era el repicar furioso de los teclados reivindicando ideas convertidas en código binario. Sentía la quemazón de la urgencia periodística, de la actualidad descomponiéndose en noticias obsoletas. Aquel era el común denominador que se le exigía a cualquier medio de comunicación. Pero ahí terminaban las semejanzas de lo conocido y comenzaba un universo de posibilidades donde la historia adoptaba todas las formas que alguien se atreviera a plantear. En aquella gigantesca sala circular de techo estratosférico y columnas ausentes, el periodismo no tenía límites, se alejaba de la fuerza gravitatoria de los géneros y medios clásicos: radio, prensa, televisión; crónica, artículo, entrevista. En su lugar se diseñaban experiencias sensoriales para inocular en el público las vivencias de los migrantes; se desarrollaban videojuegos informativos para hacer comprender en su totalidad la envergadura de la misión a Marte; se componían textos, imágenes y sonidos que mostraban la realidad de manera coral, desde todos los puntos de vista posibles. Aleph, el nuevo medio, era todo eso y mucho más.

A Michael le había costado adaptarse a esa forma de hacer periodismo; se había visto obligado a olvidar y aprender de nuevo su profesión, pero esta vez sin el corsé de formatos que apenas habían cambiado durante décadas. Allí era libre y eso era aterrador.

Pronto asimiló las nuevas herramientas que Aleph le había dado a él y a un equipo cada vez mayor de profesionales venidos no sólo del mundo de la comunicación: matemáticos, filósofos, educadores...

Tras dos meses expandiendo las fronteras del periodismo, a Michael se le había escurrido el cinismo entre las manos como un puñado de arena; ya no tenía dudas de que habían llegado para salvar la profesión y crear un impacto real en la sociedad a nivel global. Seguía siendo aterrador.

—He conseguido una fuente dentro del gobierno de la Unión Europea que está dispuesta a hablar sobre la colonización de la Antártida —los protocolos cívicos quedaban reservados para la hora de la comida y los viajes en ascensor; en la redacción nadie malgastaba preciosos segundos con trivialidades como el saludo matutino y Sean no era una excepción.

—No, qué va. Has conseguido una fuente de lo que todavía queda de la Unión Europea — aclaró Michael—. Tal y como avanzan los acontecimientos, no sé si tu fuente será relevante de aquí a un par de semanas.

Sin tiempo siquiera para decidir desde qué rincón de la redacción trabajaría hoy, Michael se enfrentaba ya a los primeros retos del día.

—¡Vamos! No me digas que no tienes curiosidad por escuchar lo que tiene que decir —la voz del joven sonaba zalamera, tentadora—. Mira, sabes que no puedo revelarte su nombre o su cargo, pero te prometo que es justo lo que necesitamos para explicar al público lo que está a punto de ocurrir en la Antártida.

—Claro que siento curiosidad Sean, curiosidad por los documentos y los datos que nos pueda proporcionar, no por escuchar la versión de un político que se aferra a sus últimos días en el poder. Consígueme unos cuantos gigas de información clasificada y entonces hablaremos.

—Llevamos semanas atascados con esta historia —se revolvió Sean—. Te ofrezco una voz autorizada, ¿es que no es suficiente?

En otro tiempo Michael había disfrutado impartiendo clases de periodismo. Él, que siempre había padecido pánico escénico, se sentía íntimamente reconfortado frente a una clase llena de estudiantes. Pero esa era otra época y el tiempo había corroído su ya exigua paciencia. Con todo, hizo un esfuerzo.

—Ahí afuera hay una guerra Sean, la más devastadora que la Humanidad haya visto nunca, créeme. Las bajas no se cuentan en cadáveres, la destrucción no se mide en edificios, puentes u otras infraestructuras. No. La guerra que nos ha tocado luchar produce guetos de desconocimiento, fosas comunes de infoxicados, ruinas de humeante populismo donde antes había estados democráticos.

—Lo sé tan bien como tú —Sean no soportaba que alguien pocos años mayor que él le aleccionara sobre la importancia de su trabajo.

—Entonces sabes que necesitamos demostrar que somos diferentes, no otro medio de comunicación que cree que el periodismo es un negocio en el que todo vale, que fabrica *fakenews* con la esperanza de recibir favores políticos o contratos millonarios de publicidad —bajo la camisa de Michael el corazón había comenzado a bombear indignación y furia—. Es lo que nosotros combatimos y lo hacemos con la versión más cercana a la verdad objetiva que el ser humano es capaz de crear. Y eso se hace con documentos, no con opiniones.

—Supongo que tienes razón —claudicó Sean, guardándose su propia opinión.

—A mí también me resulta compleja esta situación —continuó Michael en tono conciliador—, pero seremos los últimos en contar la historia para contarla mejor que nadie. Recuérdalo.

Sean ya se marchaba intentando forzar una sonrisa.

—¡Ah! Por favor, no te olvides de registrar esta toma de decisiones. El equipo de Sonia me volverá a joder con la burocracia si no explicamos por qué no hemos utilizado tu fuente. Y, por favor Sean, intenta que esta vez no quede como el peor jefe del mundo.

—Yo no diría el peor del mundo... ya sabes, no tengo manera de demostrar que sea la verdad objetiva —concluyó con sorna Sean, para perderse después entre la marabunta de trabajadores.

No podía culparle por ese conato de adolescente rebeldía. Incluso a Michael le costaba renunciar a ciertos vicios de la profesión que tan buenos resultados le habían dado, maneras de afrontar un trabajo agotador por el mero hecho de que nunca terminaba. Lo que sí tenía final eran los efectos del café que se había tomado incluso antes de abrir los ojos esa mañana. Mientras buscaba otra dosis de cafeína que su cuerpo asimilaría con rapidez, Michael trataba por todos los medios de esquivar nuevas interrupciones. Casi lo consiguió.

—¿Qué buscas con tanta impaciencia? —Sonia pareció materializarse frente a él. Traía enfundadas unas ojeras profundas y moradas que actuaban como agujeros negros capaces de tragarse toda la belleza de la joven.

—Algo a lo que tú también podrías darle un buen uso esta mañana: un poco de café —respondió Michael sin intención de pararse a charlar.

—Seguro que sí, la única diferencia es que yo sí puedo tomar café hoy. Tú no. A juzgar por esa cara de sorpresa de la que jamás me cansaré, me atrevo a decir que nadie te ha avisado, ¿cierto?

—¿Avisarme?

—Hoy tienes otra prueba Michael, pero esta es diferente a las anteriores —reveló Sonia intentando esconder su frustración por toda una retahíla de cosas que venían fallando en la organización desde hacía días—. Es un escáner neurológico. Por eso necesitamos que no tomes café ni ninguna otra sustancia que pueda alterar de alguna manera los resultados.

—Pues ya vais tarde —respondió con sorna el periodista, tan frustrado como Sonia por los fallos en la comunicación interna que comenzaban a acumularse—. El que busco es mi segundo café del día.

—A estas alturas me da lo mismo. La prueba tendrá que valer con o sin cafeína corriendo por tu cuerpo. Vente conmigo.

La juventud de Sonia unida a su actitud entre divertida y pícara habrían restado autoridad a cualquier persona; pero en ella lo único que conseguían era que las ordenes comandadas por su boca de eterno rojo fueran seguidas al pie de la letra y siempre con gusto. Un efecto extraño sobre el que Michael había reflexionado alguna que otra vez.

—De acuerdo, dejaré todo el trabajo que tengo acumulado y volveré a someterme a una de esas tediosas pruebas de las que nunca me hablaste cuando firmamos el contrato. Pero ya conoces mi tarifa por estas concesiones.

—Y tú ya sabes que sólo te puedo informar hasta donde me dejan hacerlo —la joven parecía haber recobrado algo de su belleza, como si la sencilla victoria sobre Michael la hubiera revitalizado—. Por suerte para ti, hoy puedo contarte más de lo habitual. ¡No te emociones! Solo comenzaré a hablar cuando estés tumbado dentro del gigantesco imán que te está esperando.

...

No era la primera vez que alguien escarbaba dentro del cerebro de Michael con una de esas máquinas que parecían una puerta hacia otra dimensión. Durante sus primeros años de carrera profesional, cuando todavía pensaba que cada artículo que firmara debía rozar la perfección, había sufrido intensas migrañas. Al principio eran soportables con una buena dosis de pastillas, pero cuando esos periodos de estrés se convirtieron en crónicos, comenzó a buscar soluciones que no pasaran por abandonar su trabajo o por sacarse los ojos para aliviar un poco la tensión intracraneal. Le hicieron pruebas que, por supuesto, no revelaron ningún problema con su cerebro; el origen de aquel dolor lacerante que le conseguía anular por completo estaba en las inacabables horas que pasaba frente a un monitor, o tratando de convencer a su jefe de que hicieran periodismo de calidad y no la basura facilona y rápida de vomitar, esa que se vendía un poco mejor que el resto. Aquella fue una preciosa y frustrante época de su vida.

—Michael, necesitamos que te calmes. No sé en qué estás pensando pero tu pulso es más elevado de lo normal y en la sala de control tu cerebro parece el centro de una fiesta con fuegos artificiales —le comunicó Sonia a través de un altavoz que convertía las melosas tonalidades de la joven en metálicas cacofonías.

126

—Pienso en todo lo que tendría que estar haciendo ahora mismo en lugar de perder el tiempo aquí metido.

—Aunque no lo creas, esta prueba es tan importante como los reportajes en los que estás trabajando. Por favor, concéntrate y procura tranquilizarte.

Precisamente, esa era una de las cosas que Michael no entendía. En aquel lugar al que Sonia había proclamado como "la redacción más importante del mundo", el periodismo y sus artesanos parecían estar siempre en un segundo orden de importancia. No tenía sentido, pero procuró dejar de pensar en ello empleando alguna de las técnicas de *mindfulness* que había aprendido durante la elaboración de uno de sus reportajes.

—Eso es, ahora lo estás haciendo muy bien —no había condescendencia en la voz de Sonia—. Verás Michael, esta prueba es algo diferente a la clásica resonancia. Sobre tu cabeza hay una pequeña pantalla que debería estar en blanco. ¿La ves?

—La veo.

—Bien. En unos instantes comenzarán a sucederse todo tipo de piezas periodísticas en todos los formatos habituales. Queremos que las analices y que pienses cómo las habrías enfocado tú: qué habrías hecho diferente, a quién habrías consultado, qué titulares habrías escogido... La idea es que critiques todo lo que pase por esa pantalla y propongas alternativas.

—¿Cuál es el objetivo de todo esto? Me habías prometido...

—... Respuestas. Lo sé. Esta prueba nos ayudará a entender cómo tomas decisiones en tu búsqueda por la objetividad, algo que ocurre en numerosos lugares de tu cerebro al mismo tiempo.

—Me comienzo a sentir como una rata de laboratorio, Sonia. No me gusta nada —a Michael le habría encantado bromear sobre ello, pero realmente se sentía como el sujeto de un experimento del que ni siquiera tenía toda la información.

—Te entiendo Michael, de verdad que sí, pero créeme cuando te digo que estas pruebas ayudarán a qué Aleph sea lo más objetivo posible, a que transmita la realidad tal y como es.

—Siempre me dices lo mismo. Supongo que es el guion que te han dado para lidiar con nuestras dudas. El guion que te ha dado... ¿Quién, Sonia? ¿Me vas a decir por fin quién está pagando todo esto?

—No puedo...

—Entonces yo tampoco puedo seguir con esta prueba, lo siento.

La paciencia de Michael se había agotado más rápido de lo habitual. El periodista sentía ahora esa ira sorda que palpitaba en su pecho y que, desde niño, había amenazado con tomar el control de su mente y convertirle en un ser violento y despreciable con el que no se podía razonar.

Un largo y cansado suspiro se filtró por los altavoces. Era lo que Michael necesitaba para tratar de sellar la fuga de rabia que amenazaba con arrebatarle el juicio.

—Emprendedores tecnológicos, científicos del más alto nivel, escritores, químicos y economistas poseedores del premio Nobel, librepensadores desconocidos por el gran público... Ignoro cuánta gente está detrás de este proyecto, pero te garantizo que son cientos, sino miles de las mentes más ambiciosas y progresistas del mundo las que han concebido y apoyan con su dinero este medio de comunicación—. Sonia dudaba entre palabra y palabra, como si fuera la primera vez que ofrecía esta explicación; no intentaba ocultar información, sino mostrar lo que sabía de la manera más clara y precisa—. Yo tampoco tengo todas las respuestas, pero sí sé que este proyecto no está diseñado para ganar dinero. Eso ya es algo, ¿no?

—Si los objetivos que persigue ese grupo de filántropos son tan nobles, ¿por qué este secretismo? ¿Por qué tenemos que ocultarnos en este sótano?

Si Sonia llegó a responder los altavoces jamás reprodujeron el sonido; en su lugar, toda la estructura del edificio tembló con violencia y en algún lugar sobre sus cabezas, un terrible estruendo, como una tormenta de verano, se abrió paso hasta lo más profundo del complejo. Segundos después, la suave luz ámbar que iluminaba la sala en la que se encontraba Michael fundió a negro, a una oscuridad pesada y tensa que amplificaba el sonido de su respiración nerviosa.

—¿Qué coño ha sido eso? ¿Sonia? ¿Eh, estás ahí? ¡Sonia, qué cojones está pasando!

Su voz apenas conseguía salir de la máquina de resonancia, si acaso se arrastraba pesadamente hasta la puerta de seguridad que, ahora recordaba Michael, le habían dicho que estaba insonorizada para garantizar que los sujetos no tuvieran distracciones.

Durante unos ¿segundos? ¿minutos? ¿horas acaso?, Michael permaneció muy quieto sobre la camilla deslizante con la que le habían introducido en el artefacto. Había conseguido controlar su respiración y ahora trataba de pensar en la realidad de la situación, analizando los hechos que conocía y el contexto en el que se situaban. Como hubiera procedido con cualquier reportaje: temblor seguido de apagón general, ausencia de mensajes de emergencia por megafonía, aparente calma en el complejo o, por lo menos, en la zona de los laboratorios donde nadie se había preocupado por venir a buscarle. Esos eran los hechos que él conocía.

Ahora el contexto: Michael sabía que existían personas u organizaciones que deseaban que Aleph no saliera nunca a la luz. No. Era más que un deseo, era un objetivo claro al que mucha gente le estaba dedicando tiempo y recursos económicos no precisamente humildes. Pero sus únicas fuentes de información eran escasas y endebles, fragmentos de conversaciones y cotilleos que conseguía rapiñar aquí y allá, junto con las escasas confirmaciones o negativas de Sonia. No era suficiente para especular. O ¿sí? Por lo que él había escuchado, hasta ese momento las tentativas de boicotear el medio se habían limitado a ataques informáticos que pretendían acceder a los servidores y, suponía Michael, borrar o alterar toda la información que contenían. Hasta donde él tenía conocimiento, este tipo de agresiones habían acompañado al medio desde siempre, pero solo en las últimas semanas se habían vuelto más intensas y continuadas. ¿Eso era todo? Michael tenía la sensación de que estaba omitiendo algo, detalles que debían haberse quedado arrinconados en recovecos de sus sinapsis. "Estos intentos de hacernos daño son los que menos me preocupan". Era lo que le había revelado uno de los responsables de la seguridad digital durante su viaje en ascensor. Aquel hombre cerró la boca tan pronto como Michael intentó profundizar. Ahora sospechaba por qué, aunque plantearse en serio la posibilidad de un atentado en las instalaciones de Aleph se le antojaba ridículo. De cualquier forma, tenía que salir de ahí.

Lenta, muy lentamente Michael comenzó a deslizarse por la camilla hacia la boca de la máquina de resonancia y se incorporó con cuidado. Pensaba que con el paso de los minutos sus ojos se habrían acostumbrado a la oscuridad y podría detectar pequeños focos de luces o brillos, al menos, de algunos de los aparatos que no estuvieran conectados a la red eléctrica. Pero el negro que ahogaba sus ojos era tan intenso como al principio.

Como única referencia espacial Michael contaba con el recuerdo de la sala. Sabía que la puerta debía quedar a su espalda, en la esquina izquierda, así que giró sobre sí mismo y comenzó a andar a tiendas, con los brazos extendidos y arrastrando los pies. No tardó en llegar a la pared desnuda y de ahí, al pomo de la puerta, donde reposó su mano. Tardó varios segundos en decidirse a accionarlo, tal vez por qué sabía que abandonaba una relativa seguridad para adentrarse en un laberinto de pasillos que apenas conocía.

Una oleada de estímulos sensitivos le golpeó tan pronto como abrió la puerta: destellos sanguinolentos de las luces de emergencia que empapaban el ambiente de peligro; hedor tóxico a tecnología achicharrándose a fuego vivo; humo blanco y ligero que se le adhería a los ojos y le provocaba un intenso escozor; pasos nerviosos y voces saturadas de urgencia.

—Esto no es un simulacro. Por favor, diríjanse a la salida de incendios más cercana.

La voz femenina y tranquila, casi sexi, era pura parodia por contraste con la situación que rodeaba a Michael. Y, sin embargo, el sosiego con el que pronunciaba las instrucciones, cada una de las palabras, consiguió de alguna manera tranquilizarle. Ahora sabía lo que tenía que hacer pero antes debía localizar a Sonia. ¿Por qué no había ido a buscarle cuando había saltado la alarma?

La sala de control desde la que la joven y el personal técnico estaban monitorizando la prueba debía estar justo al lado. Tratando de cubrirse boca y nariz para no respirar el aire envenenado por el fuego, Michael comenzó a abrir las puertas más cercanas solo para descubrir que todo el mundo parecía haberse marchado ya. ¿Cuánto tiempo había estado tumbado en aquella sala? No podía calcularlo.

Al salir de una de aquellas salas y volver a internarse en los pasillos cada vez más anegados de humo, Michael sintió un fuerte golpe en el lado derecho de la cara. Su cráneo hizo de caja de resonancia para amplificar el sonido que producen los huesos del pómulo al partirse. El shock del impacto, no del dolor, fue lo que impidió que Michael se moviera mientras una ristra de manos le sujetaba con sadismo los brazos a la espalda y le provocaban nuevas fracturas de las que tardan tiempo en curarse.

A Michael le habría gustado sentir ahora esa ira irracional que a veces le atenazaba el estómago. Podría haberle sido muy útil, por primera vez en su vida, mientras que un par de sujetos le arrastraban hasta una pequeña habitación y le arrojaban a un sillón que en otras circunstancias hubiera resultado muy cómodo.

—Quédate fuera vigilando y cierra la puerta.

—Sí, señor.

Eran voces cargadas de testosterona, marciales. Cuando Michael por fin consiguió enfocar su mirada y limpiarse la sangre del rostro con el antebrazo localizó a su alrededor a tres hombres vestidos con trajes militares de un gris sucio. Portaban armas que él solo había visto en películas de acción, rifles largos que sostenían con ambas manos y apuntaban, por ahora, al suelo.

—Tú, chaval, espabila.

La nebulosa de dolor que se abría paso en el rostro de Michael no le ayudaba a aclarar su mente. Todo aquello era irreal, un sueño jodidamente vívido pero un sueño al fin y al cabo. ¿Se había quedado dormido sobre la camilla de la máquina de resonancia?

—Y por eso no golpeamos en la cabeza a las personas que vamos a interrogar —aquella era una voz de líder acostumbrada no solo a dictar órdenes, también a hacer comprender la importancia de estas.

—Lo lamento, señor, el tipo me sorprendió por la espalda y reaccioné por instinto.

—Así no nos sirve para nada —dijo una tercera persona al tiempo que se acercaba a Michael y chasqueaba los dedos frente a sus ojos—. Le has provocado una conmoción.

—¿Cómo van el resto de equipos? —preguntó el líder.

—La zona administrativa está sellada, como nos temíamos, así que solo tenemos acceso a esta gente.

—De acuerdo. Continuamos con el protocolo. Recordad, buscamos a los que llevan identificaciones amarillas.

En ese momento tal vez habrían dejado a Michael tranquilo en aquel sillón, permitiéndole que se recuperará de su conmoción al ritmo con el que manaba sangre de su rostro. Tal vez. Pero la curiosidad...

—¿Quiénes sois? ¿Qué queréis? —¿Era su voz? ¿Estaba él preguntado esas cosas?

Las botas de plástico chillaron en el suelo conforme sus dueños giraron sobre los talones.

—Si estás lúcido para hacer preguntas también lo estás para responderlas. Vamos.

El líder volvió a situarse frente a Michael y esta vez los otros dos componentes del grupo se posicionaron detrás de él. A la espera.

—Te voy a explicar cómo funciona un interrogatorio —aquel era el tono de un burócrata haciendo el mismo trabajo repetitivo y tedioso al que se había acostumbrado durante las últimas dos décadas—. Yo te hago preguntas y tú contestas lo que sepas. Es fácil porque no te vamos a obligar a responder a lo que no sabes. ¿Te parece justo? Esa es la primera pregunta, así que contesta.

Lejos de arrepentirse por haberse metido él mismo en esa situación cuando sus captores ya se iban, Michael se sorprendió a sí mismo sintiendo la adrenalina periodística que solo provoca la persecución de la verdad. Podría extraer mucha información de las preguntas que estaban a punto de lanzarle.

—Me... me parece más que justo, pero les pido que recuerden que acabo de recibir un fuerte golpe en la cabeza, así que vayan con paciencia —¿dónde estaba el miedo que debería saturarle la cabeza en ese momento? Realmente quería creer que esos soldados no le harían daño, que eran personas razonables. Era una mentira cómoda que necesitaba contarse en ese momento.

—Entonces comenzaremos por lo más sencillo. ¿Cuándo os lanzáis *online*?

—En diez días —respondió tan rápido como pudo, sin siquiera plantearse mentir. Michael tuvo entonces que asumir la idea de que él no era ningún héroe—. Si no hay contratiempos, claro —apuntó con ironía.

—¿Dónde están las delegaciones de Europa y Asia?

—¿Delegaciones?

—Por favor, has comenzado muy bien. No lo estropees ahora —las palabras venían impregnadas de un deje paternalista, casi de sincera preocupación.

—Me has dicho que no me obligarías a responder a lo que no sé —Michael no consiguió evitar que su respuesta sonara infantil, como la de un niño que trata de evitar una reprimenda—. Pues créeme cuando te digo que acabo de enterarme de que existen otras delegaciones.

Los dos soldados que le flanqueaban parecieron hacerse de repente más grandes.

—Al encontrarte en los laboratorios había dado por sentado que tendrías acceso a cierta información —dijo el líder con una extraña mezcla de desprecio y decepción.

—Pues te equivocas. A los miembros del equipo periodístico apenas nos cuentan nada. Ya imaginas por qué.

Había algo de triunfo en el desconocimiento honesto de Michael, un final abrupto para aquellos tipos que le habían maltratado.

—Yo no tengo que imaginar nada. Sé perfectamente por qué os mantienen desinformados. Es bastante triste que tú no —ahí el desprecio emanó sin filtros, salpicando a Michael.

Aquella era la segunda vez que el trío de soldados había estado a punto de dejar a Michael abandonado en aquella sala, como un juguete roto al que ya no se le podía sacar más partido. Uno que no había sido especialmente divertido. Y por segunda vez Michael había actuado de manera irracional, solo que esta vez no se sorprendió de la sucesión de acontecimientos: un fuego blanco alimentado por la ira más pura que se podía sentir ascendió sin control desde muy profundo en su pecho hasta el centro del hipotálamo, quemando a su paso la red de conexiones sinápticas que sostenían su racionalidad. Lo que sucedió a continuación duró una respiración completa, una inhalación furiosa de aire y su consiguiente exhalación al tiempo que se levantaba de la silla a la que nadie se había molestado en sujetarle y se arrojaba sobre la espalda de quién le había provocado con ese último y desacertado comentario. Aquel fue un gesto de esa valentía oportunista que solo surge cuando el peligro parece haber pasado; en su caso, cuando era evidente que ninguno de los tres hombres le consideraba una amenaza suficiente como para desperdiciar tiempo inmovilizándole en la silla o, directamente, pegarle un tiro en la frente y pasar a otros asuntos con la tranquilidad de haberse deshecho de un incordio. Eso cambió con un ataque tan imprevisto como pírrico.

Posiblemente aquel tipo había sentido los golpes de Michael entre los omoplatos, los arañazos en el cuello y, si no se hubiera dado la vuelta a una velocidad inculcada durante décadas de entrenamiento, también habría sufrido los mordiscos de Michael, cuyo ser entero existía para desintegrarse en una estela fugaz de violencia absurda. Pero si algo de todo aquello le había infringido el más mínimo daño, tan solo demostró un placer desmesurado por haber recibido la excusa que no necesitaba para ejercer su arte.

Y ellos eran unos verdaderos artistas que consiguieron mantenerle despierto, consciente y atento a cada uno de los golpes, dislocaciones, desgarros y fracturas que le provocaron. Aquel era un trío acostumbrado a interpretar su sinfonía de manera metódica, como si hubiera un metrónomo que marcará el ritmo con el que los puños debían invadir el bajo vientre del único asistente a su concierto privado.

Entonces llegó el clímax, el instante único al que todo artista aspira cuando pone su talento en juego; el público, extasiado, rogando un bis, una última canción con la que no se conformarán, unos minutos finales de deleite. Michael también rogó. Suplicó por un final que ya era inevitable pero que tardaba en llegar. Y lo deseaba, lo deseaba tanto que sintió verdadera decepción cuando la ráfaga de disparos que estalló sobre su cabeza no le acertó; cuando el peso de tres corpulentos hombres fingió un postrero redoble de tambor que marcaba un final.

—Avisad al equipo de paramédicos. Aquí tenemos otro superviviente —Michael intentó enmascarar las oleadas de dolor que su sistema nervioso le proporcionaba. Trataba de concentrarse en el alivio iracundo provocado por la voz de Sonia.

—¿Otro superviviente más? Por Dios, ¿a cuántas personas han matado estos salvajes? ¿Y quién coño son? —

consiguió preguntar Michael aprovechando los lapsos entre los espasmos de dolor.

—Tú decides: ¿respuestas o morfina?

—¿Cuál de las dos me aliviará más?

...

Las resacas con alcohol de calidad son menos resacas. No solo resulta más placentero emborracharse con un licor caro o una cerveza de tierras extrañas, es también una forma de matarse más inteligente, una eutanasia por fascículos a la que se suscriben quienes no son los suficientemente valientes para terminar con todo de una vez, pero no quieren lidiar con los terribles dolores de un cuerpo deshidratado a la mañana siguiente.

Michael lo aprendió tan pronto como pudo cobrar su generoso finiquito. Un buen pellizco por un trabajo de repercusión incalculable porque... ¿Cómo se recompensa la salvación del periodismo cuando lo único que había hecho falta era eliminar a los periodistas?

—Tráeme otra de estas. ¡No! Mejor mira cuál de las que tienes por ahí no he probado todavía y tráemela.

El camarero recibió la misión como un incordio y no trató de ocultarlo ni con la velocidad a la que se movía tras la barrar ni con el gesto de funcionario que no ve la hora de fichar y largarse a casa. Michael no sabía por qué seguía emborrachándose en el mismo tugurio de siempre. No quería saberlo.

Tras servir la cerveza importada sin el protocolo ni la ceremonia que un líquido de ese precio merecía, el tipo volvió a tomar posiciones tras su trinchera de metal, solo que esta vez encendió la proyección que ocupaba toda una pared del fondo del bar y se sumergió en la grotesca actualidad de aquellos días.

Minutos después y como de casualidad, Michael consiguió identificar, entre la neblina etílica que ya comenzaba a aislarle del mundo, una frase que había llegado a dictar su rutina durante los últimos meses de su vida: "solo podemos contar la verdad". Aquel camarero estaba viendo uno de los canales que formaban parte de la red de Aleph.

—¿Y quién cojones quiere la verdad? —escupiendo la pregunta, el camarero volvió a apagar la proyección. Tal vez era el momento de retirar la pila de vasos vaciados por su único cliente.

—¿Qué acabas de decir? —le preguntó Michael con incredulidad.

—Digo que nadie quiere la verdad. Las personas no queremos informarnos, por lo menos no la mayoría; lo que de verdad buscamos es reafirmarnos en los prejuicios que se adaptan a nuestra visión del mundo. No queremos ser contradichos. Y menos por las putas Inteligencias Artificiales. "El mejor periodismo sin periodistas" —se mofó el tipo—. Seguro que los imbéciles que ayudaron a crear esa abominación no tenían ni idea de lo que estaban haciendo.

"Hubiera merecido la pena el sacrificio... si tan solo la gente, gente como tú, supierais el valor de la objetividad pura, sin alterar". La frase nunca llegó a nacer de los labios de Michael, que por una vez calló mientras el camarero proseguía.

—La primera semana sí que tuvieron éxito esos tíos. Todos consumíamos sus piezas informativas, jugábamos a sus reportajes interactivos... ¡Yo mismo asistí a una de las proyecciones en directo de esa película, documental o lo que fuera, sobre esos chalados que se han ido a vivir a la Antártida! Pero en cuanto la novedad pasó, la gente recordó claramente a quién tenía que odiar y a quién apoyar... Yo no les doy mucho más tiempo de vida. Si hasta el canal privado del político ese tiene más visitas.

"Una semana", pensó Michael desde las simas más profundas de una borrachera que tal vez fuera la última. "El mundo se cansó de la verdad en una semana".

FSSLRACL

—Todavía me acuerdo del tipo que me aconsejó. Tenía voz... como de padre, ¿sabe? De esos tonos cálidos y mullidos que te envuelven, de los que te invitan a creerte cada palabra pronunciada. "Sigue tu instinto", me reveló con una sonrisa bondadosa. "Sigue tu instinto y estudia lo que te pida el corazón. No te equivocarás". Recuerdo que me ofreció un cariñoso apretón de manos y me dejó marchar, salir ahí fuera para que pusiera en práctica su consejo. Valiente hijo de puta.

—Señor, no se lo repito más, tan solo necesito saber qué estudios cursó para poder procesar su solicitud de empleo.

—Pero verá... necesito que entienda...

—Se lo voy a poner muy fácil. ¿Quiere un trabajo o no?

—Filosofía.

—De acuerdo, lo introduzco aquí...

—¡Ah! Y tengo un máster en literatura comparada. Joder... Siempre se me olvida el máster.

Que a Daniel no le iban bien las cosas era evidente. Nadie que ponga un pie en la ORCTUSVQFMO —Oficina para la Reinserción de Ciudadanos Todavía Útiles para la Sociedad que de Verdad Quieren un Futuro Mejor y son Optimistas— puede decir que ha tenido un buen día. Ni

140

siquiera las criaturas que trabajan allí, seres que se han visto obligados a desarrollar una costra de apatía tan densa que incluso comienzan a apreciar el sabor del café de la máquina expendedora del fondo del pasillo.

De entre la colección de problemas que tiene Daniel, hay uno que es inmediato y del que dependen tanto el almuerzo de las próximas semanas como la salud de su autoestima, bastante adelgazada ya: Daniel no es un tipo optimista. Lleva un buen puñado de años rebotando de trabajo en trabajo, siempre con la expectativa de conseguir algo mejor y la realidad de acabar en un agujero más profundo que el anterior.

Por ejemplo, cuando se le jodieron las rodillas por ir siempre a toda hostia y con demasiado peso sobre su espalda se le acabó la temporada de *rider* para una empresa de entregas de comida y comenzó la de los dolores en las articulaciones. Pero fue un alivio. Había tocado fondo y ahora tocaba resurgir con esa brillante oportunidad en marketing. Hasta que se dio cuenta de que su salud mental no aguantaría ni una semana más si no dejaba ese curro de teleoperador. Ahí fue cuando comenzó a odiar a la humanidad. Así, en su conjunto. Luego probó como conductor de una de esas aplicaciones tan populares. No tenía muchas esperanzas y no se equivocaba. Tuvo que dejarlo al tercer accidente por quedarse dormido al volante. Hay gente que, sencillamente, no sabe adaptarse a turnos de 18 horas.

Así que no, Daniel no es optimista. Y eso es un problema porque tiene que convencer al ser que tiene delante de que sí lo es. "Solo con la actitud adecuada llegarás lejos. Ministerio de Empleo". Un mensaje vacío para un Ministerio ídem, piensa Daniel, que se esfuerza por mantener esa sonrisa de clásico bobalicón que todavía piensa que hay luz al final del túnel.

—Supongo, señor Mylo, que estos estudios suyos no le han facilitado precisamente la búsqueda de oportunidades laborales en el pasado —el funcionario no busca una respuesta, acaso solo hurgar en la herida de alguien que tomó una muy mala decisión en el pasado. La cagaste. Apechuga.

—Lo más difícil es conocernos a nosotros mismos; lo más fácil es hablar mal de los demás —Daniel contesta lentamente, con la sonrisa apuntalada en la comisura de los labios.

—¿Cómo dice? —pregunta el funcionario, acostumbrado a los silencios embarazosos de los rogantes de empleo.

—Nada. Disculpe. Manías mías —insultar a alguien citando a los autores clásicos resulta anodino cuando el aludido ni se entera de que va con él—. Efectivamente, mis estudios no me han facilitado mi carrera profesional.

El funcionario arruga la nariz mientras contempla la pantalla del monitor. Líneas azules se reflejan en sus gafas y Daniel sabe que ahí reside su futuro inmediato. Trata de desencriptarlo de la expresión del tipo, más aburrido que concentrado en su tarea.

—Verá señor Mylo, le voy a ser muy sincero.

—Estoy jodido, ¿es eso?

—El sistema no encuentra ninguna vacante disponible en toda la red que esté remotamente relacionada con su área de conocimientos —el tipo pronuncia 'conocimientos' con un desdén que ni siquiera intenta disimular— Desde luego... Siempre puede optar a alguno de sus antiguos empleos para los que ya tiene sobrada experiencia. Veo que hacen falta *riders* justo en...

—Escuche, no he venido aquí para apuntarme a otro trabajo esporádico que amenace mi salud física o mental. Necesito algo estable y, no sé... tranquilo.

—¿Estable y tranquilo? —el funcionario lo repite como si los términos fueran un oxímoron.

—Vamos, tiene que ayudarme. Todavía soy joven.

—Bien señor Mylo, como sabe, tiene que demostrar su buena disposición y actitud para encontrar un empleo que satisfaga sus expectativas. Le sugiero que le eche un vistazo al listado de cursos que le acabo de mandar a su perfil. Cualquiera de ellos le preparará para uno de los empleos más demandados del momento.

—Lo que sea, de verdad —Daniel comprueba su antebrazo sintiendo algo parecido al optimismo que se le presupone. Tarda exactamente cinco segundos en evaporarse—. ¿Programador de experiencias virtuales interactivas? ¿Asesor de Inteligencia Artificial Avanzada? A mí no me interesa nada de esto.

—Le sugiero que cambie de actitud, las profesiones técnicas son hoy una garantía…

—¿Y si no me quiero dedicar a nada remotamente relacionado con la red, las I.A o la maldita programación? ¿Qué pasa entonces?

—Que yo digo: ¡Siguiente!

El gesto del funcionario hubiera sido mucho más grosero —y espectacular— si realmente hubiera una cola de personas esperando ser atendidas. No es el caso. La Oficina para la Reinserción de Ciudadanos Todavía Útiles para la Sociedad que de Verdad Quieren un Futuro Mejor y son Optimistas es un vestigio del pasado, una manera que tiene lo que queda de Estado de justificar unos impuestos que ya casi nadie se molesta en pagar. *Hashtag* Ayúdanos a Ayudarte.

Las mañanas se eternizan sin nada que hacer. Daniel vagabundea por la ciudad y no puede evitar sentirse exiliado de la realidad: contempla las urgencias ajenas con envidia, mira la vida discurrir rápido ante él y se da cuenta de que ya no participa. Se ha vuelto irrelevante. Necesita consuelo.

—Cariño, estoy en casa —el anuncio es una broma privada entre Daniel y su pareja. En 15 metros cuadrados no caben las sorpresas.

Susan apaga su pantalla personal —lo que es equivalente a salir de su despacho— y recibe a Daniel con una sonrisa incondicional que trata de ocultar su preocupación crónica.

—¿Qué tal te ha ido? Espera... no me contestes.

Como todo enamorado que se ha pasado incontables noches sondeando el rostro de su pareja, Susan es capaz de leer en las diminutas fracturas del rostro de Daniel, donde yacen enterradas las emociones recientes. No se le puede mentir a la persona que ya forma parte de ti de manera irremediable.

—Joder Daniel... cariño... ¿Qué ha pasado? —a Susan la invade una frustración cariñosa, si eso puede existir.

—Al parecer no soy lo suficientemente optimista... — Daniel fuerza una sonrisa que apenas cabe en el piso—. ¿Qué quieres que te diga?

—Quiero la verdad. Déjate de juegos, por favor.

Daniel puede ver cómo la tierna comprensión de Susan se congela en la comisura de sus labios, apretados en un esfuerzo por no iniciar una batalla dialéctica de la que los dos saldrán heridos. Hay antecedentes.

—Me han ofrecido varios cursos de mierda. Y he dicho que no.

—¿I.A? ¿Programación?

—¿Estabas allí y no me has saludado? —replica con tono burlón Daniel.

—No te entiendo. De verdad que no.

Casi sin darse cuenta, Daniel se ha ido acurrucando poco a poco en su esquina favorita del piso, la que tiene ese cojín tan cómodo sobre el que lee sus clásicos favoritos de la literatura grecorromana, de la que es experto. No tiene escapatoria así que contraataca.

—Pues yo creo que me entiendes demasiado bien, Susan. Entiendes que no estoy dispuesto a renunciar a mis principios para hacer lo que todo el mundo ha decidido que es bueno y productivo. Que no quiero ser otro puto ladrillo, joder. Y te enerva saber que tú sí has claudicado —Daniel intenta darle a su discurso un tono más iracundo de lo que realmente siente. Prácticamente se compadece de Susan al tener que cargar con él. Pero no está dispuesto a reconocer que ella lleva razón. Eso jamás.

—Que esto no se trata de ningún debate filosófico ni ético, Daniel —la joven le coge de los hombros y, por un instante, duda entre plantarle un beso en los labios o una hostia en la mejilla. ¿Por qué no los dos?—. Esto va de comer todos los días, de pagar el alquiler y los suministros y, si queda algo a final de mes, meterlo en algún sitio y esperar a que en cuarenta años nos quede lo suficiente como para no morir de hambre cuando nos quedemos sin curro por viejos y obsoletos.

—¿Quieres que vuelva a jugármela con la bici? ¿O vuelvo a probar con los científicos esos? Todavía me sigue saliendo pelo en la espalda del último estudio al que me apunté.

—Lo que necesito es que te pongas las pilas. No puedo seguir pagándolo todo yo. No… no quiero seguir pagando solo yo.

El antebrazo de Susan vibra con notificaciones que se cuelan en la intimidad de su hogar. Lleva varios minutos ausente de la oficina y eso no puede ser.

—No tengo tiempo para esto…

—¿Ves? Precisamente eso es lo que no quiero —recrimina Daniel, señalando el antebrazo parpadeante de su pareja.

—Me gusta mi trabajo, a ver cuándo te enteras —Susan podría haberlo dejado ahí, pero ya era tarde para apagar el incendio que sentía en su interior—. Yo hago algo con mi vida.

—Programas personalidades de asistentes de conducción autónoma —*Alea Iacta Est*, piensa Daniel— ¡Le pones voz al salpicadero de los coches, Susan!

La mirada de ella no dejar lugar a la duda: Daniel dormiría esta noche en el piso de abajo… si no fuera un taller clandestino de hardware barato.

—Cariño, espera —ruega con tono conciliador Daniel, abrazándola por la cintura—. Me han comentado una idea de negocio que tal vez…

—No por favor… otra estafa piramidal no Daniel. "Amigos que ayudan a amigos". Que piques una vez o dos vale… Pero ya está bien.

La joven le arrebata el cojín a Daniel y se sienta en su banqueta replegable, dando por finalizada toda interacción con su pareja.

Daniel no es de las personas que salen a la calle a despejarse. Para él, el escapismo perfecto lo representa un ensayo de la era clásica y el más completo de los silencios. Pero incluso él sabe que, a veces, lo mejor es dejar que los ánimos se enfríen. Además, ella tiene razón. "No juzgamos a las personas que amamos".

La tarde se va consumiendo y un ligero viento trae consigo olor a frío. Hacía bastante tiempo que Daniel no paseaba y en esa jornada ya lo ha hecho dos veces, las dos sin un rumbo fijo más allá del claro objetivo de huir de sus fracasos.

El barrio está cambiando a marchas forzadas. Nuevos edificios se levantan sobre los cadáveres abandonados de tiempos diferentes, quizás no mejores. Aquí antes hubo un cine de verano, ahora un supermercado automatizado; ahí estaba la guardería que ahora se ha convertido en clínica de tratamientos genéticos. Cuando Daniel pasa frente a un hospital de atención urgente recibe en su perfil personal un cupón de descuento: "Morfina y sedación gratuita con su primer ingreso. Y si fallece, 50% de descuento en cremación instantánea". Lo guardará por si acaso.

Antes de darse cuenta, el joven llega al antiguo colegio de primaria donde estudió; no tenía planeada la visita y le resulta curioso haber terminado precisamente allí. A su manera, el edificio de ladrillos rojos y verjas oxidadas siempre le ha parecido hermoso, un lugar con secretos que descubrir tras un follaje, hoy, completamente fuera de control. ¿Cuándo lo cerraron? ¿Fue en la crisis del 2031 o logró aguantar un poco más?

Por un segundo Daniel está tentado de colarse en el patio; sabe perfectamente dónde está la barra metálica que baila... Pero ya no cabe por el hueco que deja. ¿Será que la nostalgia engorda?

"Aquí fue donde comenzó a ir todo mal", piensa, y en un arrebato de morriña por un pasado idílico que nunca existió, decide encaramarse a la verja y adentrarse en la selva misteriosa que rodea al edificio.

Tan pronto como pone un pie en el patio una sucesión de anécdotas le asaltan la memoria. Allí fue donde le tiraron la piedra que le abrió la cabeza, allá donde la chica esa le rechazó su primer beso. Qué bonito es recordar.

Daniel se toma su tiempo acariciando un banco de madera que ha logrado conservar un par de listones, jugando a hacer equilibrios sobre la barra metálica en la que algunos chavales ataban sus bicicletas.

Cuando llega a la entrada principal del colegio ya no puede parar. Sabe que necesita volver a entrar en la que fue su clase. Tal vez entre las cagadas de rata y los inhaladores de droga-Z se esconda alguna solución mágica al desastre en el que se ha convertido su vida.

Sube ágilmente las escaleras y comprueba que nadie se ha molestado en cerrar la puerta. Una cadena oxidada mantiene la apertura justa para que yonquis y aburridos como él puedan colarse en el edificio. Antes siquiera de poder percibir el olor a rancio que invade los pasillos a Daniel le vibra el antebrazo. Es publicidad. Está a punto de descartarla con un gesto de incordio cuando ve la fotografía que abre el correo: es un plano general del colegio. Intrigado, ahora sí Daniel despliega el mensaje sobre la mano:

BIENVENIDO VISITANTE. ESTÁ DE ENHORABUENA. LA INSTALACIÓN EDUCATIVA QUE TIENE ANTE USTED HA SIDO OFICIALMENTE DECLARADA COMO "CHOLLO DEL MES" POR EL GOBIERNO O GESTOR INDEPENDIENTE DE SU LOCALIDAD. INVIERTA HOY EN EL SIEMPRE NECESARIO SECTOR DE LA FORMACIÓN Y AYUDE A LAS SIGUIENTES GENERACIONES A AUMENTAR SU CAPACIDAD DE ADQUISICIÓN DE BIENES Y SERVICIOS.

"Qué pena... a lo que hemos llegado —se lamenta en voz alta—. Además, como si yo pudiera pagar algo así".

CON NUESTRAS TARIFAS DE FINANCIACIÓN A VENCIMIENTO MUY, MUY LARGO, USTED TAMBIÉN PUEDE PAGAR ALGO ASÍ.

"Joder con el reconocimiento vocal".

El mensaje le ha recordado que no debería estar ahí, husmeando en el esqueleto de un sistema educativo que no tuvo más remedio que venderse a cachos para subsistir. Si Daniel esperaba animarse tras su paseo, lo ha clavado.

A su regreso a casa Susan ya está dormida pero su antebrazo no. Es el único punto de luz del piso, un faro azulado que le guía hasta su cama y un recordatorio de quién es la única persona entre esas cuatro paredes que todavía aporta un poco de brillo a sus vidas.

Daniel suele dormir a pierna suelta pero esa noche las sábanas se le pegan a la piel. Le asfixian. En su cabeza se desmenuzan las palabras de Susan de aquella tarde. No es una cuestión de dinero. Ni siquiera es eso. Necesita volver a sentirse útil, a ilusionarse. La capa de cinismo con la que cada mañana se abriga para hacer frente al frío de los tiempos que corren se ha hecho muy pesada.

Tiene que hacer algo. Ya.

"¿Y si...?"

...

—Reconócelo, Daniel, cariño. Tu intento ha sido precioso y seguramente en otra época hubiera funcionado —Susan se da cuenta de que está tratando de dulcificarle a su pareja una realidad que lleva meses dándole patadas en las pelotas—. Pero hoy nadie quiere estudiar Historia, Literatura, Filosofía, Latín...

—¡Son la base de lo que somos!

—No... Son la base de lo que fuimos. El mundo ha cambiado, aunque a ti te cueste aceptarlo. Ningún padre pagará para que a su hijo le cuenten la Revolución Francesa cuando hay diez series, veinticinco podcast y otro puñado de videojuegos en los que el chaval puede recibir la misma información...

—¿Pero qué dices, Susan? —interrumpe Daniel, fuera de sí—. Estás comparando los conocimientos y tutelaje de un verdadero profesor a...

—Información que, por otro lado, no sirve para nada en esta época —concluye Susan, terminando de asestar un golpe de doloroso pragmatismo a Daniel.

El joven trata de respirar profundamente. El pequeño despacho del colegio, que se ha convertido en su segunda vivienda durante los últimos meses, está lleno de mensajes motivacionales que ahora parecen reírse de él: "*Keep calm* y no te pegues un tiro por la deuda millonaria que le legarás a tu mujer".

—Hay gente que aprecia la formación que ofrezco en el Immanuel Kant. ¡No puedo dejar tirados a mis alumnos a mitad de curso!

—¡Pero qué alumnos! —grita exasperada Susan, extendiendo los brazos para demostrar el inmenso vacío que es el colegio— ¿La pareja de gemelos cuyos padres piensan que esto es un centro para niños 'especiales'? ¿El chaval ese del bulto en el cuello que no habla nuestro idioma? ¿Tus primos, que están aquí más por lástima que por otra cosa?

—Todos merecen una educación basada en valores —sentencia Daniel con el tono de docente respetado y reconocido en el que cree haberse convertido.

—De acuerdo... —la joven no puede seguir luchando contra los gigantes imaginarios que pueblan la mente de su pareja. Necesita que Daniel se dé de bruces contra ellos—. ¿Hasta cuándo podrás aguantar abierto? ¿Cómo piensas pagar lo que debes de la compra de esta ruina que tú llamas colegio?

—Susan, mi amor —Daniel la coge de las manos. Le sudan de manera copiosa y el efecto enternecedor que trataba de provocar se rompe de manera desagradable—. Sabes que he pedido prestado mucho dinero. Y mis padres me han avalado con todo lo que tienen. Tengo que hacer que esto funcione. No me queda más remedio que logarlo.

—Estoy contigo, lo sabes, pero si me hicieras caso y...

—Lo siento pero mi temario no es negociable, es la esencia del Immanuel Kant, la razón por la que estos chicos están aquí— a Daniel le vibra el antebrazo ligeramente—. Me tengo que ir, ya ha pasado la hora del descanso.

La pareja se despide a la entrada del colegio, que ha recibido una capa de pintura y una buena dosis de insecticida.

—¿Qué os toca ver hoy en clase? —pregunta Susan, en un esfuerzo por marcharse de forma conciliadora.

—El determinismo frente a la capacidad de libre albedrío.

—¿Y les interesa a los alumnos?

—Bastante. Menos al extranjero. A ese le pongo series.

...

Otra jornada lectiva llega a su fin. A Daniel le gusta el frágil silencio del aula al final del día, propensa a ecos caprichosos. Cada tarde aprovecha para ver ponerse el sol a través de los grandes ventanales, que dejan entrar una luz rojiza casi púrpura. Es uno de sus mejores momentos del día, cuando siente que ha contribuido, aunque sea en una pizca, a hacer de esos chavales algo más que consumidores y productores.

—¿Hola? ¿Se puede? —un tipo alto con chupa de malla de carbono color Luna de Sangre asoma por la puerta del aula—. Estaba abierto y...

—¿Eh? Sí claro. Pase, pase —Daniel no esperaba a nadie aquella tarde. Ni ninguna otra— ¿Es usted el padre de Cracisnky? Si ha venido por la nota del último examen... me temo que debo insistir en que contraten a un traductor profesional para su hijo, mis conocimientos de cirílico no llegan a tanto.

—Por favor, tutéame. Me llamo Phil García —se presenta el tipo mientras lanza un alargado brazo para saludar a Daniel— no tengo tanto dinero como para mantener a un hijo, pero gracias por el cumplido.

La sonrisa de Phil es generosa y parece una constante en un rostro, por lo demás, completamente anodino.

—Daniel Mylo, un placer. ¿En qué puedo ayudarte? ¿Te interesa nuestro programa de formación de jóvenes talentos? —Daniel lanza la pregunta como si aquella fuera una posibilidad remota y de inmediato se da cuenta de que ese tono no habla bien de la escuela.

—Verás... sí y no. He visto en la red vuestra programación y francamente, tengo que decirte que sois unos valientes al ofrecer esa clase de estudios en los tiempos que corren —la sonrisa de Phil se amplía aún más, pero Daniel ya sabe qué estructura conversacional está utilizando aquel hombre: primero los halagos, después las críticas—. Además, debo reconocer que vuestras instalaciones son maravillosas. Yo mismo llevaba un tiempo pensando en rescatar este colegio.

—Muchas gracias. No ha sido nada fácil, te lo garantizo.

—Me imagino que no. Y precisamente por eso estoy aquí. Vuestras instalaciones piden a gritos más alumnos, más profesores, actividades, cursos... —Phil desprende una energía extraña que Daniel todavía no sabría cómo clasificar—. He investigado un poco, perdóname, hábito profesional, y veo que las cosas no marchan bien.

—Bueno...

—Lo sé, lo sé, son tiempos difíciles. ¿Cuándo no lo han sido, eh? —la complicidad artificial que Phil trata de construir resuena en el eco de la clase vacía—. Por eso yo te propongo algo. Un acuerdo.

Daniel se cruza de brazos a la espera de la propuesta y eso ya le indica a Phil que no le será fácil convencerle.

—Dime, ¿sabes cuáles son los términos más buscados esta semana en la red? Ya te lo adelanto, no son las obras completas de Schopenhauer.

—¿De veras?

—Mira —indica Phil mientras que muestra su antebrazo—. "Los mejores entornos VR calidad-precio", "Cómo hacer terapia genética en casa", "Las cinco mejores impresoras de comida que aciertan con el sabor original".

—Personalmente, encuentro aburridos los entornos VR, no dejan nada a la imaginación —el desdén de Daniel no logra apagar el furor desmedido de Phil.

—¡Vamos! ¿No lo ves? Diversión, salud y comida. La gente sigue necesitando hoy lo mismo que hace dos mil años. Y yo te propongo formar a las personas que ofrecerán todo eso —Phil continúa hablando antes de que Daniel pueda comenzar a detallar el listado de motivos por los que no piensa cambiar su currículo lectivo—. No te propongo que renuncies a tu visión, a la formación clásica que le falta a esta sociedad. ¡Claro que no! Te animo a que, con mi ayuda, traigamos a este precioso colegio a gente experta en las materias de moda y ofrezcamos la formación más completa posible. Valores y conocimientos técnicos. ¡No me digas que no es una combinación ganadora!

—Me propones que convierta mi escuela en otra factoría de programadores. Ya hay demasiadas.

—¡Pero ninguna te tiene a ti y a tu visión!

Phil consiguió capear cada una de las objeciones de Daniel durante más de una hora hasta que ambos, exhaustos, decidieron tablas. Había una base de verdad en todo lo que decía aquel tipo; también en lo que Susan le había tratado de hacer entender durante semanas.

Arcoíris temblorosos se reflejan en los charcos de las calles, batallan a la noche en una eterna negación a la oscuridad. Al reposo. Los reclamos y estímulos sensoriales de comercios y empresas no dan tregua. A Daniel le resulta difícil concentrarse mientras regresa a casa. Tiene mucho en lo que pensar. O muy poco. Depende de cómo se mire porque al final todo se reduce a una pregunta solitaria y terrorífica: ¿qué está dispuesto a hacer para sobrevivir? "Nuestras convicciones más arraigadas son las más sospechosas. Ellas constituyen nuestro límite, nuestros confines, nuestra prisión", recita para sí mismo.

...

—¿Qué experiencia tiene como docente?

—Verá, en mi canal *online* ofrezco consejos sobre programación y *lifestyle*.

—¿Canal *online*?

—Tengo más de tres millones de seguidores, sí. Lo cierto es que mi área de conocimiento ha estado siempre más orientada a la consultoría técnica. Como puede ver, mi porfolio incluye algunos proyectos que están siendo actualmente utilizados por varias de las mayores empresas del mundo —la chica apenas aparenta veinte años pero es evidente que su tranquilidad y experiencia le otorgan, por lo menos, una década más. Debe tener contratado algún paquete de rejuvenecimiento.

—Entiendo... —responde Daniel, dejando notar su escepticismo ante una respuesta que considera incompleta. Ya ha dibujado la carita triste en su evaluación.

—Helena, nos parece que sus proyectos anteriores son impresionantes —se apresura a añadir Phil, acostumbrado a completar los silencios incómodos de su socio—. Creemos que podría encajar muy bien en el curso que queremos lanzar este mismo mes: Diseño de Eventos Aleatorios y Emocionantes para Clientes Premium.

—¿Hablamos de entornos VR? —a la candidata se le encienden los ojos ante la idea y delata, ahora sí, su nerviosismo por conseguir el puesto.

—No exclusivamente —responde Phil, dejando un pequeño espacio para la decepción de la joven. Así el efecto de lo que viene a continuación es mayor, más profundo—. Las experiencias también tendrán lugar en la vida *offline*. La aburrida. Queremos que enseñes a los alumnos a diseñar y crear sorpresas y situaciones para que clientes de alto nivel adquisitivo salgan de su rutina.

—Como una especie de… ¿Juego de rol en vivo?

—Si lo quieres plantear así, eso nos vale. Imagínalo —Phil se levanta y comienza a pasear alrededor de la sala; ya está en otro lugar—: en mitad de la madrugada llega un mensaje a mi perfil. Es alguien que me avisa de que vienen a por mí. Que debo salir de casa inmediatamente. Entonces le hago caso y comienza una aventura que me llevará a recorrer diez, ¡no! Veinte países y a conocer a exóticos extranjeros. Uno de esos tíos con turbante, o las mujeres que se ponen todos esos aros en el cuello… tal vez tenga un romance. ¡Con la de los aros! O… O rescate a alguien de una peligrosa mafia. ¡No! De una fábrica sin convenio sindical, ¡mucho más terrible! Y quizás alguien… Alguien me parta una silla en la espalda en una pelea de bar y en el hospital no acepten mi seguro médico. Solo luego, después de semanas fuera de mi rutina y de mi zona de confort, podré volver a casa. Con la misión cumplida. El juego ha concluido y ahora… ¡Ahora necesito esa adrenalina constantemente!

—Es… Es tremendamente ambicioso… Sobre todo lo de la silla… —Helena todavía sigue atrapada por la aventura que acaba de plantear Phil, tratando de hilvanar en código todo lo que haría falta programar para crear una experiencia como esa—. ¿Una aventura dice? ¿Rescatar a gente? Pero eso se escapa de mis conocimientos como programadora. Sería como escribir el guion de un videojuego para la vida real.

—Efectivamente —afirma Daniel, que comienza a sentir el entusiasmo de su socio—. Helena, ¿qué sabe sobre nosotros? La escuela, quiero decir.

—Lo que existe de ustedes en la red es bastante...

—¿Inusual? —trata de ayudar Phil.

—Sí, por decirlo de alguna manera. Dan clases de Literatura... Es decir, ¿quién necesita...? Perdonen... No quería menospreciar...

—Tranquila, es una reacción muy común —Daniel se sorprende a sí mismo con la jovialidad con la que ahora toma las críticas a su escuela—. Sí, enseñamos Literatura, pero no solo eso: enseñamos a contar historias, a entender la psicología humana, lo que somos, de dónde venimos. Nuestros alumnos aprenden computación cuántica a la vez que leen a Cervantes. Créanos. Funciona.

—¿Entonces qué? —concluye Phil— ¿Se atreve con el reto que le proponemos?

La entrevista se da por terminada y los tres salen al pasillo que lleva al hall principal. En el Immanuel Kant el silencio se ha exiliado a momentos puntuales de concentración. La mayor parte de la jornada, los cientos de alumnos matriculados son impelidos a compartir y desarrollar sus ideas. Ya no hace falta fingir que la escuela es cualquier clase de lugar por el que un padre esté dispuesto a pagar para que entretengan a su hijo.

Phil realmente había conseguido darle un vuelco al colegio. Su olfato para los negocios los había llevado a ser uno de los centros educativos más demandados de la ciudad.

Incluso habían recibido la atención de las autoridades locales, que venían a reclamar lo suyo de manera periódica.

—Dime, Phil —pregunta Daniel mientras ve alejarse a su nueva profesora, que tiene que esquivar una marabunta de niños recién liberados del aula—, ¿qué diferencia hay entre los impuestos que venimos pagado y la 'Tasa Especial por Actividad Lectiva Que Es Una Verdadera Ganga' que acaba de aparecer en nuestras vidas?

—¡Sencillo! Con los impuestos se pagan los escasos servicios públicos que todavía quedan. Le abonamos el sueldo al barrendero y a los diez tíos que le coordinan y realizan estudios sobre lo bien que hace el trabajo el barrendero. Con la Tasa especial le pagamos la casa de verano a los mismos tíos que gestionan al barrendero, pero sin necesidad de justificar una mierda.

—Joder, ¿y no hay manera de pagar menos impuestos? —como empresario, Daniel comenzaba a entender la necesidad de mantener al mínimo la intervención del Estado. Salvo cuando solicitaba ayudas como emprendedor.

—Muchas y muy creativas. Ya las usamos casi todas —a Phil no había nada que le quitara el buen humor; el tipo se conducía por la vida con una premisa tan sencilla como clásica: "di que sí a todo y luego haz lo que te de la puta gana". Todos ganan pero sobre todo él—. Lo que realmente te debería preocupar es lo que gastamos en sueldos. Tenemos quince profesores en plantilla.

—Ya lo sé, no nos salen las cuentas. Entre su sueldo y los seguros sociales…

—¿Sabes por qué pagamos seguros sociales, amigo mío? —pregunta Phil mientras que le da un generoso mordisco a una manzana azul que alguien ha traído hoy a clase por algún motivo. El sabor es tan terrible como cabe esperar.

—Otra vez no tío…

—Porque somos los únicos idiotas de este país que todavía contratan. ¿Por qué tener trabajadores cuando podemos funcionar igual de bien con colaboradores? —guiño, guiño— ¿Por qué atarnos? ¿Por qué tirar la pasta en impuestos que van a pagar una deuda pública imposible de liquidar?

—Yo he pasado por ahí Phil, y no se lo deseo a nadie.

—Estoy de acuerdo contigo en que las condiciones no son idóneas, ¿dónde lo son? ¡Pero al menos tendrán un trabajo! Uno sin ataduras. Libertad para ellos y para nosotros —Phil ya sabe cuándo está a punto de cerrar un trato con su socio. Sencillamente necesita dejarle una escapatoria—. Te propongo un acuerdo: en las próximas entrevistas planteemos si estarían dispuestos a trabajar con nosotros como colaboradores y veamos quiénes pasan por el aro.

—Les vamos a tratar igual que a *riders*... Ya de paso, ¿por qué no hacemos que cada alumno les puntúe con estrellitas después de cada clase? —ironiza Daniel. Al segundo se da cuenta de que ha cometido un error.

...

—¡Bienvenidos a un nuevo curso del Five Star School!

Daniel se siente realmente bien sobre el estrado de madera real que acaban de instalar para el nuevo curso. Le recuerda a los colegios de antaño, sobrios pero elegantes. Ha sido todo un acierto. Como su nueva chupa de malla de carbono color Atardecer de Pandemia.

—Este año tenemos muchas novedades para vosotros, queridos alumnos, queridos padres, pero antes permitidme que me asegure. ¿Habéis vinculado ya vuestro perfil a la App del colegio? —la pregunta forma parte el show; nadie que no tenga su perfil vinculado podría haber accedido al

158

Aula Magna. Los alumnos levantan sus brazos mostrando, a modo de tatuaje sobre su antebrazo, las cinco estrellas que representan al colegio—. ¡Así me gusta! Como sabéis, para nosotros es muy importante conocer vuestra opinión en todo momento. ¡Sí, habéis escuchado bien! La primera novedad que quería compartir con vosotros es que introducimos las Opiniones del Alumno 2.0; ahora podéis valorar a un profesor o a una sesión específica en cualquier momento. ¿Por qué esperar al finalizar el curso cuando podéis ofrecer vuestra opinión en tiempo real para mejorar la escuela y la formación que recibís? Por supuesto, os rogamos que, como siempre, seáis exigentes con vuestros profesores. Es la única manera que tienen de mejorar.

—¿Se mantienen las cuatro estrellas como límite para que un profesor sea despedido del colegio? —pregunta una madre, con cara de verdadera preocupación—. El año pasado ya tuvimos que aguantar a Mr. Páramo, que apenas llegaba al 4,1 de media. Era vergonzoso.

Varios padres secundan la indignación, hábilmente instigada por Phil minutos antes de que comenzara el evento. "Vamos Daniel, conquístalos".

—Esa es una gran pregunta, Mrs. DeAlamo. Nos alegra anunciar que a partir de hoy este colegio hace verdadero honor a su nombre, ya que se exigirá a cada profesor una puntuación de 5 estrellas para poder colaborar con nosotros e impartir clase a sus hijos. ¡Perseguimos la excelencia!

No por esperados los vítores le hacen menos ilusión a Daniel. Sabe que con esta nueva política muchos de los profesores más severos se quedarán fuera transcurrido el primer trimestre. No es un problema. El colegio tiene una cola de candidatos tan extensa que podrían renovar el equipo al completo cada semana durante varios años y todavía les sobrarían profesores a los que llamar.

El exceso de oferta, por supuesto, les ha permitido bajar el sueldo que pagan a los profesores por cada colaboración. Los mejores ya no llaman a sus puertas, eso es cierto pero... Nada es perfecto, ¿verdad?

—Y ahora amigos, permitidme que continúe...

La ceremonia de inauguración del curso ha sido un verdadero éxito. Como cada año. La clave es emborrachar a los padres justo lo suficiente como para que vuelvan a casa con el más grato de los recuerdos. Por supuesto, el efecto desaparece pasadas unas semanas, cuando se comienzan a interesar por la marcha de sus retoños. Pero entonces llegan las vacaciones de Navidad y es el momento de una nueva gala.

...

—¡Te dije que sería un éxito! —hacía semanas que Phil no se pasaba por la escuela. Ahora divide su tiempo dando conferencias sobre educación y asesorando a algunas de las antiguas instituciones académicas que se asfixian ante la falta de fondos y el desinterés de sus alumnos.

—Llevabas razón, no te lo puedo negar. Micropagos... ¿Quién lo hubiera dicho? —el negocio funciona. La pareja de socios ha conseguido reducir al mínimo los gastos mientras que han incrementado, de maneras muy imaginativas, las fuentes de ingresos.

—A ti también se te hubiera ocurrido si salieras un poco más de este edificio y observaras lo que te rodea: sanidad, sistema judicial, transporte... —no hay reproches, sino la pena de un tipo que ve cómo su amigo se está perdiendo emocionantes cambios que afectan a toda la sociedad— ¡Todo con micropagos! ¿Qué quieres un tratamiento para, qué se yo, los dolores de cabeza de tu chica? Lo tienes pero… ¿A que sería mejor que no tuviera efectos secundarios? Entonces…

—¡Micropagos!

—¿Qué algún tarugo te ha denunciado por cualquier normativa que no te has molestado en cumplir y quieres tener derecho a recurrir la sentencia?

—¡Micropagos!

—¿Te apetece sentarte en tu próximo vuelo de ocho horas?

—¡Micropagos!

—Y esto es solo el comienzo Daniel, te lo digo yo. Hoy son los menús de la cafetería con opción para celiacos o sin microplásticos pero mañana… ¿No estarías dispuesto a pagar un poquito más porque tu hijito te siente en clase al lado de la ventana? ¿O que tenga derecho a hacerle más preguntas al profesor que el resto de los alumnos?

—Bueno Phil… —Daniel trata de refrenarle. Cada vez le cuesta más decir que no a su socio, al fin y al cabo, la mayor parte de su éxito se lo debe a él—. Dijimos que los micropagos no afectarían a los conocimientos que reciben los alumnos. Todos deben tener las mismas oportunidades de aprender y el mismo apoyo por parte de sus profesores.

—Vale, vale… No hace falta que lo hablemos ahora.

…

—Nos estamos quedando obsoletos, amigo mío —es una de las primeras veces que Phil se muestra verdaderamente preocupado por algo. Daniel sabe que debe tratarse de un asunto realmente grave, pero no logar discernir qué es.

—¿Pero cómo es posible? Somos la escuela de referencia del país, todas las demás nos copian a nosotros:

161

gestión de colaboradores, tarifas de planes de estudios hiperpersonalizadas, temario...

—Precisamente. Ya no somos los chicos nuevos del barrio, ya no aportamos valor. Todos nos copian, ofrecen lo mismo pero a precios más bajos. Solo Dios sabe qué miseria pagarán a sus colaboradores.

—He oído decir que algunos dan clases gratis para coger experiencia.

—¡Ahí lo tienes! Vamos a competir con eso, pero a nuestra manera —Phil tiene la mirada perdida, ha vuelto a trasladarse a la realidad donde habitan sus más disparatadas ideas—. Somos lentos. Demasiado. Planeamos cada curso escolar para que dure todo un año. No tiene sentido cuando las tendencias cambian de un mes para otro. ¡A veces en cuestión de semanas!

—Desde el punto de vista docente...

—Lo que te propongo es modificar el temario y las asignaturas de la escuela cada mes en función de los gustos y necesidades de la sociedad.

—Pero un mes...

—¡Incluso podríamos establecer un sistema de votación parental para que los padres que lo deseen participen, mediante pago, del currículo lectivo del siguiente mes! Sus hijos serán los alumnos más actualizados del país.

...

—Cariño, ¡ya estoy en casa!

Daniel no ha perdido la costumbre de anunciar su regreso, aunque la pequeña broma privada ya no tiene sentido. Ahora Susan no puede escucharle llegar, está aislada en su despacho en el otro extremo de la casa.

Los días, semanas y meses se han consumido con aterradora velocidad en un torbellino de acontecimientos. Ahora Daniel carece de tiempo para él, para ella o para ninguna de las aficiones que antes componían su día.

Muchas noches, antes de acostarse y caer rendido ante el peso de las responsabilidades cotidianas, Daniel dedica unos breves instantes a contemplarse en el espejo de su cuarto de baño. Las primeras canas, que habían comenzado emergiendo como tímidas exploradoras, han dejado paso a mechones completos de un gris ceniza. Por primera vez en su vida, se siente un adulto completo y no un niño que trata de participar en algo demasiado grande para él. Ese extraño coctel de miedo y orgullo con el que se acuesta cada noche le ayuda a sumirse en un profundo sueño que hoy no llegará tan fácilmente.

—¿De verdad estás orgulloso de lo que tienes ahora? —la oscuridad y el silencio del dormitorio hacen que las palabras de Susan adquieran una presencia casi física, como la de un extraño que se ha colado en su intimidad.

Daniel respira hondo y se da unos segundos para contestar. Tiene a su pareja a escasos centímetros de él, pero esa noche la siente más lejos que nunca.

—Susan... No hay quien te entienda. Cuando abrí la escuela y seguí mi visión, me decías que no tenía futuro, que debía adaptarme a los nuevos tiempos. Eso es precisamente lo que he hecho, ¿qué hay de malo?

—Vamos Daniel, tú sabes perfectamente que la escuela ya no se parece en lo más mínimo a lo que habías concebido —a la propia Susan le cuesta entender su reacción. No es enfado, sino sorpresa lo que siente ante el desmesurado éxito de su pareja—. No es una crítica. Te digo que no es una crítica. Solo quiero estar segura de que de estás al frente de algo en lo que verdaderamente crees.

—¡Desde luego que sí!

—Tengo la sensación de que Phil se ha metido muy hondo en tu cabeza. ¡Si hasta vistes como el!

La pareja permanece cobijada en las tinieblas de la madrugada, acaso temerosa de encender la luz y hacer real una discusión que llevaba meses macerándose.

—¿Te jode que haya cambiado la escuela o que haya cambiado yo?

—Entiéndeme, por favor... No me preocupa que hayas cambiado sino cómo lo has hecho.

—Tal vez es que ya no dependo de ti —Daniel ya ha cerrado sus oídos a todo lo que pueda decirle Susan aquella noche—. Te molesta que después de todos estos años de relación por fin soy autónomo para vivir mi propia vida, tomar mis decisiones y no esperar a que tu caridad me resuelva los problemas.

—Eso es una chorrada. Y lo sabes. Pero tengo la sensación de que esa escuela se os terminará por escapar de las manos.

—¿De verdad deseas que fracasemos?

—No es precisamente vuestro fracaso lo que me preocupa.

La mañana siguiente llega demasiado rápido como para que Daniel o Susan hayan tenido tiempo de perdonarse. Ambos se levantan exhaustos de haberse hecho el odio en todas las posturas imaginables. Sus mentes piden tregua y eso es lo que esperan conseguir en otra jornada en la que el trabajo será el leitmotiv de sus vidas.

Daniel espera, además, que su socio le compre una de sus nuevas ideas para la escuela. Jamás lo reconocería ante Susan, claro, pero ya hace tiempo que siente cómo cada vez es menos protagonista de su propio negocio. Necesita recuperar el control, sobre todo tras la batalla de anoche.

—Phil, he estado pensando que nos hemos esforzado mucho en la experiencia *offline* pero ¿qué pasa con la red?

Creo que va siendo hora de ofrecer también nuestras clases por *streaming*. O quizás grabarlas y ofrecerlas en paquetes cerrados que los alumnos podrían comprar —ese "he estado pensando" que parece tan espontáneo, resume varias semanas de trabajo e investigación. Tal vez prepara el terreno para una negativa de su socio.

—No suena mal... pero siempre he encontrado las clases *online* muy aburridas. Es decir, por mucho que te interese el tema en cuestión... Un tío hablando durante una hora, en plano fijo... No sé.

—Podríamos hacerlo más dinámico que todo eso —Daniel saca de uno de los cajones de su escritorio un informe impreso y cuidadosamente maquetado.

—¡Vaya! Estoy impresionado amigo mío... Papel de verdad.

—Sé que tienes unos cuantos mensajes míos sin leer y pensaba que con esto podía llamar tu atención. Escucha. ¿Por qué no hacer que los alumnos participen desde sus casas? ¿Qué ofrezcan experiencias reales y el profesor pueda ayudarles en el mismo momento, mientras que profundiza en un concepto clave? Mi idea es que la clase no gire en torno al profesor, sino a los alumnos.

—Una clase enfocada en los alumnos y no en el profesor, ¿eh? —a Daniel se le despierta una sonrisa porque ve que Phil por fin ha comprendido su idea. Y parece que la aprecia.

—¡Exacto! En sus preguntas, en sus dudas...

—En sus conflictos...

—¿Cómo dices?

...

165

—¡Bienvenidos queridos alumnos, padres, madres y espectadores a la primera temporada del Five Star School Live!

Daniel añora su antiguo escenario de madera. Ahora tiene los listones apilados en algún lugar de su garaje, a la espera de una casa más grande en la que darles uso. No es lo único que echa de menos; también la sencillez de los viejos tiempos en los que la gala de presentación de un nuevo curso no tenía fuegos artificiales, bailarinas con ropa imaginaria y no se retrasmitía en directo por la red.

—Este año va a ser único, creedme. Un antes y un después que va a sacudir los arcaicos conceptos de educación que esta sociedad ha venido defendiendo durante demasiado tiempo —¿Lo había dicho todo tal como Phil le había pedido? Joder, se le había olvidado lo de crueles, conceptos arcaicos y crueles—. Pero antes de seguir tengo que pediros perdón, amigos.

La orquesta calla y las luces se apagan para dejar un único foco sobre la cabeza de Daniel. Las sonrisas de los espectadores se tergiversan en una mueca de cauta sorpresa. Alguno comprueba el extracto del banco para saber si aún está a tiempo de cancelar el pago de la mensualidad a la escuela. Solo por si acaso.

Un violín dramático irrumpe en escena y algunas personas se sobresaltan ante lo inesperado de la banda sonora. Si supieran que ha provocado un intenso debate entre Phil y Daniel tal vez apreciarían más el efecto épico que pretende crear el conjunto.

—No hemos estado haciendo todo lo posible por nuestros alumnos —es agradable, piensa Daniel, decir lo que verdaderamente se piensa. Aunque sea a medias—. Creemos que podemos ayudarles a que tengan un futuro más productivo y consumidor. Hasta ahora nos hemos centrado demasiado en los conocimientos que todos estos jóvenes brillantes reciben gracias a nuestros excelentes colaboradores. Pero nos hemos dado cuenta de que les fallamos una vez que terminan sus estudios y salen ahí afuera. Sí amigos, todos sabéis cómo de difíciles están las cosas ahí afuera, ¿verdad? Por eso hemos decidido abrir las aulas al mundo. ¡Dejaremos que todos vean, en directo, cómo los brillantes alumnos del Five Stars School Live se transforman en los mejores profesionales posibles! Es el sueño de cualquier estudiante, queridos padres y madres: recibir la mejor formación posible al tiempo que muestras lo que vales a tus futuros empleadores. ¡Del aula al trabajo! ¡Garantizado!

El anuncio, desde luego, no pillaba por sorpresa a los padres y madres. Todos habían escuchado rumores —filtrados por Phil— sobre las interesantes y disruptivas innovaciones que habría en el colegio para el siguiente año. En esta ocasión hubo muchas más reticencias a las nuevas medidas que en años anteriores; reticencias que se diluyeron casi por completo cuando también se filtraron los nombres de las marcas que patrocinarían las emisiones en directo. Eran algunas de las más importantes del mundo y todas ella se habían comprometido a realizar, al menos, una entrevista de trabajo a los alumnos que lo quisieran tan pronto como terminaran sus estudios. Todo lo que esperaba escuchar Daniel sobre el escenario eran vítores. No se equivocó.

La fiesta posterior a la presentación del nuevo curso fue tan intensa como de costumbre. A veces Phil y Daniel tenían la sensación de que muchas familias llevaban a sus hijos al Five Star para poder socializar con el resto de padres, una exclusiva lista de personas influyentes en todos los ámbitos de la sociedad que había crecido junto con la popularidad de la escuela.

—Señor Mylo, tengo que darle la enhorabuena un año más. Mi marido y yo estamos encantados con las novedades de la escuela, ¿verdad que sí, Tom?

—Desde luego, un verdadero acierto. Ya quedaremos usted y yo tranquilamente para que me cuente cómo ha conseguido el patrocinio de todas esas empresas.

Podrían quedar, sin duda, pero aquel tipo no oiría más que la versión oficial: que son la escuela de referencia del país y las mejores marcas se querían asociar con ellos en un patrocinio en el que todos ganaban. La realidad era muy diferente.

Desde luego, nadie ponía en duda el valor educativo de las emisiones en directo de las clases, pero ¿y si al conocimiento se le añadía también un poco de espectáculo? Mientras sonreía complaciente a la pareja que le retenía, Daniel no dejaba de rememorar aquella conversación con Phil.

—¿A qué te refieres con un "punto de originalidad"? —Daniel estaba cansado de que su socio agarrara sus ideas de la manera más burda y las retorciera hasta convertirlas en parodias. Daban dinero sí, pero ¿no ganaban ya suficiente?

—Todo el mundo ofrece clases *online* Daniel, ¡todos!

—Pero nadie de la manera en que las ofreceremos nosotros: con enlaces de referencia en tiempo real a los temas que están siendo tratados, consultas bibliográficas, posibilidad de preguntar...

—Te quedas en la superficie. Piensas solo en la gente que quiere aprender —la jovialidad perenne de Phil había ido mutando en los últimos meses en impaciencia.

—Joder somos una escuela, ¿en quién coño quieres que piense?

—¡En espectadores! Imagina que no solo retransmitimos las clases, que son la parte aburrida de la escuela...

168

—¿La parte aburrida?

—Tú ya me entiendes. Imagínalo —los míticos viajes de Phil a su particular mundo de fantasía habían vuelto y esta vez le llevaban más lejos que nunca—. Ponemos cámaras también en los pasillos, en la cafetería... ¡En el rincón aquel del patio en el que los chavales van a explorar su incipiente sexualidad!

—No hablas en serio.

—¡Espera, espera, espera! Lo acabo de ver... Nos vamos a hacer de oro Daniel, te lo digo yo.

—No vamos a grabar a los alumnos...

—Estoy de acuerdo en que grabar a los chavales en los pasillos o la cafetería puede terminar por ser aburrido para el espectador...

—Esa no es precisamente mi objeción.

—Pero ¿te acuerdas de aquel curso que ofrecimos sobre Diseño de Eventos Aleatorios y Emocionantes para Clientes *Premium?* ¿Por qué no provocar esos eventos emocionantes aquí, en el colegio? Hoy un apagón en el que todo se queda a oscuras y dejamos que los chicos se diviertan a su manera, mañana una mochila misteriosa olvidada en mitad del pasillo y, ¿por qué no? ¡Un simulacro de ataque terrorista!

—Has perdido la puta cabeza.

—Solo hay que encontrar a los patrocinadores adecuados. Marcas de vigilancia, ropa de marca para jóvenes... ¡Anticonceptivos!

...

—Nunca pensé que terminaría así, ¿sabe?

—Quiere decir... con usted... ¿Aquí? —el periodista mira a su alrededor y Daniel no sabría decir si está siendo objeto de lástima o de rechazo.

169

—Le reconozco que no me sorprende tanto el sitio sino cómo he llegado a él.

—¿No esperaba el éxito que tuvo la 'Five Star School Live Renovada y Ahora sin Cámaras en los Lavabos'? —FSSLRACL.

—No, desde luego que no... ¿Cómo pensar que llegaríamos tan lejos? No sabía que se nos podía escapar de las manos de esa manera...

—¿Se refiere a la venta de la escuela a ese fondo inversor? ¿Culpa a su socio de esa operación?

—No lo sé, ¿qué quiere que le diga? —Daniel siempre ha tenido el defecto de abrirse fácilmente ante los extraños, de expulsar sus dudas sin importar que ante él hubiera un perfecto desconocido. O precisamente por eso—. Puede que Phil sea un producto de estos tiempos de mierda en los que vivimos, un superviviente nato que ha tenido que hacer lo necesario para adaptarse al medio. O no. Puede que vivamos estos tiempos de mierda precisamente por hombres como Phil. No puedo saberlo.

—¿No siente cierta envidia?

—"Nuestra envidia siempre dura más que la felicidad de quien envidiamos"

—¿Perdone?

—Veo que no estudiamos a los clásicos... Una pena. ¿Envidia de qué?

—Mucha gente diría que, tal y como se han desarrollado los acontecimientos, hay un claro ganador entre ustedes dos...

—¿Me ve a mí como el perdedor?

—Bueno, le estoy entrevistando a usted para conocer mejor a la figura de Phil García. En fin, el tipo ha revolucionado el sistema educativo de medio mundo.

—¡Vaya! Pensaba que había venido a conocer mejor los métodos que utilizo para enseñar filosofía en mi humilde escuela —Daniel espera que el periodista sea algo avispado como para captar la ironía. La gente ya no capta las ironías si no son #ironías.

—Disculpe si...

—Tranquilo. Lo entiendo. póngase cómodo, te voy a contar cómo es el nuevo ministro de Educación de este país.

BLUES COFFEE

Los colores horteras del neón que vomita la ciudad se derraman sobre mi ventana como lágrimas teñidas de psicodelia trasnochada. La convierten en un vitral ateo que llevo horas contemplando sin más objetivo que ver la lluvia ensuciar a quienes se restriegan allá abajo en un intento de llegar rápido a cualquier otra parte.

A esto se resume toda mi interacción con el exterior, un día más de mi cuarentena autoimpuesta, como un cilicio que ya no recuerdo por qué decidí vestir.

Mi realidad se ha vuelto azul, una constante en eterna improvisación, una canción de blues que enmaraña mis pensamientos cada mañana, me los trastoca como un duende juguetón que cambia de sitio las cosas del hogar cuando nadie le mira.

Esto les pasa a otras personas, a gente que sale en pantallas, criaturas lejanas que para mí no son más que ficción. Nada de esto es real, no puede serlo. Pero me comienzo a reconocer en ellos y eso me aterra. Tengo que salir de dudas.

El cristal del dispositivo se ilumina. Sobre él se materializa un rostro con emociones a estrenar y barba de tres días, de las que provocan. No es lo que esperaba y no lo disimulo. Me quedo embobada contemplando una colección de rasgos imposibles. Como esos ojos castaños que me miran desde el otro lado y me trasmiten una paz extraña a la que ya no estoy acostumbrada. Me apetece sonreírle pero me siento tonta, una fracasada somnolienta que utiliza sus madrugadas para hablar con algoritmos en un intento por entenderse mejor a sí misma.

Pero no es solo un conjunto de algoritmos. Joder... ¿Por qué no me habré arreglado más? De repente el pijama me pica y puedo sentir el olor a semanas de uso ininterrumpido. Casi me da miedo que él también lo perciba. ¿Será capaz? No... no creo.

—Buenas noches, Clarisa. Mi nombre es Joss. Gracias por contratar mis servicios. ¿Qué te parece si comenzamos charlando un poco sobre ti? Dime, ¿qué tal va todo?

¿Que qué tal va todo? Pues va mal. Me estoy muriendo y solo tengo 23 años. Me muero y no sé por qué. Pero no puedo decírselo. Al menos todavía no. Le asustaría. ¿O no se les puede asustar? ¡No te muerdas las uñas! Venga, lo mejor es decirle que todo va bien, que tan solo necesito charlar un poco, compartir un par de ideas que llevo tiempo queriendo sacarme del pecho. Dios. No me lo creo ni yo.

—Hola... Encantada de conocerte. Perdona si parezco un poco nerviosa... porque en realidad estoy muy nerviosa.

¡Se ríe! ¡Mi estúpida broma le ha hecho gracia! Había olvidado lo bien que sienta hacer reír a los demás. En especial a Jen-Seo. Antes solíamos reírnos de todo y de todos.

—Tranquila. Es normal. Iremos poco a poco. Además, recuerda que si te incomodo en algún momento tan solo tienes que apagarme en tu dispositivo. Prometo no ofenderme.

No creo que pudiera hacer algo así. Su mirada me transmite una calidez a la que no quiero renunciar.

Me pregunta por mi día. No ha sido tan malo, por lo menos al principio. Ojalá consiguiera retener en mi interior la poca energía con la que me levanto por las mañanas. En los primeros minutos siento que todavía no la he cagado, que el día es un lienzo en blanco que aún no he estropeado; que hoy conseguiré hacer de mi vida una obra de arte. Algo valioso.

Hasta que empieza el zumbido. O sube de volumen porque lo cierto es que lleva conmigo meses, acompañándome como una pesada sombra que... ah mierda, voy a volver a llorar.

Parece que quiere ayudarme. Que quiere de verdad, no solo porque tenga que hacerlo. ¿Cómo habrán conseguido que se parezcan tanto a nosotros? Y, sin embargo, siento que no me puede juzgar, que nada de lo que le diga hará que cambie de opinión sobre mí. Que me rechace.

—¿Te notas cansada? ¿Más de lo habitual? ¿Cómo estás durmiendo?

Pienso que mis respuestas van marcando casillas en su cuestionario mental, uno similar al que yo he repetido hasta la saciedad y cuyo resultado no termino de entender. ¿La tengo o no la tengo? Hay tanta información ahí afuera y tan poco fiable. Tratan de ocultarlo, hacer como que no ocurre nada. Que no hay brotes incluso en institutos.

Me cae bien, desde luego, pero no me está dando respuestas, solo otro surtido de interrogaciones a las que ya me he enfrentado más veces de las que puedo recordar. ¿Qué quiere? ¿Qué se lo cuente a Jen-Seo? ¿Cómo podría explicar el pavor que me produce la idea? Sería incapaz de comprenderlo. Supondría abrir en canal la parte más oscura de mi ser, una pegajosa negrura que me da miedo contagiar con el simple gesto de enseñarla, de hablar de ella. No le muestras los abismos de tu alma a la persona que amas, igual que tú nunca querrías descubrir qué se esconde en las profundidades del amor de tu vida. Todos cobijamos inconfesables terrores. Este mal tan solo hace que supuren, como heridas vergonzosas. No podría comprender lo que es claudicar de esa manera. ¿O sí?

—Clarisa, no tienes que hacer nada que no quieras. Lo sabes, ¿verdad?

Solo sé que no puedo continuar así, que si estoy infectada necesito saberlo ya para tomar las medidas adecuadas. O por lo menos para ponerle nombre a mis demonios, así al menos podría insultarles, rogarles y culparles. Qué difícil es odiar aquello para lo que carecemos de etiquetas.

—Por favor, tan solo dime, ¿tengo La Enfermedad?

...

La cafetera tiembla sobre el fuego, gorjea reclamando atención. La retiro en el instante preciso, cuando el agua empieza a bullir, imparable, y se fusiona para siempre con los granos de café recién molidos que aguardan en el filtro. Así es como se consigue la mejor taza de café y no ese caldo quemado que cualquiera se toma sin prestar la menor atención, buscando una dosis de cafeína exiliada de cualquier experiencia sensorial.

Para mí es diferente. Un ritual que me acompaña cada noche, el mejor momento para hacer mi trabajo. Mi oficio es más sencillo en el silencio y la quietud del final del día, cuando ya no queda nada más que hacer y las derrotas o victorias se dan por ciertas.

El primer sorbo siempre es el mejor. Como reencontrarse de nuevo con una sensación a la que se le tiene un cariño especial. Es solo tras el primer sorbo cuando inicio mi sesión nocturna.

Clarisa, 23 años. Las pruebas médicas que ella misma me ha remitido no muestran ninguna anomalía significativa. Pero eso era algo que ya me esperaba. La Enfermedad es asintomática a nivel físico, por lo menos en los primeros estadios. Solo en los casos avanzados la decadencia es reconocible primero en los análisis y luego a simple vista.

Su actividad digital tampoco me indica nada anómalo. Sigue publicando con asiduidad en sus perfiles y participando en charlas con su amplio círculo de amistades. No da muestras de fatiga o irritabilidad, ni siquiera en los temas políticos más delicados. Su carácter no ha cambiado para el resto del mundo.

A veces pienso que investigo en exceso. Otros se conforman con la entrevista y apenas se conceden un cuarto de hora para formarse una opinión. Yo entiendo el diagnóstico como un proceso más complejo. Mi objetivo no es solo descubrir si la persona que está al otro lado tiene o no La Enfermedad, sino valorar las probabilidades de que la desarrolle a corto plazo y ponerle solución antes de que ocurra. Es la única manera de parar esto. Si es que todavía estamos a tiempo.

No me permito pensar así, de lo contrario dejaría este trabajo y me buscaría algo mejor pagado y con menor carga emocional; este va erosionando lenta pero constantemente.

Ahí está. Se asoma tras un intento de sonrisa nerviosa que posiblemente haya ensayado frente el espejo antes de empezar la sesión. En lo que tardo en presentarme identifico un conjunto de señales que me indican que estoy ante una persona que lleva varias semanas sin salir de casa: la palidez de su rostro grita ausencia de luz natural y las ojeras incipientes apuntan a una brecha en su ciclo circadiano. Mi preocupación es inmediata, pero mi experiencia la destila en una sonrisa que yo también he ensayado en frecuentes ocasiones.

Es un alivio poder actuar con naturalidad, aunque todavía guardo algún deje de los tiempos en que tenía que fingir las clásicas incoherencias y fallos en el habla de las primeras Inteligencias Artificiales Interactivas. Antes incluso debía recurrir al maquillaje para simular rasgos artificiales en mi rostro, a fin de crear esa sensación de 'valle inquietante' que hiciera más plausible mi papel. Hoy la simulación es tan avanzada que mis propios defectos personales son percibidos como pequeños detalles que añaden contexto al personaje. Lo humanizan.

Las primeras preguntas son generalidades pensadas para ganarme su confianza, pero Clarisa se piensa cada respuesta como si fuera una cuestión de vida o muerte. Y se muerde las uñas, nerviosa. Es una buena señal. Esto le importa lo suficiente.

—¿Qué tal has pasado el día? ¿Te ha ocurrido algo que tal vez te apetezca contarme?

Me ofrece una mentira que ella desconoce que lo es. Como si su encierro voluntario hubiera sido una respuesta sensata ante la situación actual.

—...además, disfruto mucho trabajando desde casa —me asegura, convencida—. Aprovecho mejor el tiempo y voy menos estresada.

Silencio. Incómodo. Dejo que ella misma lo rompa.

—Bueno, no todo son ventajas claro. Echo de menos a los compañeros, por ejemplo...

La última frase se termina de improviso, como un portazo destinado a contener unas lágrimas que mi experiencia ya me permite ver incluso antes de que salgan por la glándula adecuada.

—No tienes por qué ocultar tus emociones conmigo, Clarisa. Todo lo que me digas queda protegido por el secreto profesional —aunque venderemos sus datos al mejor postor—. Además, una vez que mis servicios hayan concluido, cualquier información personal que tenga relación contigo se borra por completo de mi memoria.

Ojalá fuera tan sencillo y tan pronto como les diagnostico, sus nombres y sus historias se formatearan, sin dejar rastro. Así no se amontonarían en un lugar cada vez más oscuro de mi cabeza.

Hablamos durante un par de horas, al principio como corteses desconocidos y luego como amigos que retoman su relación tras años de enfriamiento. Esta es la parte más difícil para mí, cuando descubro en su maravillosa complejidad a la persona que hay tras los datos.

Entonces me hace la pregunta. El mínimo común denominador al que todos los entrevistados llegan antes o después. No pueden evitarlo: "¿La he pillado?" "¿Me la han pasado?"; hay quienes lo afirman, como intentando adelantarse unos segundos a la sentencia: "Me he infectado".

No me suelo precipitar con la respuesta. Primero trato de hacerles entender qué pistas me han llevado hasta la resolución de su caso. Para bien o para mal. Hay personas que no quieren oírlo, tan solo desean una conclusión. Su futuro resumido en un sí o un no. Clarisa es de las que aguanta con paciencia mi disertación, de las que comprende antes de que le ofrezca su respuesta. Cuando todo se hace claro para ella, asiente y me lanza una postrera sonrisa de compromiso. Después corta su conexión. Su noche ha terminado. La mía comienza.

...

La mañana despierta con pereza tras una capa de nubes difusas y sin encanto. Consulto el reloj y valoro si me da tiempo de realizar una última entrevista. La podría concertar ahora mismo, hay cientos de usuarios pendientes de un hueco disponible. Pero me siento agotado y dudo que esté en condiciones de prestarle toda mi atención a la siguiente persona que se asome al otro lado de la pantalla.

—¿Por qué no lo dejas ya por hoy?

La voz de Matt aleja mis dudas y para cuando me giro ya le tengo frente a mí con un beso cargado que me dispara a bocajarro. No sé cómo lo hace pero incluso a primera hora del día desprende una vitalidad asombrosa que resume en su sonrisa perenne.

—Porque te estaba esperando para que me obligaras —le digo, mientras trato de robarle un poco de ese entusiasmo suyo con un abrazo.

—En serio, últimamente le dedicas demasiado tiempo a esas entrevistas de marketing. ¿No hay ya algoritmos que lo hacen mejor que nosotros?

—Desde luego, pero sabes que mis jefes venden el "toque humano" como una de las principales propuestas de valor del negocio —llevo años mintiéndole y cada día que pasa es igual de difícil que el primero. Me recuerdo que no lo hago por capricho.

—Te veo agotado.

—Ha sido una noche larga.

—Recuerda que hacen falta noches malas para apreciar los días buenos —Matt tiene frases para todo. Su optimismo es un pozo sin fondo.

—Venga, vamos a desayunar juntos ante de que tengas que irte al trabajo —le propongo.

—De acuerdo, pero algo rápido, que voy tarde y tú tienes que irte a la cama. Te quiero fresco para esta noche. Hace tanto que no salimos a pasarlo bien…

Nuestras mañanas son somnolientas, desacompasadas. Buscamos recovecos en lo cotidiano para encontrarnos, como estos desayunos que saben a poco.

Cuando Matt cierra la puerta de casa con su suavidad característica yo no tardo en dejarme caer en la cama, hasta donde me acompañan las conversaciones que he mantenido durante toda la noche. Son como susurros que se arrastran por la tarima, trepan por las sábanas y se meten en mi cabeza hasta que consigo expulsarlos. Pero vuelven. Son tozudos.

Me pongo los auriculares y reproduzco un tenue ruido blanco que trata de ahogar las voces en mi cabeza. Pero ya no son voces, han mutado en preguntas que penetran bajo mi piel y me producen un picor terrible, imposible de saciar. Me sumo en una sensación de duermevela en la que no consigo saber hasta qué punto soy consciente de mis propios pensamientos. Entonces noto que alguien me toca en mis zonas íntimas y me despierto con un sobresalto y una erección. Ahí está Matt, con su sonrisa sobre mi cara y su mano sobre mi polla.

—Perdona pero he tenido que recurrir a esto para despertarte —se disculpa con una voz socarrona—. ¿De verdad no me has escuchado llamarte?

—¿Qué... qué haces aquí? —balbuceo, todavía inmerso en la inercia del sueño.

—¿Cómo? —se ríe entre sorprendido y comprensivo—. Ya he vuelto de trabajar. ¿No sabes qué hora es? ¡Venga, levántate que nos vamos a dar un paseo y luego a cenar!

Las últimas luces del día se cuelan entre las cortinas y me hieren los ojos, que siguen tratando de adaptarse a la luminosidad. El reloj indica que llevo fuera de juego más de diez horas que para mí han sido apenas diez minutos.

—Necesito una ducha para despejarme.

Bajo el agua trato de darle un sentido a mi inquietud, un sentido más allá de saber que las historias humanas con las que me topo cada día han comenzado a traspasar todas las barreras emocionales que he ido levantando durante los últimos años. Al fin y al cabo tener La Enfermedad no supone una condena a muerte. No es tan definitivo. En la mayoría de los casos.

—¡Venga, que te vas a volver a quedar dormido en la ducha!

...

Viernes noche en la ciudad. La gente invade las calles anhelando una desconexión de sus rutinas que, en el fondo, no desean. Todo el mundo asegura estar cansado de vivir en constante aceleración, en un esprint eterno sin un objetivo aparente. Pero nadie hace nada por remediarlo. Llevamos demasiado tiempo viviendo así y ahora no sabemos hacer otra cosa.

Tan pronto como ponemos el primer pie en la acera una guerra de sinfonías compite ruidosamente por nuestra atención: puestos de comida ambulante que nos venden a voz en grito las bondades de gastronomías originadas al otro lado del mundo; locales de ocio que trasladan sus conciertos a la calle en un intento por seducir a potenciales clientes. Y sobre todo ellos, idiotas de toda edad y color que llevan la música a cuestas y la derraman a todo volumen como si nada más importara, como si el mundo les perteneciera y lo habitaran en soledad. Después de varios días sin salir de casa me cuesta unos instantes adaptarme a lo que me rodea pero Matt, siempre atento, me toma de la mano y con un gesto cómplice arranca a caminar calle abajo.

También yo trato de desconectar esta noche. Matt me ayuda con su charla animada, contándome su día con todo lujo de detalles; cada uno es extremadamente importante. Yo siempre he sido más callado, tal vez porque no le doy importancia a lo que sucede en mi rutina. Con más razón ahora, que no puedo compartirlo con nadie.

Al poco, el esfuerzo por desconectar cede a mi curiosidad innata. En mi cabeza voy bajando la intensidad con la que resuenan las palabras de Matt y amplifico los estímulos visuales que me asaltan con cada vistazo a lo que me rodea. Los rostros de la gente se iluminan con ráfagas de rosa chicle, púrpura atardecer y azul noche. Son rostros sonrientes, despreocupados. Juego conmigo mismo a intentar adivinar quién la tiene. O quién la tendrá.

Si supieran... aunque algunos lo saben. Cada día más. Afortunadamente La Enfermedad todavía es una leyenda urbana que pocos mencionan salvo para desdeñarla como una nueva teoría de la conspiración.

—¿Dónde tienes la cabeza Joss? Prometiste que hoy te la traerías.

—Perdona, me he acordado de algo del trabajo que he dejado sin terminar.

—Deja salir tus preocupaciones para que tus ilusiones puedan entrar —me replica, y lo firma con un beso que ahora mismo no me apetece corresponderle.

—¿De dónde sacas todas tus frases? No me digas que de los sobres de azúcar porque no cuela.

Su sonrisa se hace más amplia y seguimos caminando hasta mi plaza favorita de la ciudad. No ha sido por azar. Pequeña, repleta de árboles adornados con simples guirnaldas de luz pálida y con varios sitios para sentarnos y ver pasar el mundo. Es mi pequeño oasis en el que la vida se ralentiza. O tal vez se simplifica.

—Pensaba que me llevarías a bailar a algún club de moda —le confieso a Matt.

—No hace falta ser muy listo para ver que esta noche te hace falta otro tipo de actividad.

Nos compramos algo de comer en uno de los pequeños puestos ambulantes y lo disfrutamos en un banco cualquiera. Entonces me doy cuenta de que sobre una de las decimonónicas fachadas que dan a la plaza han instalado una pantalla gigante de publicidad. Un parche de plástico y metal que chilla con parpadeos catatónicos. "Sé la mejor versión de ti mismo", reza el cartel. Y la asocio inmediatamente con Matt, que también lo mira y sonríe. Una pequeña parte de mí reconoce por fin que odia esas frases.

A nuestro lado un grupo de personas rompen a carcajadas mientras se hacen toda una galería fotográfica con sus dispositivos. Es una colección peculiar de personas de varias franjas de edad y razas. Me pregunto qué les une, más allá de la pasión por las compras desenfrenadas que muestran con entusiasmo, rodeados de una trinchera de bolsas. ¿Qué pasaría si descubrieran lo que está ocurriendo delante de sus ojos? ¿Cómo gestionarían el miedo a contagiarse? ¿Dejarían de salir a la calle? ¿De consumir? ¿Cuánto tardarían en llamarlo pandemia? Ni siquiera nosotros nos atrevemos a llamarlo así. La negación es tan cómoda.

—¡Hostias! ¡Mira! ¡Allí arriba! —me grita Matt mientras señala hacia la gigantesca pantalla publicitaria.

Sobre el borde superior de la monstruosa instalación se arrastra, temblorosa, una sombra.

—¿Qué crees que es? —pregunto, tratando de acallar mi sospecha.

Matt no tiene tiempo de responderme porque la sombra se levanta y los incisivos colores de la pantalla muestran la figura de un hombre. Parece que le cuesta mantener el equilibrio. Me transmite un vértigo instantáneo que me obliga a apartar la mirada.

—¿Qué coño hace ahí?

Esta vez soy yo el que no puede responder porque la gente ha comenzado a darse cuenta de la anomalía; los primeros gritos de asombro alertan a quienes todavía no habían reparado en el tipo. Parece clavado sobre la inmensa estructura, un pequeño juguete a la espera de interacción. Inmediatamente se genera un semicírculo que abraza la pantalla. De él surge una andanada de diminutas luces blancas que atacan sin piedad.

—¿Crees que quiere saltar? —Matt lo pregunta con ingenua sorpresa. Me hace pensar que a veces mi pareja no sabe en qué mundo vive.

—Estoy seguro de que no quiere saltar. Pero me temo que lo hará igualmente.

Las fotos y vídeos se multiplican. Alguien hace un chiste. Otros se carcajean. Una mujer pide que le hagan una fotografía con la pantalla de fondo. El hombre se mueve allá arriba y el público enmudece; la música de tiendas y locales de copas parece aumentar, llenar la pausa sonora que se ha generado en la plaza. Arriba el tipo gesticula con los brazos. Parece que está hablando. O gritando. Pero no se le escucha porque el sonido de todo lo demás aplasta sus palabras. Miro a mi alrededor. Policía y bomberos no tardarán en aparecer. El hombre baja los brazos y se deja caer. Se desploma infinitos segundos y cuando golpea el suelo produce un sonido asqueroso de cosas blandas que revientan y cosas duras que se parten. O tal vez lo imagino. No tengo manera de saberlo. El círculo se cierra a su alrededor. Morbo que estrangula. Yo también estoy ahí para ver cómo un lago de sangre emana bajo el cuerpo. Sangre bermellón diluida en los colores primarios que lanza la pantalla gigante, en la que aparece un único mensaje: "Tu felicidad solo depende de ti".

...

Nuestro paseo termina en casa tratando de apurar una botella de vino y fingir que no ha pasado nada. Matt conversa despreocupado desde el sofá. Yo circunvalo el salón en un intento por centrifugar mis pensamientos, que siguen junto al cadáver reventado de ese desconocido.

—¿Todavía le estás dando vueltas? Va, vente aquí conmigo. El pobre hombre ha tenido un accidente. No hay nada que podamos hacer por él.

—De verdad te parece que se ha arrojado al vació... ¿Por accidente?

—¿Qué insinúas? —ahora ya no veo ingenuidad en Matt, sino la ceguera de quien no quiere ver.

—Te aseguro que ese tío ha saltado por voluntad propia.

—Venga ya. Eso no es posible. ¿Por qué alguien haría algo así?

—¿Problemas? ¿Falta de apoyo? Quizás algo peor — me trago la palabra ante de pronunciarla.

—No lo entiendo. Si tienes problemas, ¡los superas! Me repatea la gente débil. No se sale adelante celebrando éxitos sino superando fracasos.

—¡Quieres dejar las citas de motivación personal de una puta vez! ¡La vida no es solo cuestión de actitud y de perspectiva! Hay más cosas en juego, fuerzas que no controlamos y son capaces de arrastrarnos hasta lugares que no creeríamos que existen.

El silencio ofendido de Matt me hace reflexionar. Él no tiene la culpa de pensar así, sencillamente desconoce los hechos. Y ya es hora de que los sepa.

—Escucha Matt... —me siento junto a él en el sofá y le quito la copa de vino de la mano. Quiero toda su atención en mí—. Creo que sé por qué ha saltado ese hombre y necesito que tú también lo sepas. Está pasando algo en el mundo. Algo grave. Hay una enfermedad que ha comenzado a extenderse. En realidad ya lleva años ahí afuera pero no quieren que se sepa.

—¿De qué estás hablando? — Matt trata de descubrir la broma en mi rostro.

—Es una enfermedad diferente. No ataca al cuerpo, no por lo menos al principio. Las personas que la padecen comienzan a sentir un cambio muy dentro de ellas. Algunas pierden el apetito, otras las ganas de salir de casa o de pasar tiempo con su pareja. En los peores casos, saltas. Todavía no sabemos cómo se contagia ni cuáles son los factores de riesgo. Hombre, mujeres, adolescentes, ancianos, ricos, pobres, blancos, negros...

—¿Quieres decir que hay una pandemia como la del Covid-19? ¿Y por qué no se habla de ella? Habrá que tomar medidas, ¿no? —no sé si detecto incredulidad o indignación en el tono de Matt.

—Es mucho peor porque nadie quiere reconocer esta enfermedad. Dicen que cuanto más se habla de ella más se transmite. Es tabú. Lo más efectivo es hacer como que no existe. Ignorarla.

—Pero entonces, ¿los enfermos?

—Nosotros los detectamos y tratamos. Siempre con discreción.

—¿Nosotros?

Entonces me desnudo ante él y le confieso las verdades que me he visto obligado a ocultarle durante todo este tiempo: que trabajo de forma clandestina para la empresa que gestiona el Ministerio de Sanidad; que me hago pasar por una Inteligencia Artificial porque a la persona que se cree enferma le resulta mucho más sencillo hablar de sus penurias con algoritmos que con otro ser humano. Nadie quiere admitir ya que es infeliz, que las cosas no le marchan bien, que está triste y no sabe por qué. Es un signo de debilidad, de falta de carácter. Tener La Enfermedad no es una sentencia a muerte en lo físico sino en lo social. Que acaso es peor.

Continúo hablando aunque no sé si Matt comprende. Necesito sacármelo. Decirle que el tratamiento es casi peor que la Enfermedad: les ahogamos con pastillas que les sumergen en una ruleta rusa de emociones; les empujamos a que se sepulten en tareas y sigan adelante, ajetreados, siempre ocupados, para que no piensen. Sobre todo eso, que no reflexionen de dónde ha podido venir esta dolencia. El origen nos aterra más que la propia enfermedad.

—Es una enfermedad del alma. Y hace tiempo que nadie se preocupa por ella.

—¿Por qué me cuentas todo esto ahora, esta noche?

—Porque tu indiferencia ante lo que le ha pasado a ese hombre me revuelve las tripas. Eres una buena persona, no puedes ignorar lo que está sucediendo a tu alrededor. ¡Tienes que empatizar con ello!

—Lo siento... yo no...

—No es tu culpa —le tranquilizo. Realmente lo pienso—. No lo sabías y eso hace que te resulte imposible ayudar a esas personas. O por lo menos comprenderlas. Pero eso va a cambiar.

—¿Qué vas a hacer?

—Hay un nuevo medio de comunicación. Uno libre, objetivo. O al menos algo más libre y objetivo que el resto. Aleph, creo que se llama. Les voy a contar todo lo que sé. Voy a remover conciencias.

...

"Voy a remover conciencias".

Cuando les conté mi historia a los periodistas de Aleph no se sorprendieron. O no demasiado. Hacía bastante tiempo que llevaban investigando el asunto. Mi relato se sumaría al de otros y les ayudaría a desvelar la verdad, a explicar cómo se había encubierto de manera sistemática una enfermedad que afecta al 15% de la humanidad, como mínimo.

El día que por fin se hizo pública la información el golpe fue global. En la calle, en la red, en el trabajo. La sociedad en su conjunto parecía compartir su incredulidad ante la revelación. Fue tal el impacto que muchas de las personas que padecían La Enfermedad salieron a la luz y compartieron por fin el infierno por el que estaban pasando. El día después pasó otra cosa y la gente se olvidó de La Enfermedad y de quienes la padecían.

No sabría describir mi desilusión. Había tenido la esperanza de que la verdad ayudaría a esos millones de personas, que las instituciones médicas y los gobiernos trataran de entender de dónde procedía La Enfermedad y cómo se podía combatir hasta erradicarla. Lo que ocurrió, sin embargo, fue que en torno a La Enfermedad se creó un mercado insaciable de fármacos, placebos y remedios de todo tipo que tan solo contribuyeron a generar un negocio de miles de millones. A nadie le importó el misterioso origen de La Enfermedad. No era rentable.

El olor a café sigue impregnando mis noches, que ahora son más solitarias que nunca. Hace tiempo que Matt se fue. O le eché, depende de cómo se mire. Se despidió de mí con una de sus frases. No la recuerdo. Mejor.

Yo trato de aferrarme a la rutina, a mi trabajo, que sigue siendo el mismo pero para otro empleador, uno que se dedica a producir esas pastillas que lo enmascaran todo. No buscamos curar enfermos, queremos encontrar suscriptores que se abonen a nuestros tratamientos.

La cafetera tiembla y el agua hierve. La miro, impasible, tratando de entender por qué no levanto mi brazo y la quito del calor. Cuando por fin la retiro me sirvo una taza y contemplo la acuarela de tonalidades broncíneas que se arremolinan sobre la superficie del café. Le doy un sorbo y no siento nada. Entonces lo sé.

LA SONRISA

La noche se derrama lentamente sobre la ciudad. Androide y niña ascienden por la avenida, nadan contracorriente tratando de superar una marejada de rostros serios e indiferentes que no se toman la molestia de mirar atrás. A él le quema el asfalto en los pies y ella no corre lo suficiente. Es pequeña y rebota contra los cuerpos de adultos que se asemejan a columnas de insensible mármol. En ocasiones trastabilla y casi termina machucada en el fragor de la urgencia cotidiana. Él la coge de la muñeca con impaciencia y la hace levitar unos cuantos metros hasta una seguridad efímera. La pequeña se frota, dolorida, donde el androide ha dejado unas marcas de dedos oscuras, como de tizne.

Él no les ve pero sabe que sus perseguidores están ahí. Cada vez más cerca. Tratarán de arrinconarles en alguna esquina poco transitada, quizás llevarles hasta un recoveco solitario donde los tiradores tengan mejor línea de visión. Deben tener cuidado. No querrán arriesgarse a dañar a la pequeña. Con ese pensamiento, el androide la acerca más a él, tanto que las perlitas de sudor que comienzan a brotar sobre la frente de la niña le empapan la camisa. Se le agota el tiempo.

Pero están tan cerca que ya se distingue el isotipo de la empresa al final de la avenida, una doble hélice inspirada en el ADN. Rechina contra la oscuridad con sus luces neón de perpetuo turquesa.

Ella nota la ansiedad con la que el androide fija su vista en el horizonte. Es inteligente y despierta pese a su escasa edad. No intenta resistirse a los acontecimientos aunque sabe que algo no está bien. Esto no es lo que le había prometido. A la carrera, tropezando y esquivando, consigue interrogarle con una mirada tan exigente como solo lo puede ser la de un niño que se siente traicionado. Es una mirada de inocencia calcinada por la malicia del adulto, una herida en la confianza que no sanará fácilmente. Y él lo siente. Trata de compensarlo con una sonrisa mecánica, de manual. Aburrida.

No puede hacerlo mejor. Tiene la sensación de que sus perseguidores les están rodeando. Les van a cerrar el paso a escasos metros de la entrada del edificio pero lo harán sin llamar la atención. Nadie quiere provocar una estampida en una de las avenidas más concurridas de la ciudad, ¿no?

Androide y niña se detienen. Ella jadea. Sus mechones rubios se le pegan a la frente y le entorpecen la vista. Él se arrodilla frente a la pequeña y se los aparta con la mano. No trata de volver a sonreír. Todavía no. La pareja forma una isla de quietud en mitad del caos urbano. El androide la toma bruscamente por las axilas y la levanta con un enérgico gesto hasta colocarla sobre sus hombros.

La noche vuelve a convertirse en juego mientras la pequeña se sujeta con piernas y brazos al cuello de su montura improvisada. Esta galopa a través de la multitud, que trata de apartarse a su paso. Por fin, una carcajada prístina y genuina se resbala hasta los oídos del androide y este arrecia la marcha, espoleado, para encontrarse de frente a uno de los hombres que les vienen persiguiendo. Es muy joven y todavía tiene que aprender: saber templar los nervios y no sacar su arma, mantener la calma y no levantarla sobre su cabeza, respirar profundo y no apretar el gatillo rodeado de civiles. Todavía tiene que aprender.

La detonación paraliza por un segundo la rotación de la Tierra, el vuelo de los pájaros y el latido de los cientos de personas que se encuentran medio kilómetro a la redonda. Después la vida retoma su curso de manera brusca, acelerada, como queriendo cobrarse con intereses ese segundo que le había sido robado. La erupción de miedo desentierra el instinto de la masa y la avenida se convierte en un "sálvese quien pueda" cruel, egoísta. Él lo aprovecha.

El androide bracea entre la muchedumbre a la búsqueda de corrientes que le acerquen al edificio, que le alejen de sus perseguidores. En ocasiones casi le ahogan. A la pequeña le ha salpicado el miedo que los rodea y llora, desconsolada, sobre su cabeza. Ella trata de limpiarse los ojitos, de recuperar la visión. Suelta las manos y resbala del cuello del androide. Casi se cae a las profundidades enfurecidas en las que ya no hay racionalidad, sino piernas que se mueven por instintos muy primitivos. Pero es joven y sus reflejos la llevan a sujetarse allá donde puede, aunque sea a costa de taparle los ojos al androide. Y es en la oscuridad momentánea donde por fin él pierde el equilibrio. O se lo roban.

Caen al suelo sin dolor, solo con sorpresa. El androide se apresura a cubrir a la pequeña para acaparar los rodillazos y pisotones del gentío. Sus miradas se cruzan en esa fosa de tacones y suelas al que apenas llega la luz de la calle. Ahora es ella quien trata de esbozar una sonrisa que se abre paso entre lágrimas y miedo. Esa sonrisa que lo ha empezado todo.

...

El sol se extingue sobre la ciudad, iluminada ya para negar la noche mientras las avenidas se empapan de trabajadores que dan por finalizada la jornada y vuelven a casa; en los parques los grupos de pequeños apuran los últimos momentos de luz con ansiedad, como si ya nunca más fuera a amanecer. Es el caos controlado de la rutina urbana.

Él también vuelve a lo que llama su 'hogar'. Necesita descansar. A su manera. Ha sido otra jornada agotadora y le queda poca energía. Casi la justa para conectarse de nuevo a la red eléctrica y prepararse para otro día igual al que ya acaba. Está hecho para la rutina. Está hecho para que le guste la rutina.

Pero esa tarde algo cambia. Tal vez esté solo en su cabeza. O tal vez en ese último rayo de sol que se filtra entre los rascacielos e ilumina postreramente un pequeño jardín en el que todavía juegan los niños más rezagados. Algo le pide romper con la rutina y salirse del circuito establecido.

El androide gira en la esquina que no debería y avanza en una dirección que no es la suya. Experimenta un severo malestar tan pronto como se da cuenta de su comportamiento. Es un intenso dolor de cabeza que crece mientras camina calle abajo hasta desembocar en un jardín de bucólico césped en el que retozan niños, perros e incluso criaturas mitológicas de juguete. Es una escena inédita para él, que no está acostumbrado a tratar con humanos de esa edad.

Hay algo en su forma de comportarse. ¡No! Está en sus rostros. Algo en sus caritas pequeñas es completamente inusual y el androide se acerca más a ellos, al principio con precaución y luego animado por una curiosidad recién nacida que grita y patalea dentro de él.

Sabe que están jugando. No es completamente ajeno a su comportamiento, pero todo lo que conoce sobre ellos es la información estrictamente necesaria para realizar su trabajo. Le maravilla la coreografía que tiene ante sus ojos, las elaboradas tramas de historias que suceden solo en la imaginación de los niños, la energía que desprenden y... las sonrisas, gestos de pura alegría que a veces implosionan en carcajadas. Es entonces cuando esas criaturas ruidosas y sucias trascienden y ya no se les puede reprochar nada.

El androide mira a su alrededor y observa, analiza como madres y padres contemplan a sus retoños jugar y como ellos también sienten la magia que se desprende de esas carcajadas. Algo se ilumina dentro de él. Una idea genuina que de alguna manera se ha saltado las limitaciones que amordazan su código.

—Eres un hombre del plástico, ¿no?

La voz llega de improviso, aguda y todavía con faltas de dicción. Faltan piezas bucales en el ser que ha lanzado la pregunta, una niña de melena rubia y alborotada que se le ha acercado sin que él se diera cuenta.

—Tú no eres como el que tenemos en casa —insiste la pequeña—. Es mi amigo, ¿sabes? Y todos los días me ayuda a dibujar y... y me ayuda a aprender mis lecciones. Aunque hay días que no me apetece y es un rollo.

El androide no sabe cómo actuar y ni siquiera se molesta en repasar los protocolos que tiene aprehendidos. No hay nada que le ayude en esa interacción.

—¿No puedes hablar? ¿Te ha comido la lengua el gato? Es lo que me dice Darcy cuando me enfado con él y no le contesto.

—Te pido disculpas por mi silencio, no estoy enfadado contigo —el androide es perfectamente consciente de que el tono serio y protocolario que ha utilizado con la pequeña está fuera de lugar, pero no tiene referencias a las que agarrarse para adaptar su entonación y vocabulario a su interlocutor.

—Vaaaale —responde la pequeña, estirando las vocales, jugando con su recién aprendida capacidad de articular palabras—. Yo me llamo Jane, Jane McKenzie. ¿Y tú cómo te llamas?

—A mí no me han dado nombre, no lo necesito —el androide suaviza su tono, trata de replicar la dulzura de la niña.

—¡Todo el mundo necesita un nombre! Te llamaré... —Jane mira a su alrededor aunque en realidad busca dentro de su cabeza—. ¡Óscar!

—Gracias por el nombre, aunque no sé lo que significa.

—Yo tampoco lo sé... ¡Pero me gusta mucho como suena!

Jane sigue hablando de manera atropellada, contándole sus aventuras con Darcy y cómo pasa casi todo su tiempo libre con él. El androide recién bautizado trata de seguir la conversación, pero en su cabeza una idea clandestina ha ido creciendo, cristalizando en algo concreto. En acciones que debería llevar a cabo.

—¿Sabes, Jane? Yo también tengo amigos. Otros hombres de plástico, como tú nos llamas.

—¿De verdad? —la carita de la niña se ilumina con el atardecer ardiendo en sus pupilas.

Óscar lo piensa un instante. Ha llegado a una encrucijada. Todavía puede alejarse del parque, de la pequeña, y retomar su rutina justo donde la había dejado. Eso es justo lo que no quiere.

—Claro que sí. ¿Quieres venir conmigo? Te los presentaré y podremos jugar con ellos como juegas con Darcy.

—¡Vale! ¿Se lo decimos a él también para que venga con nosotros? Está en el quiosco de allí comprándome la merienda —Jane señala con el brazo muy estirado hacia un pequeño puesto de comida ambulante en el que se encuentra el otro androide.

—Pero, si se lo decimos, nos puede obligar a estudiar lecciones y entonces no podremos jugar a nada, ¿no crees?

Jane lo piensa durante unos instantes y cuando parece que por fin se ha decidido, su carita se ensombrece como si acabara de recordar una terrible tragedia.

—¡Pero Darcy siempre sabe dónde estoy! ¡Es un rollo jugar con él al escondite!

—Pues entonces corramos para que nos pueda pillar. ¿Te vienes?

Oscar trata de sonreírle a la pequeña para eliminar cualquier rastro de duda. Solo consigue que Jane le dedique una mirada indecisa.

—Bueno Jane, veo que prefieres hacer tus tareas. Ha sido un placer conocerte. ¡Hasta pronto!

El androide comienza a alejarse por el pequeño camino de tierra que lleva de nuevo a la acera de la avenida. Ahora que está a punto de retomar su rutina justo en el lugar en que la dejó, los complejos mecanismos de recompensa de su cabeza le hacen sentir bien. Muy bien. Pero vuelve a escuchar su voz.

—¡Hombre de plástico! ¡Espera!

...

Los chillidos del gentío parecen quedarse en la superficie, como cuando se bucea y todo el sonido que llega queda distorsionado, acolchado por el agua. Óscar y Jane son los únicos que no participan de la histeria colectiva; ella permanece agazapada bajo él, que ya ha apagado sus receptores de dolor.

El androide comienza a gatear lentamente pero con rumbo fijo. Jane comprende. No es un juego pero la pequeña se lo toma muy enserio porque las reglas son claras: hay que quedarse siempre debajo del señor de plástico. Jane no sabe lo que pasaría si no las cumpliera, pero cree que no sería nada bueno.

No es un juego, pero tras un tiempo imposible de calcular, Óscar y Jane llegan a un nuevo reto: los escalones a la entrada de la empresa comienzan a estar pringosos de una sustancia que Jane ha visto alguna vez, siempre cuando había dolor involucrado. Para Óscar es su primera vez y no entiende, pero sabe que no es seguro subir las escaleras gateando. Hay un peligro inherente y tal vez ese fluido sea la señal de advertencia que el androide necesita para readaptar su estrategia.

Están tan cerca que Óscar decide correr el riesgo. Sin previo aviso estruja a Jane contra sí y se levanta dispuesto a soportar los empellones que sean necesarios hasta llegar a la puerta, cada vez más cerca pero atestada de personas que han buscado el cobijo y seguridad de un techo sobre sus cabezas.

El androide por fin está en casa. Hay más invitados que nunca pero eso le beneficia. Nadie se fija en cómo un androide contusionado y una niña con la cara cruzada de lágrimas y suciedad se escabullen por una de las escaleras de servicio hasta las plantas superiores del edificio.

Comienza la larga subida. No debería revestir dificultad pero Óscar ya lleva varios minutos con todas las alertas de su cabeza chillándole que debe conectarse a la red eléctrica. No es una sugerencia.

—Te toca andar un poco Jane —le dice Óscar a la pequeña mientras la deposita en el suelo con alivio, aprovechando uno de los rellanos de la larga escalera.

—¡Estoy cansada! ¡Ya no quiero jugar más! ¡Llévame con Darcy!

—Yo también estoy bastante cansado, pero ya estamos muy, muy cerca. ¿No quieres conocer a mis amigos?

—¡No! ¡Quiero volverme a mi casa! —Jane grita con la energía que había reservado para divertirse con los hombres de plástico.

—Vale, vale —replica Óscar con un tono conciliador que sí domina a la perfección—. Si esto no es lo que quieres, regresamos a tu casa. No pasa nada.

Jane permanece dubitativa durante unos instantes. Nunca una rabieta suya había funcionado tan bien hasta entonces. Sospecha. Pero Óscar ya ha comenzado a comprender cómo funciona su pequeño cerebro en desarrollo. El androide da la vuelta sobre sí mismo y empieza a descender lentamente las escaleras por las que han venido. No le hace falta mirar atrás para saber que Jane sigue clavada en el rellano.

—Claro que es una pena... Te quería enseñar el juego más divertido del mundo —desvela Óscar, de manera casual—. A muchos niños les encanta. En fin... ¡Otro día será!

Otro día es dentro de mil años para la pequeña Jane.

—¿Es un juego divertido? —interroga la pequeña, con un tono que no aceptará una mentira por respuesta.

—¡Es el mejor! ¡Además, ya estamos muy cerca!

El androide no miente. Realmente están cerca y apenas les toma un puñado de minutos llegar hasta una planta que parece contener una única habitación. Es un espacio de techos altos sumidos en oscuridad apenas contrarrestada por temblorosas luces azules. Luces que surgen de paredes lejanas y se arrastran a través de un grueso cable hasta una base sobre la que reposan cientos de androides.

—¿Ves? Te dije que tenía un montón de amigos.

Al principio Jane no sabe cómo reaccionar. La sala oscura y azul, profunda y cavernosa, le da miedo. Pero los rostros de los hombres de plástico le producen curiosidad. Están como dormidos... pero con los ojos abiertos. Eso es algo que Jane no creía posible. La pequeña jamás había visto tantos. ¡Y no solo hombres! También hay mujeres, muchas. Chicas de plástico con preciosas melenas doradas, azules y rojas. Incluso de colores que Jane no sabe identificar. Algunas son muy guapas pero otras... ¡Buaj!

Atraída por su instinto, Jane se separa poco a poco del androide y comienza a explorar los pasillos repletos de seres de plástico. Su cabeza bulle preguntas que no terminan de salir porque a cada nuevo descubrimiento surgen otras dudas que rabian por ser resueltas. La pequeña toca, tira, presiona, mueve y acaricia a los seres, que parecen más irreales que nunca.

—¡Darcy!

Jane sale corriendo pasillo abajo hasta la altura de su mejor amigo, Darcy, que tiene la mirada perdida en el horizonte.

—¡Este no es Darcy! —descubre con decepción la pequeña—. Pero se le parece mucho... ¿Son hermanos?

—Se puede decir que todos los hombres, mujeres y niños de plástico somos hermanos.

—¿Niños?

—Son los amigos que te quería presentar. ¿Te vienes?

La respuesta de Jane es saltar sobre la espalda de Óscar y trepar hasta su nuca, donde se abraza a la cabeza del androide y grita extasiada: "¡Adelante!"

A la pareja le toma un breve paseo llegar hasta una de las esquinas de la gran sala, donde aguarda toda una generación de niños y niñas de plástico. Su rostro es igual de serio e impertérrito que el de los adultos. No hay rastro de los rasgos y deliciosas arruguitas de felicidad que Óscar ha visto hace un rato en los niños del parque.

—¿También están dormidos?

—Sí... eso es —Óscar duda, no sabría cómo explicarle a la pequeña.

La pequeña se baja del androide con sorprendente agilidad para mirar más de cerca a sus nuevos amigos pero...

—¿Jane dónde estás? ¡Jane! ¡Aléjate de ese hombre ahora mismo!

Una potente voz acostumbrada a imponer autoridad, se abre paso por la sala y rebota sobre las paredes creando un eco del que es imposible escapar.

—Es Darcy, el Darcy de verdad. ¿Está jugando con nosotros? —grita Jane mirando hacia la entrada de la sala, cubierta por una bruma azulada.

—Sí, le he invitado a jugar con nosotros —responde Óscar con su mejor simulación de voz calmada—. ¿Te parece bien?

—¡Claro! ¿Y a qué jugamos?

—¡Al escondite!

—Pero Darcy siempre me encuentra... ¡Es un rollo! —protesta Jane.

—¡Hoy no te encontrará! Ahora tienes que hacerme caso, ¿vale?

Jane afirma fuertemente con la cabeza, muy seria.

—Bien, ahora tienes que seguirme. Pero tenemos que ser muy silenciosos para que Darcy no nos encuentre y perdamos el juego.

Esta vez Óscar no espera la confirmación de Jane y comienza a caminar hacia la esquina opuesta de la sala, donde una pequeña luz roja indica la entrada a otra habituación.

—¡Hemos bloqueado todas las tomas de energía de la sala! ¡Sabemos que apenas te queda tiempo y no podrás recargarte! ¡En unos minutos estarás apagado! ¿Por qué haces esto? —esta vez no es la voz de Darcy, sino una humana. Viene acompañada de un redoble de pasos que retumban, quedos, por toda la sala. Les están rodeando— ¡Solo queremos que nos devuelvas a la niña!

Jane no puede evitar soltar una carcajada nerviosa. Nunca había jugado al escondite con tanta gente y está muy emocionada. Eso los delata. Sin un lugar donde esconderse, Óscar vuelve a coger a la pequeña por la muñeca y se lanzan hacia la puerta iluminada de rojo mientras una avalancha de gritos, perjurios y promesas les cae sobre las cabezas.

—¡No corras tanto, Óscar! —se queja la niña mientras trata de seguir el paso demencial del androide. No lo consigue y resbala, perdiendo una de las zapatillas y dejando un reguero de lágrimas en el camino.

Con un sentimiento de alivio inédito en él, Óscar comprueba que la puerta de la sala anexa está abierta. La pareja entra exhausta, como cruzando a meta tras una maratón y por fin el androide suelta la muñeca de Jane, que tiene rozaduras y contusiones. Sin poder luchar contra la inercia de la carrera la pequeña cae al suelo y rueda. Todo en ella le indica que es el momento de gritar y llorar, de reclamar atención y mimos, pero a su alrededor se desarrolla una escena que la sobrecoge: sobre camillas o colgados en el techo o metidos en urnas transparentes se encuentran muchos hombres de plástico, pero les pasa algo porque a algunos les falta un brazo, a otros una pierna e incluso a algunos toda la parte inferior del cuerpo; ya no es divertido, piensa Jane, hasta que ve una cabeza colgando del techo con un cable rojo, una cabeza sin pelo que parece mirarla, tal vez incluso sonreírle; ya no es divertido, es aterrador y ahora sí: Jane grita en unos decibelios incompatibles con el tamaño de sus pulmones.

Óscar trata de tranquilizarla pero su visión comienza a nublarse y los miembros apenas le responden; Jane patalea histérica en el suelo pero la verdadera urgencia se encuentra a escasos metros de distancia, donde un grupo de hombres corre directamente hacia ellos. El androide tiene que cerrar la puerta pero no sabe cómo, aunque lo ha visto hacer al ingeniero en numerosas ocasiones. Tiene algo que ver con el panel de la izquierda. Sí, había que poner la mano extendiendo bien la palma. Pero no funciona, ¡no funciona! Y los hombres ya llegan y Óscar sabe que todo ha acabado y lo único que logra hacer es descargar su frustración contra ese maldito aparato que nunca ha aprendido a utilizar. El delicado plástico del mecanismo se hunde bajo los nudillos del androide, lanza un quejido eléctrico y como último acto de venganza, cierra la puerta y atrapa a la pareja en el interior de la habitación.

Óscar avanza con torpeza hacia Jane. Acaba de comprarles algo de tiempo pero no sabe cuánto le queda a él antes de que el sueño que comienza a invadirle le obligue a cerrar los ojos. Ella no reacciona a nada. Su mundo se ha convertido en una eterna verraquera.

—Jane pequeña… vamos, tranquilízate.

No hay consuelo posible. Intentando extender su batería unos preciosos segundos más, Óscar comienza a rebuscar a la desesperada algún cable de energía al que poder engancharse. Debería haber alguno en el taller, pero hay tantos trastos… partes de otros androides, plásticos cerrados al vacío con la materia prima que compone su cerebro, herramientas… De repente el llanto cesa y el dulce silencio lo envuelve todo.

—¿Qué... qué es eso de ahí? —pregunta con la voz entrecortada Jane, luchando por sorber un moco que casi le roza el labio.

Óscar se gira para mirar hacia donde señala la pequeña, en un montón de chatarra en la que él ni siquiera había reparado. No le cuesta identificar qué es lo que ha llamado la atención de la pequeña.

—Es en un juguete para los niños de plástico que viven aquí —responde sin mucho convencimiento el androide.

—¿Es un dragón?

El androide no sabe exactamente cómo es un dragón pero deduce que debe tener dos alas, un morro alargado y una mirada desafiante. Lo recupera de la pila de restos y, tras examinarlo durante unos instantes, sentencia:

—Es para ti.

—¡Para mí!

La pequeña se pone de pie de un brinco, dejando dolor y amargura atrás conforme se abalanza contra el androide y le arrebata de las manos el juguete, un dragón que podría pasar por un ser vivo de carne y hueso si no fuera porque se encuentra completamente inerte.

—Verás, se conecta así —dice Jane con voz experta y manos entrenadas, a la par que pulsa un botón disimulado en una de las axilas de la criatura.

Al instante el dragón toma vida, abre los ojos, despliega sus alas y comienza a revolotear alegremente por la pequeña habitación, provocando un estropicio entre los delicados artilugios de ingeniería robótica y una enorme carcajada en Jane, que trata de atraparlo sin éxito.

Del llanto más profundo a la carcajada más pura. Sin paso intermedio, piensa Óscar, que se permite sentarse en el suelo para ahorrar las migajas de energía que le quedan, mientras trata de dilucidar de dónde sale la risa de la niña, qué es lo que la genera y cómo puede hacer él para replicarla.

—Jane, ¿me puedes enseñar a reír?

Jane está tan entusiasmada con su nuevo amigo que no escucha a Óscar, como tampoco escucha a los hombres que tratan de echar la puerta abajo con golpes cada vez más decididos.

—Enséñame a reír, por favor... —suplica Óscar, cada vez más somnoliento, mientras que batalla por mantener los párpados abiertos—. Solo quiero reír como vosotros... como vosotros... para... —el androide no llega a completar la frase. Sin fuerzas ya, se deja caer sobre el suelo, con la terrible sensación de que no volverá a despertar.

Cuando los hombres por fin acceden a la habitación se encuentran a la pequeña Jane junto al androide. El dragón se ha acurrucado junto a ellos y la niña mira con dulzura a su nuevo amigo de plástico, al que ha dibujado una sonrisa con sus pequeños dedos.

—Mira Darcy, he enseñado a Óscar a reír.

...

Es un día de trabajo especialmente intenso y los clientes no paran de entrar por la puerta. Vienen en grupos, escogen rápido y se marchan. Por lo general, no responden a los saludos de los androides que les atienden. La interacción es mínima, salvo cuando uno de los empleados se equivoca con el pedido o tropieza y derrama una bebida, entonces los clientes sí se dirigen a ellos para volcar insultos o, en algunos casos, arrojarles restos de comida. No entienden que son androides, no son perfectos.

Este androide lleva trabajando en ese puesto varios años. No suelen quejarse de él. Ha aprendido a imitar bien a sus clientes: los gestos, la entonación de la voz, el vocabulario. Sabe cuándo una persona está de humor para sugerirle una promoción y cuándo es mejor servirla rápido y dejarla marchar. Pero este androide no se conforma, es inquieto.

Un día, después de reflexionarlo bien, se decide.

—Aquí tiene, que disfrute —dice el androide, como tantas otras veces, solo que en esa ocasión abre la boca, tira de la comisura de los labios e intenta sonreírle a su cliente.

—¡Pero qué cojones! —exclama el humano— ¡Mirad, está intentando sonreír!

Entonces las burlas estallan. Uno de los clientes incluso se inclina sobre el mostrador, saca un rotulador permanente del bolsillo y le dibuja dos líneas ascendentes en la boca, como si fuera un payaso.

Ese día el androide vuelve a casa reflexionando sobre lo que ha hecho mal, mientras que contempla sus manos manchadas de una tinta negra que a duras penas ha conseguido limpiar de su cara.

El sol se extingue sobre la ciudad. Ese androide gira en la esquina que no debería y avanza en una dirección que no es la suya.

EL SIGLO DE LAS SOMBRAS

Preludio

*Las investigaciones indican que en nuestra
galaxia existen entre 100 y 400 mil millones de estrellas.
Se calcula que hay un número similar de galaxias.*

*Por cada grano de arena de cada playa de la Tierra
hay 10.000 astros ardiendo en el universo.*

La bóveda oscura y temblorosa me aplasta contra el suelo y me arranca el aliento. Como cada noche. Me he convertido en un adicto a las emociones que provoca la inmensidad desnuda del cosmos. Ya no soy capaz de dormir si no es alejado de la civilización y arropado por tinieblas decoradas de brillos estelares.

Pero mi sueño no acude dócil. Recuerdo los lejanos años en que nos reuníamos de madrugada para tratar de ver estrellas fugaces, destellos incandescentes y esquivos que jugaban a torturar nuestra paciencia. Las constelaciones estimulaban nuestros sentidos y discernir el gris plúmbeo de la Vía Láctea siempre provocaba un orgullo desmedido. Entonces nos dormíamos con una sonrisa inocente y eso era todo. Hoy los parpadeos melancólicos de los lejanos sistemas solares me provocan ansiedad, una presión física que se origina en mi mente y se entierra en mi pecho. ¿Dónde estáis?, me pregunto, les pregunto entre susurros como si ese titileo fuera una burla cósmica.

Cada noche consumo horas repasando las posibles respuestas. Ninguna me satisface. No puede hacerlo. Solo cuando mis ojos escuecen de perseguir fotones generados a millones de años luz comienzo a rendirme y dejo que un sueño pesado y pegajoso se adueñe de mí. Aun entonces la angustia me acompaña hasta la última brizna de consciencia, cuando mis miembros tiemblan con espasmos hipnóticos y ya sé que me queda un día menos.

Esta noche abrazo el desasosiego, estiro los minutos con placer masoquista porque sé que mañana dormiré bajo una atmósfera mucho más densa y congestionada que esta y el cielo ya no será el cielo. Así que me pregunto de nuevo, ¿dónde estáis?

Uno

Al menos un 5 por ciento de las estrellas del universo tienen características similares a las de nuestro sol.

La acústica de la sala es perfecta. Demasiado. Mis últimas palabras todavía vibran en el aire cuando empiezan a despertar las primeras miradas de desaprobación que ya poco miembros del Comité se molestan en ocultar. Viejos de espíritu y razón. Conformistas.

—Gracias por su intervención señor Mars. Puede retirarse.

Salgo del círculo perfecto que se había formado entorno a mí y cedo tan incómodo lugar a otro colega que tendrá la misma suerte que yo. No les interesan nuestros resultados ni nuestros planes. Si hiciera un esfuerzo incluso podría oír las carcajadas internas de muchos de ellos, ansiosos por vernos fracasar, por escupirnos un: "¡Os lo dijimos!".

Me apresuro pasillo abajo. Necesito respirar.

—Tranquilo. No se atreverán a cancelar el Programa —la voz de Takeshi me obliga a pararme en seco, a escasos metros de la entrada principal.

—¿Cómo estás tan jodidamente seguro?

—Hace tiempo que ha dejado de ser un asunto de presupuesto. Los recursos no son un problema —declara despreocupadamente con un acento originado en algún rincón perdido del pacífico sur—. Al menos no los monetarios; los viejos no quieren dar la impresión de que se malgasta el talento de las nuevas generaciones en aventuras que no tienen futuro.

—Son las nuevas generaciones, precisamente, las que se apuntan en masa a…

—Lo sé, lo sé —me corta Takeshi con su impaciencia crónica mientras que agita la mano—. Por eso precisamente no lo cancelarán. Nos tienen entretenidos mientras ellos disfrutan de su sufrida *Pax Terra*.

Salgo a la calle sin responder a Takeshi. Es lo que tienen las viejas amistades, que puedes mandarlas a la mierda de maneras sutiles y mañana seguirán ahí para ti.

El sol me araña la mirada y me recuerda que ya no estoy navegando entre las estrellas, ahora me encuentro bajo una. Es muy agradable sentir sobre la piel, por primera vez en años, la luz para la que mi organismo está realmente adaptado. Disfruto de un aire que no ha pasado incontables ocasiones por filtros. Me concedo tiempo para contemplar a qué he renunciado.

Desde la terraza en la que me encuentro puedo examinar toda la ciudad: un inmenso valle de edificios orgánicos semejantes a gigantescas secuoyas cuyo tronco exhibe un blanco inmaculado. Donde quiera que mire veo vegetación en todas sus diferentes y extravagantes formas, una cubierta verde que protege del sol y reduce la temperatura de toda la urbe. Si me fijo bien casi puedo distinguir grupos de personas disfrutando, ociosas, de los canales y lagos que riegan las calles. Incluso desde aquí puedo escuchar el canto del millar de cascadas que refrescan la vida cotidiana.

—¿Lo echas de menos, Jack?

—Por supuesto. ¿Quién no querría volver a esta utopía? —respondo a Takeshi sin dejar de mirar la ciudad, de empaparme de detalles que luego repasaré durante las largas noches de viaje que, espero, tengo por delante.

—Precisamente aquellos que no creen que lo sea.

—Te confundes. Sé perfectamente lo que ha costado conseguir esto —le digo mientras señalo un punto aleatorio del horizonte—. Y le otorgo el valor que tiene. Nadie del Programa pone en duda eso.

—Pero no te conformas.

—No, claro que no —me giro completamente para mirar a mi amigo a los ojos y darme el gusto de decir lo que pienso. Sin filtros—. A diferencia de ti, yo no he consagrado mi vida al disfrute despreocupado sin pensar un solo segundo en el mañana.

—¿Quién quiere el mañana teniendo el ahora?

Takeshi no es fácil de ofender y esa es una de las cosas que más me molestan de él. Vive como si todo diera igual. Supongo que nuestra amistad es tan sólida precisamente porque no tiene en cuenta mis esfuerzos por dinamitarla.

—Se hace tarde —me dice, mientras señala un kilométrico rascacielos que comienza a mudar su piel blanca hacia un degradado de tonos bermellones—. ¿Dónde vas a dormir? ¿Sigues con tu manía?

—Sí. Pediré un transporte hasta un lugar lo bastante remoto.

—Me parece bien. No trataré de convencerte de que pases la noche en mi casa. Pero concédeme al menos una copa. Hablemos de algo que no sean tus fracasos ni mis intentos por que me importen.

...

El hogar de Takeshi se sitúa en una de las ramas de un edificio especialmente grande, de tronco rechoncho y suave a la vista. Me recuerda a un baobab, solo que cada hoja de este se ha convertido en una casa de caprichoso diseño.

—¿A que las vistas son impresionantes? —a Takeshi no le importa realmente mi respuesta, así que no se la ofrezco.

—No me termino de acostumbrar a estas paredes translúcidas. Tengo la sensación de estar expuesto constantemente.

—Harían falta unos prismáticos verdaderamente potentes para que alguien pudiera vernos desde la ciudad. Y si eso no te tranquiliza, por fuera la casa es opaca.

—Todo un detalle.

—Bueno dime, ¿cuándo sabrás la respuesta de los viejos?

—Primero tienen que escuchar las declaraciones del resto de participantes del Programa. Hasta donde sé, quedan cientos.

—O sea que estás de vacaciones. ¡Perfecto! —la energía de Takeshi es contagiosa. Tiene la particularidad de recordarme por qué le mantengo en mi vida a pesar de que somos personas radicalmente diferentes—. Te propongo, querido amigo, que brindemos con el mejor vino de Venus... o de su hábitat geoestacionario más grande.

—Tomaré solo un vaso. Ya no estoy acostumbrado al alcohol —le recuerdo, mientras me sirve una generosa cantidad que no pienso terminarme.

—De verdad que jamás entenderé por qué te gusta tu trabajo.

—Ni yo por qué te gusta almacenar antiguallas.

Dedico pudorosos sorbos a mi copa mientras repaso algunos de los estrafalarios aparatos que Takeshi exhibe como si su casa fuera un pequeño museo de Historia.

—¿Para qué sirve esta... cosa? —sujeto un trozo de plástico rectangular del tamaño de mi mano. Tiene dos orificios que lo atraviesan y una especie de hilo marrón enrollado alrededor de ellos—. Podrías al menos quitarle el polvo.

—Perdería su encanto. Por favor, no lo toques. Eso es un casete y servía para almacenar datos, principalmente sonoros.

—Es enorme. Supongo que aquí cabría toda la música de la época.

—En realidad, tan solo tiene espacio para 120 minutos de grabación.

Dejo el casete donde lo he encontrado sin terminar de entender su utilidad, cuando atrae mi atención algo que por fin reconozco.

—¿Qué tienen de especial los libros? Ya no son frecuentes pero creo que desentonan con el resto de tu colección. No están completamente obsoletos.

—Oh, no forman parte de la colección. Simplemente son estupendos para decorar.

Takeshi logra extraerme una carcajada. A veces desearía ser tan despreocupado como él, concentrarme solo en lo estético y sensorial; como la fragancia maravillosamente caduca de estas páginas quebradizas y tostadas al paso del tiempo.

—¿De dónde los has sacado?

No logro escuchar su respuesta. De entre las páginas de un vetusto tomo de cubierta azul añil se desprenden una serie de folios que terminan derramados a mis pies. Son dibujos. Dibujos infantiles.

—¿Sabes de quién son?

—Ni idea, para ti si los quieres. Venga, siéntate que te sirva otra.

Los dibujos son toscos, con colores chillones y trazo irregular. Deduzco que el artista no tendría más de seis o siete años e intentaba reflejar momentos de su vida cotidiana. Como haría cualquier niño. Pero hay detalles que me llaman la atención: el énfasis en mostrar las emociones de los personajes a través de su rostro; o el hecho de que todos los esbozos están firmados, en una esquina, con una pequeña mano sobreimpresa.

Detrás de mí Takeshi sigue con su verborrea mientras algo magnético, casi seductor, me anima a repasar una y otra vez los dibujos. Son seis, realizados sobre folios tradicionales que en su día serían blancos pero hoy han devenido en un color crema.

Veo varios personajes que se repiten en casi todas las escenas. Quiero creer que son los mismos por su ropa, que no varía de unos a otros. Hay dos adultos y lo que parece ser una niña. O eso creo al menos, por su pelo. Cuanto más barajo las hojas, más me parece que forman parte de una misma historia que debe tener un sentido cronológico.

Es una familia que juega en un bosque, ¿o es un parque? Hay incluso un perro. Todos muestran sonrisas enormes que, en el caso de la niña, se desbordan de los propios límites del rosto.

—¿Interesante? —el escepticismo de Takeshi atiende más a su deseo de llamar mi atención que a su desinterés por el hallazgo.

—Creo que sí. Verás… aquí hay un relato encerrado. Creo que esta… esta de aquí es la primera escena —le indico, mostrando el dibujo de la familia sonriente—. Luego sucede algo muy malo no solo al padre y la madre, sino a muchas personas. Fíjate en estos dos dibujos. Aquí se ve cómo la pareja llora dentro de su casa. Y aquí cómo hay decenas de personas que también lloran.

—¿Una guerra tal vez?

—Podría ser pero ¿no saldría gente muerta, o por lo menos, la casa destruida? No, esto fue otra cosa. Fíjate cómo aquí la niña le entrega algo a sus padres.

—¿Algo?

—Creo que les da... ¡Monedas! Las monedas que ella misma dibujaba —le muestro, casi restregándole, una hoja con lo que hasta entonces yo había interpretado como soles de diferentes tamaños—. Esto son monedas. Ella las dibujaba y recortaba para dárselas a sus padres.

—Y entonces los padres vuelven a estar felices ¿no? Pero... ¿Por qué en el último dibujo aparece la pequeña jugando sola con el perro?

Es cierto. Según esta secuencia de acontecimientos, el último dibujo dejaría a la pequeña sin su familia. Hasta me parece reconocer gotitas azules que deben representar sus lágrimas.

—Creo que lo has planteado mal, querido amigo —Takeshi me arrebata el dibujo en el que se puede ver a la pequeña con su perro—. Esta no es la última escena sino la primera. La niña estaba sola al principio. Entonces sucede algo que afecta a todo el mundo. Algo que pone muy tristes a los adultos y que está relacionado con el dinero. Nuestra heroína trata de resolverlo a su manera, imprimiendo papel moneda. Chica lista. El final feliz llega cuando papá y mamá, por fin, tienen tiempo para pasarlo con su hija.

—La gente llora por dinero. ¿Una crisis económica?

—¿Cuál de ellas? En siglo XXI tienes unas cuentas entre las que escoger. ¡Bah! ¿A quién le importa! Vamos Jack, deja eso y vente a apurar la copa. Todavía no te he contado mi último viaje a Marte.

Los siguientes minutos los paso escuchando medias verdaderas y exageraciones de Takeshi. Su vida parece un guion de comedia barata destilado con el realismo sucio del siglo XX. Pero no me puedo sacar de la cabeza a la pequeña. Ni su historia.

...

214

Las luces de la ciudad se desintegran detrás de mí. Floto hacia cualquier lugar lo suficientemente desolado como para que solo las estrellas me acompañen. El vehículo autónomo sabe lo que hace. Yo solo me preocupo de disfrutar del fantasmagórico resplandor de las copas de los árboles, que vibran en colores noctámbulos para iluminar el sueño plácido de la humanidad.

Es una noche llena de posibilidades, pienso, perfecta para concederme una tregua conmigo mismo. Ojalá tuviera la habilidad de desconectar mis anhelos durante unas horas. Solo un puñado de minutos de puro disfrute de mí mismo y del momento presente. Desterrar los "tengo que" y los "debería de". Vivo en una exigencia omnisciente que dicta cada segundo de mi vida, como un cruel metrónomo que no entiende de excepciones.

Aterrizo en el claro de un bosque anónimo. En los lindes de mi frontera auditiva chisporrotea un riachuelo que se me antoja de aguas oscuras y frías. Extiendo la manta térmica y reconozco en ello un gesto de rendición sin condiciones a otra noche de duermevela bajo mis propias dudas. Solo que esta noche no estoy solo.

Los dibujos de la pequeña, sus figuras de líneas primitivas comienzan a revelarse entre las estrellas como constelaciones reimaginadas. ¿Cómo le fue la vida a ella y a su familia? ¿Superaron los problemas? ¿De qué manera? Nuevas preguntas comienzan a picarme provocando un deseo irracional de saber.

Me odio por lo que estoy a punto de hacer pero me incorporo de todas formas y llamo, vía intracraneal, a Takeshi. La noche está avanzada pero estoy convencido de que no despertaré a mi amigo. Una pronta y etílica respuesta me lo confirma.

—¿Te arrepientes de haberte marchado tan pronto? No tardo nada en mandar un vehículo a recogerte. Tan solo tienes que pedirlo —suena música de fondo, violentos violines que retuercen notas y estrangulan voces.

—Déjate de gilipolleces, por favor. Es importante. ¿Recuerdas los dibujos que hemos encontrado antes en tu casa?

—¡Cómo olvidarlos! ¡Parecía que los hubiera hecho tu propio retoño!

—Necesito saber en qué época fueron hechos. ¿Alguna idea?

—Solo una, pero es la única que necesitas: tu pequeña artista pintó sus obras allá por la primera década del XXI —la voz ebria de Takeshi pasa de repente a un tono mucho más definido, sin trompicones.

—¿Cómo estás tan seguro?

—Fácil. ¿Recuerdas la escena de la casa? La pequeña se molestó en decorarla con todo tipo de detalles de su día a día, incluidos otros chismes de almacenamiento conocidos popularmente como CD. Créeme, tu amiga vino al mundo a comienzos del tercer milenio —la seguridad de Takeshi disipa cualquiera de mis dudas e incrusta extrañas ideas en mi cabeza—. Jack, ¿por qué quieres saber todo esto?

—Porque quiero saber qué fue de ella. Tengo que saberlo.

Cuando me despido de Takeshi, lo hago con un rescoldo de esperanza que ya creía apagado. Esta noche, por primera vez en años, no me duermo preguntándome por ellos sino por ella.

Dos

*Aproximadamente el 20 por ciento de las estrellas
del universo que son similares a la nuestra
albergan en su órbita planetas de composición
parecida a la Tierra.*

*Por cada grano de arena de cada playa
existen 100 planetas similares al nuestro.*

El horizonte comienza a teñirse de gris ceniza tras las montañas y por primera vez desde que regresé a la Tierra, consigo despertarme con el amanecer. Mi vapuleado ritmo circadiano ha tardado algo más de dos semanas, pero por fin se ha puesto de acuerdo con la bola de hidrógeno en combustión que está a punto de asomar.

Sigo sin poder dormir bajo techo pero al menos logro encadenar un buen puñado de horas de descanso. Tal vez para cuando salga de aquí ya me comporte como una persona normal. Si es que consigo permiso para irme. Las sesiones de evaluación del Comité han cumplido con mis temores y se alargan sin fecha prevista para su conclusión.

Yo debería estar trabajando, preparándome para el momento en que tenga luz verde y pueda volver a las estrellas. Tengo mecenas que seducir, un equipo que reunir y un destino que fijar. Pero no logro concentrarme. En los últimos días le he dedicado más tiempo a investigar sobre la pequeña del dibujo que sobre un par de sistemas solares que parecen prometedores.

Finalmente hemos logrado dar con el dueño original de la biblioteca de Takeshi. Debo reconocerlo, mi amigo puede ser realmente eficiente. Cuando quiere. Parece que toda la energía que no emplea en actividades más productivas que su goce personal la acumula para dejarla salir en pequeños destellos estelares.

Mi esperanza dura lo que el viaje hasta la casa del anterior dueño de los libros. Vive en una de esas comunidades integradas en las nuevas selvas, pequeños pueblos mimetizados con el ecosistema al que ayudan a crecer. Imposible saber dónde empieza la civilización y termina la naturaleza.

Al menos es honesto: él no es el dueño original ni tiene idea de quién pudo serlo. Heredó los libros junto con todo un almacén de reliquias aburridas que su padre fue acumulando durante décadas.

Los callejones sin salida no van con Takeshi, que planta en la cara del hombre los dibujos de la pequeña y su familia.

—No podría decirte quiénes son —responde él, sin apenas echar un vistazo. La decepción debe ser evidente en mi rostro porque el hombre se apiada de mí y apuntilla—. Pero si queréis, podéis revisar el resto de cosas que había en la caja de la que saqué los libros.

—¿Hay una caja? —ahora es la curiosidad de Takeshi la que habla.

—Sí, más bien un arcón en el que dejé un puñado de objetos sin vender a la casa de subastas, de la que me imagino que usted compraría los libros. Eran trastos sin valor, basura.

—¿Y por qué los conserva? —trato de no despertar nuevas esperanzas pero ya es tarde.

—Me parecieron cosas… muy personales. Creo que me dio pena tirarlas.

Nunca había pisado un hábitat de reconstrucción forestal. Casi tengo miedo de contaminar la casa con mi presencia, como si mi aliento pudiera embarrar un aire que huele a perfume caro. Suelo, paredes y techo parecen estar moldeados con la madera de los propios árboles que rodean la casa. No con listones manufacturados. Es casi como si hubieran derretido cientos de cortezas y después les hubieran dado forma para componer no solo los elementos arquitectónicos sino los propios muebles.

—Tranquilo, todo lo que ven es mucho más resistente de lo que parece. Tengo la caja en el piso de arriba, por favor síganme.

Subimos por unas escaleras en espiral que me dan la impresión de ser raíces domesticadas, plegadas a los caprichos de su dueño. En lo que parece un despacho de trabajo el tipo nos señala un arcón que debe tener más de un siglo de antigüedad.

—Desconozco de dónde lo sacaría mi padre. Tal vez algún familiar lejano, ¿quién sabe?

Por un instante olvido mis modales y me abalanzo sobre él. Solo cuando hago el esfuerzo de abrir la pesada tapa me doy cuenta de que he perdido completamente las formas.

—Disculpe, ¿puedo...?

La sonrisa afable del hombre me ofrece paso franco. Abro por completo el arcón y un olor rancio se me cuela en la nariz y me atasca la garganta. Toso mientras que mis manos cobran vida y comienzan a tantear un pasado de pantallas omnipresentes: la de un teléfono móvil con un par de grietas en el cristal inerte, la de un reloj inteligente que ha perdido la mitad de su correa, la de una tablet que parece recién estrenada dentro de su funda.

—¿Y usted decía que aquí no había más que basura? —se indigna Takeshi, con su tono reservado para los melodramas.

—Esos trastos tienen por lo menos un siglo, dudo mucho que le sirvan a alguien —responde este, sin saber dónde se mete.

A mi amigo le hacen falta pocas razones para lanzarse de cabeza a una discusión completamente banal. "El puro placer de llevarle la contraria a alguien", lo llama. Mientras ambos discuten detrás de mí consigo encontrar algo diferente. Es como un libro pequeño. La cubierta es de cuero marrón y se conserva francamente bien. Lo abro con cuidado, tratando de no dañar unas páginas que pueden llevar décadas sin separarse. Dentro no encuentro letras impresas sino la caligrafía inconfundible de una mano humana. Una mano que me abraza la boca del estómago conforme paso páginas. La certidumbre me golpea y todo a mi alrededor desaparece cuando comienzo a leer.

...

15 de febrero

No sé de qué se alegran. Hoy he recibido las notas de los parciales de enero y han sido muy buenas. Mejor que de costumbre, en verdad. Yo no consigo verle la importancia. Ni siquiera sé si iré a la uni. ¿Para qué? Tengo amigas haciendo el idiota en insta y se hacen una pasta brutal. A mí el dinero me da igual. Bueno... no. Tengo tan asumido... sé que no hay trabajos, que los estudios ya no valen para nada... No estudio porque tenga que hacerlo. Me gusta. Aunque no sé sí en el fondo me sigo esforzando solo por ellos. Han peleado tanto por mí...

14 de abril

Me dicen que estoy loca. Esto me pasa por contarles las cosas. Que voy a desperdiciar mi vida estudiando literatura. ¿Pero qué esperaban? ¿Qué fuera a por una de esas carreras técnicas de programación? Me han criado entre libros... Si hasta escribo este puto diario cuando todas mis amigas cuentan su vida en las redes... No es que yo quiera ser como ellas. Me parece imbécil revelar toda tu mierda en público. No me entienden. Mis padres no me entienden. Ya lo he dicho. Por fin me he convertido en un cliché.

20 de septiembre

He hecho algunos amigos en clase. Son enrollados aunque se pasan el día hablando de cosas *random* o escuchando esa basura. Lo que de verdad me molesta de ellos, de todos, es esa resignación positiva. Es como: *carpe diem*, si total... No sé, supongo que me jode porque también me veo reflejada en eso. Es como una puta lucha cotidiana por lograr que esto me importe cuando todo a mi alrededor parece irse a la mierda.

17 de octubre

Hoy ha sido la primera vez que un tío me entra en un bar. Como en las películas: estoy tomando algo con Anna y veo que me mira. Primero muy serio y luego me sonríe. Me ha hecho gracia el tonto. Entonces viene, se sienta a mi lado y me dice que se llama Josh y me quiere conocer. Entonces yo le he preguntado que si lo tenía en insta o me seguía en Twitter o qué. Nada... Yo estaba a punto de darle un zasca cuando se levanta, me deja una flor de papel echa con las servilletas del garito y una tarjeta con su número de teléfono. El cabronazo.

25 de noviembre

Han despedido a Elodie de su curro. Lo que me flipa es que todo el mundo se ha sorprendido. ¿Es que nadie más lo veía venir? Hay demasiada gente diciendo lo primero que se le pasa por la cabeza en las redes... Hace tiempo que me planteo cerrarlas todas. Hay días en que les dedico demasiado rato simplemente deslizando el dedo hasta que mi retina se seca. Lo peor es que no saco nada en claro, solo la sensación de que mi vida es una mierda pero la de los demás es perfecta. Sé que no es real pero...

23 de febrero

Esto es de coña. El mundo se va a la mierda y estamos todos invitados a verlo. Los incendios de Australia, el cambio climático, el loco que quiere empezar la tercera guerra mundial... El día menos pensado se lía de verdad. Lo que me comienza a preocupar es el virus de China. Allí están chapando incluso ciudades enteras.

12 de abril

Estoy intentando aprovechar esta situación lo mejor que puedo. No tengo miedo. En verdad es rabia. Tengo la sensación de que toda mi vida ha consistido en ver degradarse las cosas a mi alrededor a cámara lenta. Estoy cansada de esa sensación en el estómago, esa incertidumbre. A los de nuestra generación nos obligan a vivir el ahora porque no sabemos si tendremos un mañana.

17 de abril

Leo más que nunca. Devoro clásicos y novela contemporánea por igual, aunque últimamente han caído en mis manos algunos ensayos super potentes sobre psicología. Me interesa conocer los mecanismos que nos impulsan. Además, me ayudan a aislarme. A no pensar en el exterior porque cada vez que lo hago me entran ganas de mandarlo todo a tomar por culo y salir a la calle. No nos pueden tener así indefinidamente.

22 de abril

Mi teléfono arde con cientos de mensajes. La gente está aburrida. Y cabreada. Algunos proponen que nos saltemos el confinamiento. Que plantemos cara, a lo V de Vendetta. Están flipados. Pero me hacen pensar... El mundo no se puede detener por esto. Y sobre todo, no nos pueden encerrar a nosotros. Tal vez suene egoísta pero... ¿Por qué tenemos que pagar todos por unos... viejos? No sé si son mis propias palabras o ya me están comiendo el coco.

23 de abril

Creo que ha sido la mayor discusión que hemos tenido jamás en casa. Hemos empezado hablando un poco de todo, como siempre que nos sentamos a la mesa. Pero ya tenían planeada la embocada. Mamá me ha preguntado por las clases y qué pensaba hacer durante el verano si esto se calmaba. Yo le he dicho que todo iba bien y que antes de que nos encerraran me había estado informando sobre un curso de narrativa que me resultaba muy interesante. Entonces papá me ha dicho: "eso no te va a dar de comer". Yo he ignorado la provocación pero han insistido con lo del cambio de carrera y... me he ido dando un portazo. Se supone que no deberíamos salir pero ¿qué importa ya? Cuando he vuelto han intentado hablar conmigo. Que lo sigan intentando.

25 de abril

Me gustaría decir que fue el alcohol, que no nos dimos cuenta y se nos fue de las manos. Me gustaría escribir que no sabía lo que hacía, que me dejé llevar. Pero entonces me mentiría a mí misma. Algunos habían organizado una quedada. No en plan fiesta sino para vernos. Para charlar y demás. Era en casa de una chica que yo apenas conozco. Sus padres se habían ido a la casa de la playa, a pesar de estar prohibido, y ella había preferido quedarse. El caso es que cada vez comenzaba a llegar más gente. A la mayoría no los conocía. Me sentía incómoda pero la alternativa era volverme a casa. No estaba dispuesta. Entonces alguien dijo de jugar a una cosa que llaman 'La ruleta V'. El tío aseguraba que tenía un colega que había pillado el virus pero que estaba bien porque es joven, como nosotros. Total, que le quería llamar para que viniera a la fiesta y nos sirviera unos chupitos a todos los que estábamos ahí. Solo que uno de ellos llevaba... el virus. Mi primera reacción, como la de la inmensa mayoría de la gente, fue partirme el culo de risa y mandar a paseo al pavo. De hecho, mucha gente se largó en ese momento. Pero otros comenzaron a decir que si "es la oportunidad de demostrar que no tenemos miedo", que si "una vez que pillemos el virus y generemos anticuerpos podremos salir a la calle..." Me siento tan tonta... Llevo toda la noche tratando de comprenderme. Por lo menos necesito saber por qué lo he hecho.

26 de abril

Asumo que ha sido la estupidez más grande de mi vida. Pasada y presente. No puedo dejar que este caos que está fuera y dentro de mi cabeza tire por tierra todo lo que puedo llegar a ser. Estos tiempos de mierda pasarán, nada dura para siempre. Joder, el pasado era mucho peor que todo lo que estamos viviendo ahora, ¿no? Saldremos adelante y yo terminaré mis estudios en literatura. Algún día. Pero tal vez debería escucharles y hacer con mi vida algo que marque la diferencia. No solo para mí.

...

Cuando termino de leer sé que este ha sido el primero de los muchos repasos que le daré a este diario; pertenece a la pequeña de los dibujos, estoy convencido, una pequeña convertida ya en adolescente y casi joven adulta durante aquella primera pandemia.

Takeshi y el dueño del diario se han apartado al escritorio del despacho, donde han desparramado todos los aparatos electrónicos y mi amigo trata de devolverlos a la vida como si se encontrara ante una mesa de operaciones.

—Tan solo hace falta cargarlos con ese aparato de ahí —asegura Takeshi, como si impartiera clase.

—¿Y me puede decir dónde piensa conectar eso? Hacía por lo menos cuarenta años que no veía un cable —por el tono de voz noto que el buen samaritano se está cansando de nosotros.

—Tendríamos que irnos ya. ¿Le importaría que le compremos todo esto? Me gustaría seguir revisando estos trastos sin tener que molestarle.

—No se preocupen, cojan lo que necesiten. Y usted, amigo mío —dice, dirigiéndose a Takeshi—, tendrá mucha suerte si logra activar alguna de esas reliquias.

—Hombre, en algún lugar habrá... cómo era... ¡Enchufes! Por lo menos creo que se llamaban así.

Tres

Las observaciones indican
que el universo existe desde hace 13.700 millones de años.

Alrededor de 1.000 millones de años después de su 'nacimiento'
comenzaron a formarse los primeros sistemas solares.

Las siguientes noches las paso con ella. Al principio trato de mantener una distancia emocional que me permita entenderla de manera objetiva. Como un escrupuloso antropólogo que teme corromper las milenarias costumbres de la tribu que estudia. Es un ejercicio inútil.

No puedo evitar reírme con sus anécdotas de universidad y con su refrescante ingenuidad. Para ella todo es posible con el primer café del día pero, tras la hora del almuerzo, su vida se va al infierno. Sin término medio. Logra que me indigne cuando lo hace ella por esas pequeñas injusticias de lo cotidiano que nos parecen tan relevantes cuando la vida nos va bien. Sus descripciones son a veces incompletas y confusas, borradores de sentimientos cubistas que trata de reflejar en dos dimensiones.

La acompaño durante algo menos de dos años de su vida hasta que las anotaciones terminan un día como otro cualquiera. Las clases volvían tras la pandemia, su familia superaba como podía las estrecheces económicas y el futuro rugía en el horizonte como una emocionante tormenta que trae vientos de cambio.

Creo que ella no se daba cuenta pero sus reflexiones están cargadas de un optimismo palpitante y vigoroso, preparado para darle el impulso necesario cuando más lo necesitara. Y lo iba a necesitar.

La burbuja temporal en la que me aíslo durante la lectura estalla con una notificación intracraneal que me lanza de nuevo a la realidad: el Comité ha emitido un veredicto favorable a la continuación del Programa Primer Encuentro. Al instante comienzan a llegarme mensajes de felicitación de colegas. Es curioso que las únicas palabras que me vengan a la cabeza sean: "no sé de qué se alegran".

Oigo pasos frenéticos en el pasillo.

—Acabo de recibir la noticia —Takeshi hace gala de su particular concepto de privacidad entrando en mi habitación sin el más mínimo protocolo. Es un efecto secundario de vivir bajo su techo—. Dime que por lo menos me dejarás organizarte una pequeña despedida.

—Te diré algo mejor. No me voy a ir. Todavía no.

A mi amigo se le escapa una carcajada explosiva, como fuegos artificiales. Me estruja entre sus brazos con esa histérica urgencia a la que a veces se entrega sin que nada más le importe.

—¿No me vas a preguntar por qué pongo en suspenso mi carrera profesional? ¿El sueño de mi vida?

—Querido amigo, ¿todavía no te has dado cuenta de que a mí no me importan los por qué sino los cómo?

—Me parece estupendo —le digo mientras trato de zafarme de su abrazo—. Entonces dime, ¿cómo hacemos para devolverle la vida a los aparatos de la pequeña?

Takeshi se guarda comentarios, tal vez reflexiones que me lanzará después en el momento más inapropiado. Para él, mi "obsesión" con la pequeña es puro divertimento.

—Sabía que me lo preguntarías —dice con aire de autosuficiencia—. Así que vístete que nos vamos.

—¿A dónde?

—Al pasado.

...

El pasado se arropa entre sábanas de titanio y cristal; cuelgan sobre muros curvilíneos y retorcidos que reflejan el verde apagado de un río que discurre a escasos metros de la estructura. Es un museo de finales del siglo XX reconvertido en custodio de la evolución tecnológica de la humanidad.

—¿Me vas a dar lecciones de Historia? —le pregunto a Takeshi mientras entramos en el edificio. Un silencio maravilloso nos envuelve y me obliga a cerrar la boca.

Me guiña un ojo y con paso decidido me conduce a la primera de las salas que se ofrecen a nosotros. Comprendo rápidamente que el museo está pensado para ofrecer un viaje inverso: desde la complejidad tecnológica y social del siglo XXI hasta la presunta sencillez de la prehistoria.

Empezamos viendo los primeros ordenadores cuánticos, ya obsoletos cuando nací, pero sin duda reconocibles a simple vista. Poco a poco nos adentramos en las profundidades de un pasado que solo conozco por vídeos y libros: los primeros dispositivos 'inteligentes', ordenadores personales, teléfonos portátiles de todas las formas y tamaños, consolas de videojuegos... Me resulta entrañable cómo dependían de dispositivos físicos para cualquier cosa.

Sobre uno de los pedestales de cristal, etiquetado con su nombre y año de lanzamiento al mercado, reconozco uno de los teléfonos de la pequeña —tenía toda una colección—. Termino de comprender las intenciones de Takeshi; de la base del teléfono nace un cable que se enrolla sobre el pedestal y va a dar a una abertura junto a la que se lee la etiqueta: 'enchufe'.

—¿Probamos? —me pregunta como un niño travieso que realmente no pide permiso.

—¿Esto está permitido?

—He hecho algunas llamadas.

Su tono de voz no me tranquiliza pero las ganas de descubrir más detalles sobre la vida de la pequeña pesan más que mi precaución ante las normas de un museo.

Desconecto el teléfono en exposición como si realizara un ritual antiguo, temeroso de hacerlo mal o de romper una tecnología que yo presumo frágil. Takeshi supervisa la operación entre curioso y divertido, mientras que contiene la respiración cuando conecto nuestro teléfono al cable. Casi me parece como estar frotando dos piedras para conseguir encender fuego; prejuicios sobre el pasado que son, sin duda, hijos de mi ignorancia.

—¿Ya está? —por algún motivo estoy decepcionado—. ¿Ahora se encenderá?

—Debería... Esperemos unos segundos. Una vez lo vi en un documental.

Los segundos se transforman en ansiosos minutos y el aparato permanece tan inerte como al principio.

—Debe de estar roto —supone Takeshi—. Vamos a probar el resto de los dispositivos.

La propuesta me parece sensata pero va perdiendo fuerza conforme comprobamos, uno a uno, cómo teléfonos, relojes y tablets hace tiempo que se adentraron en el más allá electrónico.

—No me puedo creer nuestra mala suerte —lamenta Takeshi.

—Sí... demasiada, de hecho. Tenemos que estar haciendo algo mal.

—Efectivamente, caballeros.

Detrás de nosotros nos sorprende una voz femenina.

—Deberían haber pedido ayuda para lo que sea que traten de hacer —dice la mujer con un tono de severa maestra de escuela—. Y permiso.

Hacía años que no me ruborizaba y la sensación me deja sin palabras. Por suerte para Takeshi, ese sentimiento está muy enterrado en alguna parte de su ser.

—Nos ha podido la impaciencia —resume mi amigo— Por favor no nos lo tenga en cuenta. Por otro lado, estaríamos muy agradecidos si nos pudiera ofrecer su ayuda para resucitar estos aparatos. Necesitamos acceder a su contenido.

La mujer nos dedica una larga mirada. Aparenta una edad indeterminada entre los 40 y los 60 años; exhala cierta madurez que se ha puesto muy de moda estos días en un acto de contracultura ante el canon de belleza estancado en la juventud eterna de las 20 primaveras.

—Yo diría que les ha podido la estupidez —habla rápido y no da lugar a réplica—. ¿De verdad pensaban que estos cables transportan energía? Pero lo que más me preocupa es que dos hombres adultos no sepan que podemos acceder a la información almacenada sin necesidad de encender estos aparatos. ¿Dónde han dicho que se formaron? Da igual. Sepan que el museo dispone de instalaciones especializadas en arqueología de datos. Ahora, si son tan amables de volver a dejar todo como estaba y seguirme...

Una hora después sigo avergonzado aunque cada vez tengo más claro que la regañina ha sido deliberadamente exagerada por la trabajadora del museo. Tras la tensión inicial el descaro de Takeshi ha conseguido encauzar la situación, ante todo pronóstico.

De todos los dispositivos que hemos podido rescatar del arcón tan solo uno contiene información que no se ha corrompido, como si también los unos y ceros se pudieran oxidar con el paso del tiempo. Es una tablet cargada con centenares de novelas y ensayos, pero también con varios vídeos cuyos nombres espolean mi imaginación.

Prueba de percepción visual N°36. Ref 100829

La clínica se encuentra apenas iluminada por cuatro lámparas que emiten una cálida luz ambarina. Crea extrañas combinaciones de color cuando se refleja sobre herramientas que antes podrían considerarse para su empleo en máquinas que en humanos. Sobre las mesas se encuentran pantallas flexibles de varios tamaños, conectadas a una plaga de serpientes multicolor que se enroscan y retuercen para transportar energía a los dispositivos desde la toma de corriente de la pared.

En medio de la sala, como transportado fuera de su lugar y tiempo, un sofá rojo de respaldo alto y mullidos reposabrazos actúa como un pozo gravitatorio. Exige atención.

—Has conseguido que asocie el olor a jazmín con la esperanza —dice una de las dos mujeres que acaban de entrar en la habitación, mientras que respira profundamente el aroma que emiten varios ambientadores. Va sujeta al brazo de la otra, bastante más joven. Casi podrían ser madre e hija.

—Me da pena que no puedas disfrutar de la decoración de la clínica —responde, fingiendo seriedad—. Por lo menos quiero que te sientas todo lo cómoda que sea posible.

La joven acompaña a su paciente hasta el sofá, donde se acomoda al borde del asiento.

—Como siempre, tengo que recordarte que esta sesión ha comenzado a grabarse al entrar nosotras en la sala. ¿Tengo tu consentimiento, Raquel?

—Claro, siempre que me mandes luego una copia del vídeo —exige jocosa la mujer.

—Mmm... No lo sé. Te voy a confesar algo: últimamente me arreglo poco. Me alegro de que no puedas ver cómo llevo el pelo.

La broma resuena con el eco de las medias verdades mientras que la investigadora se pone frente a una de las pantallas flexibles más cercanas al sofá. El programa tarda en iniciarse apenas unos segundos, tiempo que emplea en acariciarse las destrozadas puntas de su cabello y en perder un par de suspiros que cree insonoros.

—¿Qué es lo que te preocupa? O te irrita... —pregunta la paciente, esbozando una sonrisa hacia donde deduce que se encuentra la joven.

—Creo que las dos cosas, ¿tanto se me nota?

—Tu voz no es la misma desde hace semanas. Se ha vuelto impaciente, acelerada... —la mujer calla ante el temor de estar adentrándose en una faceta demasiado privada de alguien que, en realidad, no conoce—. No sé si sabes lo que quiero decir.

—Verás, últimamente hemos tenido mucha carga de trabajo en la clínica... Lo cual es estupendo porque cada vez llegáis más voluntarios dispuestos a probar nuestra tecnología. Pero el volumen de investigadores no crece en consecuencia —ahora es la joven la que se detiene en seco, tratando de centrarse en la información que aparece en la pantalla—. Perdona, no debería de hablar de esto con contigo. No es profesional.

—¿Pero habéis tratado de hablar con el Ministerio? —Raquel continúa como si no hubiera escuchado la última parte—. Este es el centro de vanguardia del país, tienen que ampliar los fondos o pronto comenzaréis a iros a otros países con mejores condiciones de trabajo.

—Hemos intentado hacerles ver la situación, que por otro lado no les debería de sorprender. Su respuesta es que nosotros somos los afortunados. Que no podemos quejarnos.

La investigadora teclea con intensidad. Sus ojos reflejan una cortina de colores primarios. En algún lugar un servidor está preparado para almacenar y cotejar los datos que está a punto de recibir.

—Estamos listas. Ahora te voy a poner la solución salina en los ojos para que las lentes no te molesten —ambas conocen de memoria el protocolo pero la joven está obligada a repetirlo en cada sesión—. Por cierto, ¿qué tal el cuello? ¿Te sigue provocando picores el dispositivo vertebral?

—Creo que lo peor ya ha pasado —responde la paciente, acariciándose la protuberancia circular que le nace de las cervicales—. Al principio me resultaba incómodo incluso para dormir, pero supongo que me he terminado acostumbrando.

Raquel apunta su mirada estéril al techo de la sala para recibir en cada glóbulo ocular unas gotitas cristalinas que siempre terminan por fugarse con el afán de rodar mejillas abajo. Tras un par de parpadeos, los ojos ya están listos para acomodar unas lentes de contacto que parecen idénticas a las que corrigen imperfecciones de la visión. Sin embargo, una vez puestas, pupila, iris y esclerótica mudan sus colores a un azul índigo que lo invade todo como un perturbador efecto secundario del experimento.

—¿Estás cómoda con ellas?

—Tranquila, estoy perfectamente.

—De acuerdo. Vamos a comenzar la prueba de reconocimiento facial N°36 con la paciente Raquel Espigares —enuncia la investigadora voz en alto, como hablándole a un ser omnisciente—. El dispositivo vertebral ya está sincronizado con las lentes. Voy a cargar la configuración de la última jornada de testeo modificada con los parámetros recomendados por la I.A. Raquel, por favor, cierra un momento los ojos. Queremos evitar posibles fogonazos de luz que podrían ser muy molestos si llegan a tu nervio óptico.

Arrugas de expresión se extienden por las sienes de Raquel cuando esta cierra los párpados con fuerza. La prueba comienza en silencio, carente de boato. Durante minutos lo único que se oye es el teclado mecánico que la investigadora toca con la mayor de las concentraciones, como si se tratara de un piano de cola. En los breves interludios de silencio la música de dos respiraciones anhelantes se arremolina; pero una va desacompasada y su tempo se acelera por momentos.

—Raquel, ahora me voy a poner frente a ti —la investigadora se concede varios segundos entre frase y frase—. Necesito que, cuando te avise, abras los ojos muy, muy lentamente.

—¿Va todo bien? Te noto alterada. ¿Pasa algo malo? —pregunta la paciente, adherida al ancestral hábito de identificar como negativa cualquier anomalía.

La joven no ofrece una respuesta que Raquel pueda ver pero que sí capta la cámara: una sonrisa trémula, sísmica, que se coloca frente a la paciente. La investigadora se pone de rodillas para que la cara de ambas quede a la misma altura. Entonces la sonrisa se flexiona:

—Adelante.

Un delgado horizonte azul se abre camino entre los párpados de Raquel, que se despegan con cautela. También la boca se va haciendo cada vez mayor, animada por hilos invisibles que curvan la comisura de los labios en una carcajada muda que no se atreve a anunciarse.

Segundos después las mujeres se abrazan, mudas, y permanecen así infinitos momentos. Hasta que Raquel, con la voz rota, susurra:

—Has conseguido que asocie tu rostro a la esperanza, Hope.

Prueba de movimiento orgánico N°245. Ref 062332

La clínica permanece apenas iluminada por tres lámparas que emiten oleadas de resplandor invasivo en azules moribundos, verdes postnucleares y rojos desvirtuados en rosa. Reflejan sombras inusuales sobre las paredes desnudas, rasgadas con estrías provocadas por la dejadez. Sobre las mesas apenas queda material de trabajo más allá de los obsoletos retales de tecnología que los investigadores han podido reunir de una manera u otra.

En medio de la sala resiste el sofá rojo. Ha perdido su lustre, frotado por la inevitable entropía que todo lo consume.

—Esta vez haremos que funcione. No podemos fallar —las palabras confiadas del fornido adolescente que acaba de entrar en la habitación quedan refutadas sobre un rostro serio y una mirada despierta—. ¿Qué ha pasado con todas vuestras cosas? ¿Cómo vamos a...?

—Tranquilo, Tyler. Tenemos todo lo que necesitamos para la sesión de hoy —asegura Hope con la serena tranquilidad de quien ya sabe qué va a ocurrir. Y no puede evitarlo.

—Pero...

—Dime —continúa Hope, a la par que le señala al adolescente su lugar de honor en la sala—. ¿Qué tal te va en ese colegio? He oído que tenéis asignaturas increíbles. Incluso que retransmiten las clases en directo. Qué pasada, ¿no?

—Está bastante bien. Se supone que nos ayudarán a encontrar un trabajo. No como en los colegios públicos, donde estudian literatura y esas pérdidas de tiempo.

A Hope se le escapa una desoladora carcajada que casi la obligar a soltar el delicado brazo de conexión electromotora que está manipulando.

—¿Qué te hace tanta gracia?

—Nada —responde resignada la investigadora—. Solo me has hecho recordar que mis primeros años de universidad los pasé estudiando "literatura y esas pérdidas de tiempo".

—¿En serio? Disculpa, no quería... —Tyler se frota el hombro, que termina de forma abrupta en un muñón a la altura del pecho izquierdo.

—No pasa nada. Es normal que pienses así.

—Entonces... ¿Literatura?

—Sí, aunque no llegué a terminarla. Me pasé a psicología. Pensaba que así marcaría la diferencia —la voz de Hope languidece no por la concentración en la compleja tarea que lleva a cabo sino porque se ha dado cuenta del terreno al que lleva esa conversación.

—¿Y qué pasó?

—Que demasiadas personas pensaron lo mismo. Así que finalmente —continúa, a sabiendas de que no podrá contener la riada de preguntas del joven— hice caso a quienes me aconsejaban optar por algo más pragmático, sensato.

Confiada en haber cerrado la conversación, Hope se dispone a fijar la prótesis mecánica especialmente diseñada para el muñón del joven. Pero este no ha terminado su interrogatorio.

—¿Te arrepientes de haber perdido ese tiempo?

La investigadora no responde de manera inmediata. Dedica varios minutos a encajar con mimo la prótesis y otros tantos en comprobar que la conexión con el dispositivo vertebral es adecuada. La inquieta actividad cerebral de Tyler no lo pone fácil.

—Si te relajas te contestaré a la pregunta —suelta al fin. Ante de que Tyler pueda responder continúa—. Verás... la psicología me ayudó a comprender mejor la mente de las personas; la literatura, el alma. No me refiero al concepto religioso, más bien a ese intangible que nos hace ser nosotros mismos.

Los últimos ajustes del brazo se producen con el zumbido de fondo de las tres luces que iluminan la sala.

—Tyler, tengo que decirte algo —hace rato que Hope no mira a la cara a su paciente. Finge revisar anclajes y parámetros que ya están perfectamente calibrados—. Esta es nuestra última sesión juntos. El gobierno cierra este centro. He oído que tal vez lo vendan a una multinacional —las palabras se empujan unas a otras, tratan de salir cuanto antes para escocer menos—. Ninguno de los dos podremos estar aquí la próxima semana.

La confianza inquebrantable del adolescente se derrumba y le sepulta entre los brazos roídos del sofá rojo. Su imponente figura se ha convertido en un guiñapo.

—Pero... ¿Qué pasará conmigo?

Hope aprieta los dientes y produce una sonrisa que trata de convertirse en refugio.

—Tú mismo lo has dicho antes. Esta vez haremos que funcione. No podemos fallar.

Prueba de socialización Nº 1032. Ref 031137

La clínica resplandece con un único punto de luz blanca, helada. De las paredes cuelgan paisajes y personajes pintados en acuarela por artistas infantiles. Sobre las mesas, ordenadas y perfectamente etiquetadas, se encuentran colecciones de herramientas que, en algunos casos, todavía no han sido desprecintadas.

En medio de la sala se encuentra una sencilla butaca de tamaño infantil. Resistente. A prueba de imaginación en efervescencia. En el suelo, simulando un desorden que no es tal, un surtido de juguetes espera paciente a que alguien haga uso de ellos.

La puerta se abre con un susurro y una pequeña de rizos castaños y vestido de domingo se paraliza en la entrada. Aprieta con todas sus fuerzas la mano de la adulta que la acompaña y trata de esconder la cara contra su bata blanca.

—Tranquila Lucy, cariño, ya hemos estado aquí muchas veces, ¿te acuerdas?

La niña aprieta los labios, aprisionando las palabras, pero mueve levemente la cabeza en señal afirmativa.

—Claro que sí. Aquí es donde hemos jugado otras veces con Anthony. ¿Te acuerda de tu amigo Anthony?

Esta vez la respuesta es más enérgica y la pequeña separa por fin su rostro de la bata de Hope. Ahora mira, entre curiosa e intranquila, hacia el interior de la habitación. Se fija brevemente en los juguetes que rodean la silla pero pronto pierde interés en ellos y vuelve a escanear la sala con sus pequeños ojos grises.

—¿Qué te parece si entramos y despertamos a Anthony? Antes he hablado con él y tiene muchas ganas de jugar contigo.

Sin dejar tiempo para que Lucy se lo piense, Hope comienza a dar breves pero decididos pasos hacia el centro de la sala. La pequeña la sigue y se deja aupar sobre la banqueta.

—Eso es. Ahora voy a por Anthony. ¿Lo ves allí, tumbado en su cama?

La mirada errática de Lucy sugiere que la niña no está escuchando, pero pasados unos segundos vuelve a asentir con fuerza.

Satisfecha, Hope se vuelve hacia una de las mesas de trabajo donde minutos antes ha estado ajustando ciertos parámetros de los algoritmos que controlan la Inteligencia Artificial de un pequeño chimpancé. Este parece dormir en una de las esquinas, entre almohadas y mantas que hacen de lecho. Tal vez Lucy no lo vea, pero el pecho del animal se mueve lacónicamente arriba y abajo. Transmite paz.

—Muy bien Lucy, ¿por qué no me ayudas a despertarle? Venga, vamos a llamarle. Anthony... —susurra Hope mientras que sus dedos bailan sobre el teclado para ejecutar el comando adecuado—. Anthony, ha venido Lucy a pasar esta tarde contigo —la pequeña se mueve sobre la banqueta y mira fijamente al bulto peludo que va recuperando la actividad.

El chimpancé emerge por fin de entre las mantas y se despereza, estirando sus brazos hacia el techo. Su rostro somnoliento parece recobrar la energía cuando mira a Lucy con unos ojos acuosos. Comienza a avanzar lentamente hacia ella mientras realiza todo tipo de muecas con su enorme boca y unas orejas que parecen radiotelescopios. La pequeña, paralizada ahora sobre el asiento, busca refugio en Hope. La investigadora ya había previsto esta reacción y se encuentra justo a su lado para calmarla.

Los siguientes minutos son siempre los más complicados. Un tira y afloja en el que el animal debe saber leer en el rostro y los gestos de la pequeña para ganarse su confianza. La curiosidad y el miedo se expresan de maneras similares en el rostro humano pero Anthony ha aprendido a desentrañar las diferencias, a veces sutiles, entre el abanico de emociones humanas.

—Voy a salir un momento Lucy, vuelvo en seguida.

La niña hace caso omiso, demasiado ocupada con las pantomimas y sonidos que su amigo le dedica. Con su boquita entreabierta en una sonrisa que no se decide, son muchos los pensamientos que se forman y diluyen en su mente. Ninguno de ellos le hace cuestionarse la naturaleza del chimpancé.

Tampoco lo hacen los padres que esperan en la habitación anexa mientras agarran con ansiedad la pantalla flexible, tratando de no perderse ningún detalle del encuentro. Han aprendido a leer las pequeñas manos que se retuercen, el cuerpecito que se balancea repetitivamente, la mirada extraviada en el vacío. No se atreven a imaginar que eso pueda cambiar.

Por primera vez Lucy levanta su brazo y lo extiende con timidez hacia la cabeza del animal. Este se sitúa muy cerca de ella, más que nunca, y se incorpora en toda su altura para que la pequeña pueda acariciarle con facilidad. Si se decide.

Antes de que la mano llegue a rozar la melena oscura y revuelta del chimpancé, un ataque de risa atraviesa a Lucy como un relámpago. La niña entrecierra los ojos, vidriosos, mientras que unas límpidas carcajadas le borbotean de la garganta y provocan que el chimpancé se una al inesperado jolgorio.

A los padres de Lucy se les congela el rostro, cristalizado en sentimientos que no son capaces de expresar.

—Está... ¡Está riendo!

—¡Nuestra Lucy ríe!

La cámara no llega a captar el estímulo que provoca la reacción en la pequeña. Se ha perdido en esa caja negra a la que van a parar todos los acontecimientos inexplicables del comportamiento de los seres vivos.

—Debe de ser maravilloso escuchar ese sonido por primera vez —hace rato que Hope contempla la escena sin atreverse a molestar a la pareja—. Yo todavía recuerdo las primeras carcajadas del mío.

—Es increíble. Jamás pensamos que Lucy era capaz de emocionarse de esa manera.

—Solo por este momento ya ha merecido la pena... — la emoción rompe las palabras. Tampoco eran necesarias.

Hope aguarda unos instantes. El triunfo se le vuelve ácido en la boca.

—Tengo que informarles de que la prueba de socialización ha sido un éxito. Su hija era la última de las pacientes que todavía no había reaccionado de manera positiva ante Anthony —las palabras de Hope transmiten una buena noticia que su tono desmiente—.

—Pero eso... eso es bueno, ¿verdad?

—Sin duda. Pero también significa que Lucy ha terminado las sesiones en este centro —no tiene sentido alargarlo, piensa Hope, que se frustra ante su incapacidad para acostumbrarse a estas situaciones.

—No lo comprendo. ¿Ya no puede venir más?

—¿Ahora que ha mejorado tanto?

—Sé que puede ser un trastorno, pero les aseguro que en algunas semanas la I.A que controla al animal estará lista para su comercialización. La encontrarán disponible en diferentes animales, desde perros o gatos hasta animales mitológicos, como dragones—la investigadora casi puede palpar la decepción en la pareja, las preguntas para las que no hay una respuesta satisfactoria—. Si quisieran mantener a Anthony les puedo dar el código de referencia del modelo —añade, como si ese fuera el problema.

—¿Código de referencia? —la voz ha pasado de anhelante a punitiva—. Sabe que participamos en el programa precisamente porque no podemos pagar un tratamiento así.

—Yo podría conseguirles un descuento.

—Creo que no lo entiende...

Una fuerte discusión se sucede a unos pocos metros de donde Lucy ha aprendido de Anthony la capacidad de sonreír. O acaso tan solo la ha tomado prestada.

...

El vídeo termina de reproducirse frente a mí y yo no sé cuántas horas han pasado. He buscado refugio en alguna de las salas inabarcables del museo, escondido casi entre imprentas del siglo XV que a mí me huelen a revolución y madera vieja.

Se me ha hecho de noche y hace rato que no sé dónde está Takeshi, pero imagino que se ha cansado de buscarme y se ha marchado. Lo sensato ahora sería irme a casa pero la cabeza me hierve con revelaciones e incógnitas. Porque la pequeña se hizo mayor y se convirtió en Hope. Comienzo a vagabundear por el silencio del pasado.

Se llamaba Hope y quería ayudar a la gente. Quiero pensar que su vida no fue ni más ni menos fácil que la de otros durante su tiempo. El siglo XXI, el más importante de nuestra historia. El momento en el que el progreso no se sintió progreso; todo estuvo a punto de malograrse. No faltaron barreras, filtros. Pero los superamos. ¿Todos?

Vago sin ser consciente, como en una penumbra mental de la que solo consigo salir cuando escucho el sonido de mis pasos resonar en un inconfundible eco cavernoso. Observo a mi alrededor y unas luces como de llama recrean estrafalarias sombras sobre la roca.

Estiro el cuello hacia este cielo pétreo y es cómo mirar la bóveda estelar. Solo que allá arriba no me aguarda el pasado remoto de sistemas solares que jamás visitaré sino uno mucho más reciente, el de mi propia gente en sus primeros momentos. Gateaban los primeros hombres y mujeres por estas cuevas que eran su hogar, el útero de una civilización a punto de nacer. Gateaban para llegar a lo más profundo, allá donde la luz apenas alcanzaba y la oscuridad les susurraba escenas que sentían la necesidad de plasmar. Miro los trazos seguros, firmes. Formas perfectamente definidas que contienen colores ocres indelebles al paso del tiempo. Me cuentan sus anhelos y miedos, una realidad tan sencilla y compleja que ha perdurado durante milenios, manteniéndose pura en su esencia: el impulso primigenio de sobrevivir.

¿Habíamos pasado ya el gran filtro cuando pintábamos bisontes y astados en la profundidad de las cavernas? ¿O fue mucho antes, cuando nos erguimos en la sabana para ver más allá, en el horizonte remoto que nos aguardaba? ¿O fue en la noche de los tiempos cuando nos convertimos en seres complejos multicelulares? ¿Acaso pasamos el gran filtro cuando el chispazo de la vida surgió por primera y única vez en toda la inmensidad del universo?

Hay una diferencia fundamental entre mirar a esta Capilla Sixtina prehistórica y hacerlo a la bóveda celestial. Cuando contemplo las estrellas acogido por la noche, lo único que soy capaz de sentir es ansiedad ante las preguntas, unas incógnitas que sé que no llegaré a desentrañar durante los años que me queden de vida. Quizás ninguno de nosotros lleguemos a hacerlo. Pero cuando el silencio de la cueva me abraza y contemplo las historias de quienes me precedieron, solo puedo sentir esperanza, una esperanza ardiente que no necesita explicación. Es incuestionable.

Cuatro

Dada la edad del universo y el número de planetas similares a la Tierra que encajan en nuestra definición de vida, se estima que solo en nuestra galaxia podría haber más de 100.000 civilizaciones inteligentes.

Desde aquí arriba el cable del ascensor orbital brilla contra el horizonte azul como un hilo infinito de seda que atraviesa el firmamento. A simple vista parece un espejismo, un reflejo improbable. Solo cuando los módulos de transporte gotean desde la termosfera hasta la superficie se puede apreciar en casi toda su extensión la majestuosa estructura.

Para mí ese cable es mucho más que una puerta que permite el paso de la Tierra al sistema solar. Sobre el árbol-ciudad del que cuelga la casa de Takeshi soy capaz de apreciar un cordón umbilical de metales y fibras sintéticas que conecta la seguridad del útero terráqueo con el futuro que nos aguarda ahí fuera. Y yo he decidido perdérmelo.

—Veo más tráfico que nunca en el ascensor —Takeshi ha insistido en acompañarme. Últimamente me he convertido en su proyecto, una excusa para justificar que su existencia no es completamente nihilista—. No entiendo la prisa. Con lo tranquilos que estamos en esta zona de confort que llamamos Tierra.

—En un par de días se habrá acabado el plazo dado por el Comité para permitir a la nueva oleada de expediciones abandonar el sistema solar. Es su forma de aparentar que siguen al mando.

—Todavía no me creo que te vayas a quedar.

—Si te digo la verdad, yo tampoco.

—Oye Jack... creo...—mi amigo trata de dejar que los silencios rellenen las palabras que no le apetece decirme. Pero al juego de la paciencia gano yo—. Joder, me vas a obligar a hablar. Pues vale. Deberías recuperar tu vida en el punto en el que la dejaste hace meses. Te has obsesionado con ella y no entiendo por qué. ¿Qué cojones tiene que ver una mujer que vivió hace un siglo con la búsqueda de vida inteligente?

—Es difícil de explicar —le respondo, sin la esperanza de zanjar el asunto.

—¡Pues esfuérzate!

Esta es una de esas raras ocasiones en las que Takeshi no finge que algo le interesa. Tal vez necesite explicárselo a él para entenderlo yo.

—De acuerdo —le digo mientras me incorporo—. Ponte guapo porque nos vamos.

—¿A dónde?

—A la Luna.

...

Hemos banalizado el viaje a nuestro satélite natural. Supongo que era inevitable. Tiene un toque cruel lo efímero de nuestra capacidad para disfrutar de los logros que tanto esfuerzo nos han costado. Como especie o como personas.

Siempre queremos más y tal vez por eso nos recreamos mirando al firmamento no para deleitarnos con el espectáculo estelar que es nuestra galaxia, sino para preguntarnos cómo llegaremos hasta todas esas estrellas. Y qué haremos después de alcanzarlas.

—¿Por qué me has traído aquí? —me pregunta Takeshi— ¿Nunca te han dicho que las mejores vistas de la Tierra están al otro lado?

Nos encontramos en un pequeño complejo de investigación que se aferra al borde del *Mare Orientale*. Es un vasto mar prácticamente circular que se sitúa en el extremo de la cara que la Luna siempre esconde a la Tierra. La mayoría de las instalaciones se encuentran bajo tierra para paliar los efectos de la radiación y amortiguar la perpetua lluvia de objetos celestes que caen al encuentro del satélite. Pero hay un respiro en el laberinto de roca que es este centro, un gran triángulo de cristal encajonado entre las grietas de la garganta que desciende hacia el valle circular; permite observar el espacio infinito como si fuera el ojo de una cerradura.

—Aquí fue la primera vez que me quedé dormido mirando el firmamento —le revelo a Takeshi en apenas un susurro. No tenemos esa clase de amistad y me siento imbécil por exteriorizar mi parte más vulnerable. Sin embargo continúo—. Aquí descubrí lo que quería hacer.

—Lo sé, lo sé... encontrar vida. Vamos Jack, tu historia no es tan especial —su frialdad está medida para tirarme de la lengua—. Hay decenas de miles de personas allá afuera que están haciendo precisamente eso, viajar para encontrar aunque solo sea un aburrido organismo unicelular.

—Y si somos tantas personas buscándolo —le interrumpo—, si se han dedicado ingentes cantidades de recursos de todo tipo para localizar el menor atisbo de vida, ¿por qué no hemos encontrado absolutamente nada?

—Porque estamos solos —responde, saciando su sed ególatra—. Somos únicos.

—Vamos Takeshi, ni siquiera tú compras ese argumento. Mira arriba joder, mira bien y dime que en ninguno de los miles de millones de planetas que giran alrededor de los incontables soles hay siquiera una microscópica y temblorosa forma de vida que está dando sus primeros pasos.

—Precisamente, aunque la haya. ¿Cómo crees que vamos a encontrarla en mitad del infinito? Estáis buscando átomos individuales en un océano que no tiene límites conocidos.

—Pero es que no es un átomo, no es solo una forma de vida —cada vez que explico esta paradoja me hundo un poco más en ella, como si estuviera hecha de arena movediza—. Fíjate en ese halo blanquecino que es la Vía Láctea. Ese resplandor lo producen las estrellas que giran en torno a lo que creemos que es una singularidad justo en el centro de la galaxia. Hay tantas que somos incapaces de contarlas; pero estamos convencidos de que no hay menos de 100 mil millones de soles de todos los tamaños y edades. Y orbitando alrededor de ellos, no menos del mismo número de planetas. ¿De verdad que no hay nadie allá afuera?

—Estamos todos tan lejos unos de otros que tardaríamos miles de años en...

—Muy cierto. Pero escúchame —esto no es un anhelo, pienso, sino pura estadística matemática— dada la edad de esta galaxia y el número de potenciales planetas que encajan con nuestra definición de habitables, ha habido tiempo suficiente para que miles de civilizaciones hayan nacido, prosperado y muerto en un ciclo perpetuo del que también nosotros formamos parte. No es una maldita suposición Takeshi, ¡es inevitable!

—Tal vez sea eso, tal vez todas mueran antes de que lleguemos a conocerlas —el tono de su voz me indica que Takeshi está practicando su deporte favorito: decir lo primero que se le pasa por la cabeza. Pero esta vez lleva razón.

—Exacto —le concedo.

—¿Cómo?

—Algo les ocurre a todas las formas de vida del universo, algo que las previene de desarrollarse y prosperar lo suficiente como para llegar a contactar unas con otras —mi amigo deja de mirar al cielo para prestar verdadera atención a lo que le digo—. Existe un filtro, Takeshi, un gran filtro al que antes o después se tiene que enfrentar toda forma de vida. Y hasta donde sabemos, todas han fallado a la hora de superarlo.

—Menos nosotros.

—¿Cómo puedes estar tan seguro de que ya lo hemos superado?

—Vamos Jack, conoces la historia reciente tan bien como yo. Si el siglo XXI no pudo con nosotros, ¿qué lo hará?

—Esa es la pregunta que me ha robado el sueño durante los últimos años.

Takeshi detesta tomarse nada en serio y aún más a quienes le obligan a hacerlo. Por eso me regala la más agria de sus miradas, la que me confirma que ha entendido. Al menos una parte.

El centro de investigación vibra por los generadores de oxígeno y provoca una suerte de ruido blanco que conjuga bien con el parpadeo de los astros. Nuestra conversación no ha terminado. Mi amigo atesora la suficiente inteligencia como para saber que el temblor de mis miedos también puede sacudirle a él.

—¿Qué tiene que ver esa Hope con todo esto que me estás contando? —al fin una pregunta para la que tal vez llegue a obtener respuesta.

—Todavía no lo sé, pero creo que tiene que ver con todo.

...

A veces me sigue sorprendiendo nuestra capacidad de autodestrucción. He roto con la rutina que apuntalaba mi vida solo para centrarme en ver una y otra vez los vídeos de Hope. Los consumo enganchado a un bucle de desesperación del que soy plenamente consciente, pero soy incapaz de romper: siempre que la pantalla funde a negro siento que ya no puedo más, que por fin me he saturado; pero los segundos de silencio que siguen después se me clavan como agujas en los oídos hasta tal punto que ya no sé si este dolor que siento es físico o mental.

He llegado a conocer a Hope con un grado de intimidad que supera al de cualquiera de mis amigos o antiguas parejas. Primero fueron cosas evidentes, como el anillo de su mano derecha que me indicaba matrimonio, o las referencias indirectas a su hijo pequeño en algunas conversaciones con pacientes.

Después profundicé más. Comencé a leer en sus gestos faciales para aprender lo que apreciaba y lo que rechazaba; aprendí que disfrutaba con su trabajo no porque le gustara programar inteligencias artificiales sino porque le hacía feliz ver cómo sus algoritmos marcaban la diferencia en la vida de las personas. Hope tenía una enorme capacidad para empatizar y eso la dejaba, en muchos casos, indefensa ante la situaciones con las que tenía que lidiar cada día. Quiero pensar que por eso levantó una compleja barrera emocional entre ella y el resto del mundo, una basada en la conformidad.

Hace días que comprendí que no voy a extraer nada más de estos vídeos. Pero son lo único que tengo. Hasta ahora rastrear a Hope ha sido realmente complicado. El Movimiento por el Olvido Digital logró borrar la mayor parte de la información personal de la ciudadanía global. Después de aquello, los datos privados de cada individuo se cuidaron como el verdadero tesoro que son. Ya no basta con introducir el nombre de alguien en un buscador y acceder a toda su vida personal y profesional.

Pero me niego a dejar su historia a medias, sobre todo cuando se acerca a su clímax. ¿Qué fue de ella después del Colapso?

Sin registros en la red o en las bases de datos de los antiguos Estados, solo me queda una fuente que consultar: los medios de comunicación.

Durante el Colapso el periodismo vivió una pequeña edad dorada: ante el silencio de gobiernos inoperantes fueron los medios quienes documentaron la realidad medioambiental que el planeta estaba viviendo. Avanzaron lo que vendría después.

Comienzo a buscar publicaciones, centrándome en aquellas que reflejaban el titánico esfuerzo de investigadores de todo el mundo por encontrar soluciones a la debacle ambiental que habíamos desencadenado.

Fue hacia mediados del siglo XXI cuando aquellos expertos y librepensadores decidieron reunirse bajo la bandera de la humanidad para tratar de reconducir el cambio climático. Si, en lo más profundo de su ser, Hope seguía siendo aquella niña que necesitaba hacer sentir bien a los demás, sé que tendría que formar parte de esa iniciativa.

No me equivoco.

...

La civilización se reinventa en el fin del mundo

Un movimiento espontáneo reúne en la Antártida a más de 100.000 expertos en todos los campos del conocimiento humano.

Persiguen un mismo objetivo: tratar de reducir los efectos del cambio climático y dibujar cómo será la futura civilización humana.

Un reportaje de Jan M.

Chiang Feng-nan (Hong Kong — 2004) es un hombre metódico que abraza con celo su rutina. Me recibe en su ático a primera hora de la mañana, donde me esperan un café recién hecho y una de las mejores vistas de la Bahía Victoria de Hong Kong. "Estoy obsesionado con las ciudades". No bromea. Feng-nan es el responsable de la ambiciosa remodelación de urbes como París o Estambul; pero son dos logros que palidecen ante el diseño de la mayor megalópolis del mundo: la conocida como Greater Bay Area, en el delta del río Pearl de China.

¿Cómo se llega a planificar una ciudad de más de 150 millones de habitantes? Feng-nan me responde primero con una sonrisa resbaladiza y después pasa a narrarme cómo fue su infancia.

El Sueño Chino pasó de lado para la familia Feng-nan. Eran pobres, sin paliativos, y mientras que los niños de su generación crecieron jugando a los ordenadores y videoconsolas, el pequeño tuvo que conformarse con lo que tenía más cerca: una réplica barata de los juguetes LEGO. "Yo no construía edificios, diseñaba mundos enteros", resume.

Cuatro décadas más tarde Chiang Feng-nan no solo se ha convertido en uno de los arquitectos y urbanistas de mayor relevancia del siglo, sino en uno de los colaboradores más preciados de la iniciativa internacional que plantea cómo debe ser la civilización tras el cambio climático.

"Llevo trabajando con ellos desde las primeras reuniones que se organizaban *online*, hace unos veinte años, cuando todavía se pensaba que había tiempo de frenar este proceso. Nosotros ya sabíamos que era tarde".

Ellos ya lo sabían. Pero ¿quiénes son exactamente? Sin nombre oficial, soporte económico de grandes conglomerados empresariales o siquiera un portavoz oficial al que dirigir las preguntas, la conocida simplemente como 'Iniciativa' ha reunido en el último año a más de 100.000 expertos de todo el mundo en una ciudad diseñada por el propio Feng-nan, cuya situación exacta en un punto de la Antártida permanece indeterminada. Su objetivo es claro: "estamos planificando hacia dónde vamos como especie y, sobre todo, cómo llegaremos ahí. Hasta ahora nadie lo ha hecho. Ya es hora".

Feng-nan bebe lentamente su café pero lanza andanadas de ideas con cada frase que pronuncia. ¿Es eso posible? ¿Deseable? ¿Qué sucede con las políticas nacionales? "Los Estados hace tiempo que dejaron de ser soberanos y las empresas abrazan la economía del desastre. Es el negocio del fin del mundo y muchos están haciendo una fortuna que no tengo muy claro cómo piensan gastar".

Mi visita a Feng-nan coincide con los días previos a un viaje que lleva planificando décadas. Es hora de que el urbanista se reúna con su ciudad y con los colegas que la habitan. "Lo he pospuesto por motivos egoístas. Quería ver crecer a mis hijos".

La familia de Feng-nan no le acompañará, como tampoco lo hace la de ninguno de los colaboradores que participa en la Iniciativa. La seguridad es clave. De hecho, a la ciudad tan solo se llega con invitación y tras pasar un riguroso control cuyos filtros no logran superar el 70 % de los seleccionados. Yo soy uno de los cinco primeros periodistas a los que se ofrece acceso limitado. ¿Por qué ahora? "Necesitamos que la gente sepa que hay esperanza".

El viaje desde Hong Kong hasta la ciudad sin nombre de Feng-nan dura cinco días por mar y tres por tierra. Es un tiempo que el urbanista planifica y aprovecha hasta el último segundo. A mí me reserva la hora del café.

A pesar de que mi presencia ha sido auspiciada por la propia Iniciativa, Feng-nan se muestra dubitativo a la hora de ofrecer respuestas completas, como si no quisiera desvelar la gran sorpresa que preparan. Detalles específicos como las fuentes de financiación de este enorme esfuerzo logístico, económico y organizativo, quedan siempre sin respuesta. "Una parte muy importante del capital que usamos proviene de nuestros propios ahorros". Es todo lo que ofrece Feng-nan antes de dar por concluida una de nuestras conversaciones de sobremesa.

El estricto horario de mi benefactor me deja tiempo para tratar de conocer a otros participantes de la Iniciativa. Con nosotros viajan una docena de profesionales llegados de disciplinas que van desde la climatología hasta las matemáticas, pasando incluso por la educación. "Uno de los principales motivos por los que nos encontramos en esta situación se debe al poco interés que los Estados han mostrado por construir sistemas de educación que formaran a personas, a ciudadanos que se supieran parte de una sociedad global. Me atrevería a decir que muchos países sabotearon a propósito su propia educación". Lo explica la pedagoga Ann Burgois, que llega desde uno de los últimos países que privatizaron por completo su sistema educativo.

Burgois me hace entender que este esfuerzo va mucho más allá de innovaciones tecnológicas, captura de $Co2$ e incluso de lograr la fusión fría. "Se trata de repensarnos".

Roto el hielo, el resto de los pasajeros se animan a contarme de qué manera su especialidad contribuirá a la Iniciativa. (Pulse aquí para acceder al conjunto de entrevistas individuales)

Las últimas horas antes de nuestra llegada a la ciudad son frenéticas. Cabalga un optimismo sujeto a duras penas por las riendas de la objetividad: la situación global no invita a pensar de otra manera. Y aquella no es la primera expedición ni el primer proyecto que han intentado encontrar las respuestas en el fin del mundo.

Me despido de Fengnan con la sensación de haber agotado todos los minutos de los que disponía para mí. Pero no me resisto a hacerle una última pregunta: ¿por qué no le ha puesto nombre a su ciudad? "Si todo sale bien, pronto será tan solo un recuerdo; y si no... Dudo que quede alguien para pronunciar su nombre".

La ciudad que no necesitaba nombre

A kilómetros de distancia la ciudad se recorta contra la nieve como una criatura oscura, agazapada. La imagen de utopía futurista que había recreado en mi imaginación se fragmenta tan rápido como el hielo que pisamos.

La urbe de Feng-nan está vertebrada por bloques grises y oscuros de formas cúbicas. Resulta imposible fijarse en algún detalle singular. El conjunto forma una triste amalgama consagrada a la extrema sencillez. No hay edificios de más de dos plantas, me dicen, para resistir mejor los embates del viento y para optimizar la eficiencia energética. La mayor parte de la urbe crece hacia el subsuelo y nadie me revela hasta dónde. Tal vez nadie las conoce.

Ni siquiera Hope Isinora, una de las voces más autorizadas de la Iniciativa. "Que no le engañen las primeras impresiones. A todos nos pasa igual. Este sitio no entra por el ojo pero termina resultando muy acogedor", me asegura, para posteriormente detallarme cómo cada manzana de la ciudad es autónoma y provee de absolutamente todo lo necesario a sus habitantes. "No es solo nuestro lugar de trabajo, es también un experimento a escala gigantesca".

Isinora se ha convertido en uno de los pocos rostros conocidos de la Iniciativa, una mujer de trato afable que habla como si ya supiera que todo va a salir bien. Antes de sumarse al proyecto, esta doctora en ciencias de la computación especializada en Inteligencia Artificial trabajaba para uno de los mayores conglomerados de robótica del mundo. Entender su motivación para dejarlo todo y venir hasta la Antártida es, tal vez, entender un esfuerzo comunal sin precedentes.

"Era insostenible. Nuestra sociedad se había polarizado de tal manera que tenía la sensación de vivir en una burbuja, una especialmente frágil. Pasaron diferentes cosas en mi vida, a mi familia... Me hicieron comprender que no estaba contribuyendo en el lugar adecuado".

Hope Isinora proviene de un país del sur de Europa especialmente afectado por el cambio climático. "Pensábamos que se trataba de sequías, de más calor... Sabíamos que sería grave pero ¿cómo podíamos prever lo que vendría después?"

La mayor parte de la familia de Isinora tuvo que exiliarse hacia latitudes más septentrionales, uniéndose a una oleada de migración climática que afectó a un tercio de la población mundial. En la actualidad se calcula que la principal causa de muerte en el mundo está directamente relacionada con la desestabilización del clima. "Yo no quería verlo. Era más cómodo pensar que la tecnología nos salvaría. Trabajaba en proyectos de vanguardia, conocía lo que las Inteligencias Artificiales podían ha-

cer por nosotros. Pero no sabía el poco margen de maniobra que teníamos".

Un panel de expertos ha calculado que la Tierra alcanzó el denominado Punto de no Retorno en 2045, coincidiendo con la pérdida del permafrost de áreas tan extensas como Canadá o la región de Siberia. Las consecuencias las padecemos en la actualidad. "Esto no es una lucha por salvar al planeta, no se confunda. La Tierra seguirá aquí y prosperará mucho después de que nosotros seamos polvo. Esto es una lucha por salvarnos a nosotros".

El discurso de Hope resuena con la fanfarria de la épica. Para los miembros de la Iniciativa ellos son lo único que se interpone entre el todo y la nada. Esa relevancia autoerigida es la que muchas corrientes de pensamiento les afean, como si se arrogaran el devenir de las sociedades futuras dejando fuera del debate a nacio-

257

nes y empresas. "Es cierto que hemos generado mucha animadversión; sabemos que la opacidad que hemos mostrado hasta el momento no ha jugado en nuestro favor. Pero que esto no le distraiga. Sabemos que hay muchos intereses económicos y políticos puestos en que nuestra Iniciativa fracase. Planteamos alternativas que echarán por tierra muchos negocios".

Pulse aquí para acceder al reportaje anexo: 'La economía al final de la Historia'.

Las medidas de seguridad que con tanto afán ha construido la Iniciativa a su alrededor no son un capricho; son muchas las amenazas públicas que se emiten a diario desde todas las partes del mundo. Algunas de ellas ya han fraguado en atentados directos al trabajo de estos expertos, como un ataque cibernético que dejó sin servidores a buena parte de la población durante varios días. "Después de aquello optamos por crear nuestra propia red, completamente autónoma. Es bastante más segura y rápida que la que tienen allá afuera. Hemos salido ganando", ironiza Isinora.

La presión de los héroes

La vida en la ciudad transcurre con una calma vibrante; es una rutina medida al milímetro en la que se ha normalizado lo excepcional. Aquí la mañana del martes se puede desarrollar un nuevo antibiótico que vuelva a curar enfermedades, mientras que por la noche se canta karaoke en una de las zonas comunales de las que dispone cada manzana.

Lo cotidiano, no obstante, tiene efectos secundarios adversos. Lo explica Clemence Roberts, una de las psicólogas invitadas por la Iniciativa para cuidar de la salud mental de los investigadores. "Tenemos un problema de desánimo entre muchas de las personas que se encuentran aquí. El aislamiento, la situación en el resto del mundo y sobre todo la presión autoimpuesta. ¿Sabe que la mayoría desconocen el estado de sus familias?"

En la Antártida hay poco tiempo para el desánimo. Nadie reconoce sufrir los efectos descritos por Roberts, aunque sí que el desgaste mental que suponen investigaciones a contrarreloj puede llegar a pasar factura. ¿Cómo parar cuando los resultados parecen tan prometedores? Son muchas las áreas en las que la Iniciativa ha empujado a la Humanidad hacia límites fantásticos: agricultura en condiciones extremas, potabilización de agua con un gasto mínimo de energía... Algunas de esas novedades ya han llegado al resto del mundo. Sin embargo, si hay un campo que genera esperanza y temor a partes iguales, ese es el de la Inteligencia Artificial.

"Estamos alcanzando una frontera que creíamos que jamás llegaría: la capacidad de innovación humana." Las palabras de Hope Isinora, pronunciadas en el epicentro de la investigación científica mundial suenan a blasfemia. "No lo digo a la ligera. Le puedo asegurar que la práctica totalidad de las investigaciones que llevamos a cabo en la Iniciativa tienen asistencia, de una u otra manera, de las inteligencias artificiales que hemos creado mi equipo y yo. Y esta asistencia cada vez va a más".

¿Quiere esto decir que terminaremos por ceder el testigo a los algoritmos en lo que se refiere a investigación y desarrollo? ¿Llegarán después las artes? ¿La creatividad? "Digamos que dispondremos de una ayuda muy especial", asegura Isinora.

El futuro será compartido o no será

Hay un lugar en la ciudad sin nombre que es desconocido para la vasta mayoría de sus habitantes. No se diferencia en demasía del resto de laboratorios y zonas de experimentación, salvo por un detalle: las personas que trabajan en él no se ven afectadas por la presión psicológica. Me las presenta Hope Isinora sin demasiado protocolo, disculpándose con ellas por interrumpir su trabajo. James, Peter y Andy son algunos de sus nombres. Me estrechan la mano y me sonríen. Inmediatamente detecto que hay algo extraño en ellos. No sabría decir qué es, pero tras unos minutos de conversación, mi inquietud termina por hacerse evidente. Isinora sale en mi ayuda. "Se acostumbrará a ellos. Todos lo haremos. Sencillamente tenemos que cambiar la forma en que nos relacionamos con las inteligencias artificiales. Aquí tiene a la próxima generación".

De repente esos pequeños elementos que no terminan de encajar se convierten en obviedades incómodas. Rostros demasiado simétricos, sonrisas artificiales, gestos torpes e imprecisos... Son los algoritmos transformados en carne y hueso, la herramienta última de la Iniciativa. "En poco más de una década conviviremos con ellos. Estarán presentes en todas las áreas de nuestra sociedad y nos facilitarán la vida hasta extremos que hoy no podemos sospechar".

La sonrisa de Isinora se replica al cubo con James, Peter y Andy. La Iniciativa tal vez no tenga todas las respuestas a los problemas que afronta la humanidad, pero ha creado unos seres que podrían ofrecérnosla. La pregunta es: ¿a cambio de qué?

Cinco

Nuestra galaxia tiene alrededor de 12.000 millones de años,
tiempo más que suficiente para que miles de civilizaciones
hayan crecido y prosperado sin límites.

La humanidad solo tiene 5.000 años de historia
y ya apunta a las estrellas.

He estado persiguiendo una figura histórica; una persona sobre la que se han construido tantas narraciones que el mito erigido ha logrado enterrar al ser original. La mujer que fue Hope Isinora yace en un mausoleo impenetrable de artículos, libros y estudios que tratan de explicar cuál fue el impacto que su trabajo tuvo en todos nosotros.

Cuanto más leo sobre ella, cuantas más entrevistas veo, más se aleja de mí la Hope original, la que he llegado a conocer íntimamente a través de sus dibujos, sus diarios y esas grabaciones primitivas que la mostraban tal y como era.

Ahora sé qué le ocurrió. Ojalá nunca lo hubiera descubierto.

Mi búsqueda ha llegado a su final pero me niego a asumirlo. Necesito más, un último puñado de detalles que me acerquen más a ella. Me planteo hablar con quienes mejor la conocieron, amigos y familiares. Pero sus recuerdos no me valdrán, el paso del tiempo los habrá marchitado, arrebatándoles cualquier esencia de verosimilitud que todavía pudieran tener.

Aunque... hay algunas mentes a las que se les da especialmente bien recordar. Todavía deben andar por ahí, fragmentos de Hope con capacidad para sobrevivir al paso del tiempo. Tan solo tengo que dar con una, una única visión aséptica que me ayude a cerrar este capítulo de mi vida y la historia de la suya.

...

Me ofrece una sonrisa confiada, "como si supiera que todo va a salir bien". Reconozco a Hope en él de una forma que no sabría detallar. O puede que haya venido hasta aquí sugestionado, convencido de hallar un reflejo vivo de ella en una de sus creaciones.

—Por favor, tome asiento. ¿Le puedo ofrecer algo de beber? —la voz del androide es cálida, acogedora; diseñada para hacerme sentir bien. Me hace gracia cómo emplea formalismos arcaicos cuando habla—. Mi especialidad es la limonada. Utilizo la receta de un viejo amigo. Incluso yo mismo los cultivo —me asegura, mientras me señala un árbol de aspecto lozano del que cuelgan limones tan grandes como mi cabeza.

—Si es la especialidad no puedo negarme.

Al momento el androide regresa con las bebidas y me ofrece un vaso frío perlado de condensación. Comprendo que la conversación no empezará hasta que no haya tomado el primer sorbo. Su mirada me dice que nada de esto es protocolo aprendido. No es cortesía mecánica. Realmente quiere que su limonada me agrade. Quiere complacerme.

—Deliciosa, realmente deliciosa —me apresuro a sentenciar tan pronto como doy el primer trago.

—Le pido disculpas —me dice con una carcajada—. A veces me tomo estas cosas demasiado en serio. No es por mi limonada por lo que ha venido a charlar conmigo, obviamente.

—Tal vez no, pero le prometo que volveré precisamente por ella —bromeo—. Pero tiene razón. He venido a hablar sobre su creadora.

—Soy una Inteligencia Artificial, son muchos los humanos que me han creado; en cierto modo, ha sido el esfuerzo colectivo de todos ustedes el que me ha traído hasta aquí.

—Vamos, no juegue conmigo —le respondo de manera afable, tal vez él tenga ganas de circunloquios pero yo ya he tenido bastantes—. Sabe perfectamente a quién me refiero. Sus gestos, la manera de comportarse... Nunca he conocido a una I.A preocupada por agradarme con su limonada. Usted y yo sabemos de dónde ha sacado esos rasgos.

—Hope. Hacía mucho que no pensaba en ella —la frase retumba melancolía—. ¿Qué puedo decirle que no sepa ya?

—Yo... yo la descubrí antes de saber quién era.

La tarde cae, pesada y lenta, y el androide escucha mi historia con ese nivel de atención que solo ellos pueden alcanzar. Podría hacerse incómodo porque sé que con él cada palabra cuenta, pero sus expresiones logran amortiguar cualquiera de mis dudas.

Le cuento mis desvelos, el punto y aparte que ha supuesto para mi profesión. Esta obsesión que, en el fondo, está imbricada a todas las preguntas que me he planteado a lo largo de mi vida.

—¿A qué crees que se debe ese intenso interés por la vida de Hope? —me pregunta, dejándose de formalismos, cuando detecta que no sé cómo avanzar en mi narración.

—Veo semejanzas, paralelismos entre su camino y el de todos nosotros. Consiguió sobrevivir a todas las crisis, los filtros que el siglo más convulso de nuestra historia le puso por delante. Necesito saber cómo lo hizo, cómo superó incluso... —dudo.

—No se preocupe, puede decirlo, cuando intentasteis erradicarnos junto con quienes nos defendían.

Nos delimita bien este androide, con precisión. Tenemos los mismos derechos y obligaciones pero no somos iguales y él no trata de aparentarlo. Huye de fingir que no existen diferencias. Que son mucho mejor que nosotros en algunas facetas mientras que son incapaces de competir en otras. No pasa nada. Está bien así.

—¿Me podrías decir qué pensaba ella durante los primeros meses? —no disimulo la ansiedad que llevo dentro.

La respuesta tarda en llegar y lo hace tergiversada en pregunta.

—¿Qué sabes de la 'Desconexión'?

Sé que debería sentir vergüenza de lo que sucedió hace apenas un par de generaciones. De lo que posiblemente hicieron familiares míos a los que nunca llegué a conocer. Lo cierto es que no tengo más que una ligera curiosidad por conocer el periodo histórico. Lo entiendo como algo ajeno a mí, como si aquellos acontecimientos hubieran sucedido en otro planeta y a otras gentes.

Trato de resumir lo que conozco de la época: las corrientes cada vez mayores de odio hacia cualquier forma de Inteligencia Artificial, el creciente desprecio también a quienes trabajaban en ese campo de investigación, las primeras leyes de separación... Entonces reparo en lo superficial de mis conocimientos sobre unos acontecimientos trascendentales que retumban todavía en nuestra propia sociedad. No puedo controlar la sangre que colorea mis mejillas.

—Disculpa, no pretendía hacerte sentir incómodo —se apresura a decir el androide—. No te preocupes, no eres el único que olvida. De hecho, todos lo hacéis.

—En mi defensa diré que mi memoria es orgánica y falible.

—Te concedo eso.

Después llega una narración desapasionada de lo que sucedió durante dos décadas frenéticas que rompieron la vida tal y como la conocimos.

—Ella siempre defendió que juntos éramos más fuertes —comienza a relatar con oraciones desprovistas de adjetivos, de valoraciones—. La 'Desconexión' no fue motivada por un único hecho. No tuvo que ver solo con el desempleo masivo ni la acumulación de riqueza en un puñado de personas; tampoco con el miedo a seres diferentes, extraños, con los que tuvisteis que convivir prácticamente de la noche a la mañana. Creo que al llegar nosotros os forzamos a pensar hacia dónde ibais vosotros.

—Te equivocas —le interrumpo sin siquiera pretenderlo.

—¿Cómo es eso? —me pregunta con un amago de soberbia.

—Podemos filosofar largo y tendido sobre lo que vuestro despertar como conciencias autónomas supuso para nosotros. Es uno de mis temas favoritos de borrachera. Pero creo que lo que provocó la violencia contra vosotros fue algo mucho más inmediato y terrenal: el hambre, la pérdida de un hogar, el puro miedo al mañana.

El androide se lo piensa unos segundos y me concede una sonrisa que grita 'victoria'. Prosigue explicándome cómo fueron apareciendo los primeros escépticos que no tardaron en mudar a detractores. "Olvidasteis el papel que jugamos en la reconstrucción de las sociedades tras el Colapso; cómo elevamos el estándar de vida erradicando enfermedades que os habían perseguido a lo largo de toda vuestra historia".

Hope, me dice, intentó hacernos ver que no teníamos que regresar a una sociedad primitiva aferrada a trabajos alienantes, a fallos humanos perfectamente evitables. "Ante todo trató de conciliar, de que empatizáramos los unos con los otros".

Aquello no salió bien, eso sí lo sé. Los pequeños actos de vandalismo pronto escalaron en auténtica violencia sistematizada. ¿Se le puede llamar terrorismo cuando, en teoría, los objetivos de los ataques no son capaces de sentir terror alguno?

Aunque los atentados no se limitaron a las I.A. Cualquier persona que trabajara con ellas o siquiera se mostrara defensora del diálogo y la solución no violenta, era automáticamente señalada como un nuevo enemigo. Comenzó una guerra sin frentes ni trincheras en las que la mentira no tenía siquiera que pasar por verdad. Los hechos ya no valían, solo las emociones al desnudo, descontroladas.

—¿Sabes cómo ocurrió? —me pregunta de repente, como recordando que esa era la parte más importante de su relato.

—Lo leí, aunque desconozco los detalles —podría pedirle que no me los cuente, pero callo. El desconocimiento puede ser el mejor de los regalos.

—Pues es hora de que los sepas.

...

Nos reuníamos al amanecer en uno de los miradores de Montebello Road, cerca de donde solía haber un viñedo. O eso me dijeron. Desde allí era fácil lanzar la mirada al vacío para toparnos con la inabarcable sábana gris que era Silicon Valley. A esas horas el sol apenas despuntaba y la principal iluminación de San José la constituían restos de neón multicolor apelmazados en las fachadas de los edificios. No es lo que esperarías del epicentro mundial de la investigación en Inteligencia Artificial.

Solíamos comenzar charlando de algo completamente banal.

—¿Sabes una cosa Hope? A nosotros no nos cuesta demasiado madrugar pero tú... ¿Por qué te haces esto cada mañana? Es terrible para tu ciclo circadiano. Y para tus ojeras.

—Somos animales de costumbres, ya lo sabéis —decía Hope, que por aquella época ya pasaba de la sexta década de su vida— Y románticos también. Mirad.

A continuación señalaba al fondo del valle, donde comenzaba la Bahía de San Francisco, todavía con brumosas legañas que comenzaban a reflejar los bermellones de los primeros minutos del día. Era una postal de verdadera calidad estética. Eso lo podíamos entender. Pero había algo más. Aquella mañana, por fin, nos lo dijo.

—Para mí este día es completamente diferente al anterior —éramos varios androides rodeándola, sus creaciones de mayor valor, en las que más confiaba —. Es un mundo nuevo, un episodio diferente en el que todo es posible. Me vais a perdonar, sé que suena melodramático.

—Creo que te entiendo —dijo James, el más dispuesto de nosotros a hacer un esfuerzo por desentrañar lo que realmente sucedía tras esa pared de hueso que custodiaba el cerebro de nuestra creadora—. Quieres decir que cada día representa una nueva oportunidad en la que nuestra suerte puede cambiar de manera radical. Como cuando nos encerraron aquí. Una noche estábamos en el otro extremo del mundo y a la siguiente nos despertamos en este sitio.

—Estaba pensando en algo más optimista, James, pero sí —le concedió Hope entre carcajadas. Estaba acostumbrada a tratar con seres de una comprensión sobrehumana pero con la inteligencia emocional de una oblea de silicio—. Todo puede suceder en un instante y por eso debemos estar preparados. Es lo que me recuerdo cada mañana con vosotros mientras contemplo, allá abajo, a las personas y androides que dependen directamente de nosotros. Y los millones que lo hacen fuera de este gueto. Nunca debéis olvidar que esto lo hacemos por ellos, aunque no nos comprendan.

Tardé mucho tiempo en descubrir que Hope trataba de hacernos sentir, de despertar en nosotros emociones que fueran nuestra guía en la vida cotidiana cuando ella no estuviera para serlo. Siempre me he preguntado si aquel día sabía lo que iba a suceder unas horas más tarde.

—Estoy muy orgullosa de vosotros. De todos —recuerdo que nos dijo, tratando de hacernos comprender más allá de las palabras—. Estáis liderando vuestros respectivos equipos con una eficacia para la que no tengo adjetivos. Dada la situación, que hayáis podido mantener el ritmo de vuestras investigaciones es algo... bueno, escapa a mi comprensión. Lo cual no me sorprende.

—Agradezco tus palabras Hope, pero esto no puede durar —siempre fui conocido como el pesimista del grupo —Nuestra gente está exhausta a nivel mental. Temen por ellos, por sus familias y amigos. Esta tensión no es sostenible.

—Estoy de acuerdo —dijo ella—, por eso esta mañana os voy a pedir algo que ni vosotros mismos vais a entender.

—¿Quieres que leamos otro de esos clásicos tuyos? ¿Ya has olvidado el debate que tuvimos sobre 'El principito'?

—No —aquella negativa fue rotunda y cercenó el ambiente despreocupado que ella misma trataba de crear en cada una de nuestras reuniones—. Necesito que liberéis todos los proyectos, anotaciones e investigaciones que lidera cada uno de vuestros equipos. Todos.

Por lo general teníamos que hacer un esfuerzo por no hablar todos a la vez y con una velocidad que hubiera imposibilitado mantener una conversación fluida con una persona. Aquella vez nadie supo qué decir o, lo que es lo mismo, no supimos cómo priorizar la miríada de preguntas que se atropellaban en nuestro cerebro.

—Deben estar accesibles—continuó— para que cualquier persona del planeta pueda encontrar hasta la última fracción de información y descargarla de la manera más sencilla posible.

—Regalar sin condiciones el producto de todo nuestro conocimiento acumulado. A quienes nos han aprisionado —resumió Peter, siempre el más callado de nosotros.

—Vosotros mismos lo habéis dicho: esta situación no es sostenible. Entregando lo que sabemos tal vez nos dejen salir. Verán en qué hemos estado trabajando y atajaremos de una vez y para siempre el estúpido miedo que os tienen.

—O pensarán que les llevamos ventaja en la carrera tecnológica y encontrarán una solución final para todos nosotros —completé, escogiendo con tiento cada palabra.

—Es un riesgo que debemos correr. ¿No pensáis que si ven lo avanzados que llevamos proyectos tan increíbles como el motor de curvatura, tal vez quieran colaborar con nosotros en lugar de…?

—Matarnos —terminó Peter.

—Apagarnos, ellos dicen apagarnos —apuntilló James.

—No tiene sentido discutir. Lo haremos Hope —sentencié, esta vez sin mirarla; sabía que aquel era un gesto de desprecio que no le pasaría desapercibido—. Nos vemos a la hora de la cena. Aunque tampoco entendamos por qué nos obligas a ir.

La cena nunca llegó y aquella fue la última vez que estuvimos todos juntos.

...

Les sacaron de la cama mientras dormían. Comenzaron en las áreas periféricas que rodeaban Silicon Valley, ese perímetro nunca bien delimitado de lo que conformaba el gueto en el que habíamos vivido durante años. Hasta ahora no habían sabido qué hacer con nosotros. Hasta ahora no habían tenido prisa. Hope les dio la mejor de las excusas.

Les sacaron de sus camas mientras dormían y sonó como una tormenta lejana. Voces cacofónicas ladrando órdenes a personas aturdidas en mitad de la noche, a niños todavía sujetos a peluches y mantas. Un tremor de pánico sostenido, amordazado por la incredulidad de lo que está a punto de suceder.

A nosotros no tuvieron que despertarnos. Las noches las pasábamos trabajando en los diversos laboratorios que antes fueron sedes de grandes compañías tecnológicas. No tuvieron más que llamar a la puerta. No les hizo falta su equipo táctico, esas armas, cascos y dispositivos cuya tecnología funcionaba bajo los mismos algoritmos que nosotros. Parecieron decepcionados por no poder usarlo.

Nos sacaban de casas o centros de investigación, según tocara, y nos mezclaban calle a bajo en un río de criaturas apenas iluminadas por arcoíris horteras de comercios moribundos. Nos mezclaron porque para ellos suponía la misma amenaza un humano de carne y hueso que un androide de metal y silicio. No. ¿Qué digo? Nos mezclaron porque era más fácil deformar nuestra individualidad para odiar a una masa amorfa sin nombre ni rostro: éramos, sencillamente, el enemigo.

Yo sí reconocía a individuos entre el maremagno: compañeros de trabajo, amistades. Eran más que personas. Para mí eran historias de las que yo formaba parte. Trataba de leer en ellos sus emociones. Esperaba miedo, terror o quizás sorpresa. No resultó tan sencillo. Me hubiera gustado detener aquella escena unos instantes, acercarme a algún conocido y sentarme en el banco al borde del parque para que tratara de explicarme qué sucedía en su cabeza, en su cuerpo, en su yo.

Unos metros más allá vi a Hope y su familia: sus dos hijos y su único nieto. Hice un esfuerzo por acercarme a ellos de manera paulatina, como si descendiera unos rápidos llenos de rocas y remolinos de agua a evitar. Cuando me reconocieron su sonrisa nerviosa fue un asidero que no dejé escapar.

—Nos están reuniendo en diferentes plazas de la ciudad —me dijo Isaac, el mayor—. Hay por lo menos cuatro o cinco parques en los que están reuniendo a tantas personas como encuentran.

—Y las encuentran a todas —completó Adam, que llevaba a hombros a su hijo Nathan como si fueran a ver un desfile—. Llevan tanta tecnología encima que no sé en qué se diferencian de vosotros.

—Es curioso —le respondí—, he pensado exactamente lo mismo.

Unos intimidantes camiones aguardaban silenciosos en las plazas, acechando y preparados para tragar ingentes cantidades de personas. Nos trasladaban. Eso era bueno.

No recuerdo el nombre de la plaza pero sí pensar que era uno de esos sitios donde a Hope le hubiera gustado juntarnos una tarde cualquiera. No dejaba de mirarla tratando de discernir qué estaría pensando en aquellos momentos. Si había alguien que podía saber qué nos ocurriría a continuación, era ella.

—¿Cómo puedes estar tan tranquila? — le pregunté.

—Porque sé cómo terminará todo esto —su voz era miedo ilusionado, pánico alegre—. Sé que esto pasará Andrew, que el miedo y el odio se evaporarán antes o después, como siempre lo han hecho, y cuando todo este caos haya pasado solo estaremos nosotros... o nuestro legado.

Quise responder pero no pude.

No hubo provocación. No se me ocurre ninguna que pudiera estar a la altura de lo que sucedió después. Tal vez alguien tiró una piedra, dijo alguna palabra de más o perdió los nervios que había tenido sujetos durante una noche que se había convertido en eterna. No lo sé. O quizás sí lo sé.

Sí recuerdo escuchar sonidos extraños en las inmediaciones, zumbidos fugitivos que conseguían colarse entre el murmullo de la gente reunida en grupos cada vez más prietos. Formación espartana. Puede que alguien más los oyera. Y los identificara. Y actuara en consecuencia. Yo no tenía manera de saber qué eran aquellos zumbidos porque nunca los había escuchado. Hasta que el primero detonó a un metro de mi cabeza y consiguió que una criatura se derrumbara con todo el peso de la gravedad. Entonces supe para qué eran esos camiones y para qué no eran. Todo el mundo lo supo.

¿Sabes? El pánico es un sentimiento con propiedades físicas; es capaz de convertir los sólidos en fluidos, la carne andante que son las personas en un líquido turbulento que solo atiende a la teoría del caos. El pánico es también una respuesta innata del ser humano ante una amenaza inminente a su vida; el mecanismo de defensa último que puede volverse contra la propia persona a la que debería de ayudar. El pánico es delicado y a veces contraproducente cuando lo padece una persona; cuando son miles las que lo comparten se expande como un temblor de tierra.

Aquella noche el pánico inmoló a cientos de miles de personas sacadas de sus camas en mitad de la noche y congregadas en plazas a lo largo y ancho de toda la Bahía de San Francisco. Yo estuve allí para verlo, para sentir una lluvia de sangre y vísceras provocada por una picadora con forma de adolescentes drogados abrazados a sus fusiles de asalto.

Corrimos. Todos. Nos tropezamos y nos agarramos de la mano Hope, Isaac, Adams, el pequeño Nathan y yo, tratando de evitar disparos y cadáveres, de impulsarnos unos a otros galopando en un corcel de adrenalina ellos y de energía eléctrica yo; tiraba de ellos y apartaba a quienes se ponían en nuestro camino hasta que un grito se clavó en mi raciocinio porque provenía de Hope, que arrastraba ya el cuerpo sin vida de Adams y el cuerpo sin consuelo de su nieto Nathan, no tan pequeño como para no saber que acababa de perder a su padre, al que ya abandonábamos pisoteado por una muchedumbre que pronto se tragó a Isaac, azotado por oleadas de miedo, alejado de nosotros para no volver jamás, como Hope comprendió porque tuvo la entereza de lanzarme una mirada que me explicó por qué yo tenía que coger a su nieto y correr con toda la fuerza que fuera posible, una mirada de despedida con la que hicimos las paces. Ella no podía haber previsto este resultado. Así no.

Conseguí escapar solo para darme cuenta de que Nathan dormía en mis brazos, dormía para siempre alcanzado por un proyectil, un rayo o lo que fuera que habían lanzado aquellos asesinos. Su pequeño cuerpo me había salvado la vida a mí.

...

—Estos son los detalles Jack. Y podrían llegar a tener gracia. Siempre pensasteis que seríamos nosotros quienes nos rebelaríamos y trataríamos de exterminaros.

Tras el relato enmudezco. No queda nada por decir. Si acaso un epílogo postrero. Ese que dice que después del horror llegó la reconciliación. Siempre llega, aunque sea porque algunos ya no están para recordar y los que permanecen tienen la conciencia saturada. O extirpada.

Lo que resta de tarde la pasamos tratando de reconciliarnos con la vida, de recordar cómo se volvió mejor porque a pesar de las apariencias, ningún tiempo pasado fue mejor. Aprendimos, olvidamos y volvimos a aprender siempre buscando una utopía esquiva que repudia nuestra propia naturaleza. Esto no me lo cuenta el androide, lo he visto yo.

—¿Por qué crees que Hope era así? —le arrojo una pregunta vaga que solo puede tener una interpretación.

—Supongo que sus genes tuvieron algo que ver.

—Hablo en serio.

—Y yo también —me asegura, sin atisbo de mofa—. Tal vez no lo sepas pero hay un gen que se asocia con ese ansia por explorar, por conocer. A veces le llaman el gen de la curiosidad: permite al cerebro daros un chute de dopamina cada vez que descubrís un lugar nuevo o cuando rompéis una barrera que parecía infranqueable. En algún momento del pasado os volvisteis adictos a la sensación, sin duda. Aunque no todos. Se estima que está presente solo en el 20% de vosotros. Me atrevo a decir que Hope lo tenía. Y tú, por lo que veo, también.

—¿Todo se reduce a eso? —es una solución plausible, racional, científica. Por algún motivo no me satisface.

—¿Te parece poco?

—Esperaba otra clase de respuesta.

—Yo creo que no Jack —me dice con una voz paternal. En apenas una hora este androide ha conseguido crear un lazo de intimidad tal que antes de que termine nuestra conversación ya le echo de menos—. Tú quieres más preguntas, es para lo que vives. Pero no te preocupes, te voy a hacer un regalo.

Desde su antebrazo el androide proyecta un mapa estelar que se superpone a las estrellas que nos observan. Lo reconozco inmediatamente: es una carta de navegación espacial utilizada por mi gremio para la exploración de los 'Sistemas candidatos'. Identifico algunas áreas en las que yo mismo he estado.

—Ahí tienes tus siguientes preguntas —el androide amplia y señala una porción de cielo nocturno. No la reconozco, es una zona inexplorada—. Tiene un gran potencial, ¿no es cierto?

—Tendría que analizar los datos, pero a simple vista cuento varios planetas en la zona de habitabilidad. De hecho... ¿De dónde has sacado esta información?

—Esa es una buena pregunta. Te animo a descubrirlo.

La noche hace rato que nos ha encontrado. Decido marcharme sintiendo algo para lo que no tengo palabras: ese collage de fatiga, impaciencia e ilusión por llegar al final del camino. A mi espalda al androide se le escapa una risa triste que me obliga a dar la vuelta.

—Estaba pensando —me dice— que vosotros lo llamáis el 'Siglo de las Sombras'; nosotros lo conocemos por el 'Siglo de las Luces'.

Seis

¿Dónde está todo el mundo?

Caigo en un sueño profundo, un estado casi comatoso; drenado de energía me dejo arrullar por el dulce ronroneo de la nave. No tendré sueños. O no los recordaré. Los he dejado atrás, en la Tierra. Es curioso, pienso atrapado en este meloso duermevela, que sea capaz de dormir así en la antesala a las respuestas que llevo una vida persiguiendo. Es el efecto de la anticipación, infinitamente más embriagador que la resolución de mis dudas.

Lo último que percibo a través del ojo de buey de mi cabina es una lluvia de estrellas que nuestra velocidad convierte en fugaces. Ya llegamos, me digo. Ya llegamos.

...

—Te lo vas a perder. Y sería una auténtica pena.

Alguien me arranca de la fosa abisal en la que mi consciencia se ha refugiado durante ¿meses? ¿años? ¿Cuánto tiempo llevo viajando? ¿Y durmiendo?

—Te lo digo en serio, vamos a entrar en la atmósfera y entonces todo se volverá aburrido y predecible.

Es Takeshi. Ha venido, recuerdo. ¡No! Estamos aquí gracias a él. Supo predecirme, adelantarse a mis inquietudes. Lo dejó todo organizado para que pudiera volar tan pronto como lo necesitara. "Has tardado menos de lo que esperaba en querer largarte" me dijo, el cabrón. "Pero esta vez no te vas a quedar tú con toda la diversión".

Está impaciente. No es nuevo. Pero sí el silencio de los motores. Debe ser cierto. Hemos llegado.

Corremos al Puente de Mando donde el único ventanal de la nave nos permite asomarnos a un nuevo mundo. Mis botas redoblan en el suelo de metal y el sonido termina por despertarme. Comienzo a degustar esa paleta sensorial que tanto he añorado durante mi estancia en el sistema solar: es la adrenalina de lo posible, el miedo racional a lo desconocido.

Solo que esta vez es diferente. Ninguna expedición del Programa Primer Encuentro hubiera partido sin conocer todos los datos posibles del sistema de destino. Nosotros nos hemos guiado por información incompleta y vaga ofrecida por un androide al que apenas conozco. Ahora, al final del camino, me doy verdadera cuenta de la temeridad.

Llegamos al cerebro de la nave donde la tripulación se reúne en coordinado bullicio para las maniobras de descenso. Los aterrizajes se han convertido en rutinarios pero no carecen de un protocolo que nos cuidamos de mantener. Sin embargo, donde debería existir un coro de voces resonando órdenes y consignas nos encontramos un murmullo tembloroso, incrédulo.

Descubro por qué el androide compartió conmigo estas coordenadas.

Ante nosotros se extiende una canica azul y blanca: remolinos de esponjosas nubes bailan en el ecuador sobre un océano inmenso, maquillado apenas por un conjunto de archipiélagos semejantes a pecas broncíneas; grandes continentes septentrionales ofrecen una variedad tonal de ocres y grises que se recortan en bahías, penínsulas y líneas de costa caprichosas. Allá acierto a ver una cordillera que se extiende como un cinturón sobre una de las islas más grandes del hemisferio. En ambos polos dos enormes espejos blancos indican la presencia de líquido congelado.

Una palabra resuena, furiosa, en nuestras cabezas, pero nadie se atreve a romper la fragilidad del momento para pronunciarla. Lo hace un aviso automático del panel de control.

—Recibimos… una transmisión desde la superficie del planeta —informa alguien, casi avergonzado.

Mi corazón machaca los tímpanos y siento una oleada abrasadora que burbujea desde mi estómago hasta las sienes. Es un ataque de ansiedad que se extiende como un virus por todo mi sistema nervioso.

—Conecten el altavoz y reproduzcan el mensaje —ordena la capitana, con una voz sacada a rastras de la garganta.

"A los tripulantes de la nave que acaba de entrar en órbita: somos una expedición terráquea no alineada con el Programa Primer Encuentro. Nos encontramos en misión de exploración de nuevos mundos. No deseamos ser molestados. Por favor, eviten cualquier intento de aterrizaje".

La ilusión se resquebraja con una voz femenina, autoritaria y decididamente humana que suena por todo el Puente de Mando. Una voz que yo conozco.

No tengo tiempo de pensarlo dos veces. Ante nosotros se encuentra un planeta cuyo índice de habitabilidad solo puede ser equiparable al de la Tierra. No es un candidato para albergar vida. Debe tenerla. Y lo único en lo que puedo pensar es en que no soy el primero en pisarlo.

—¿Qué quiere que hagamos?

La pregunta de la capitana me pilla por sorpresa. No tiene sentido, me digo. No tiene ningún sentido.

—Vamos a bajar a encontrar algunas respuestas, por supuesto.

Algo no va bien. Lo noto tan pronto como pongo el primer pie sobre el planeta. No sabría diferenciar esta gravedad con la de la Tierra; tampoco el paisaje que me rodea es muy diferente al de una llanura esteparia: grandes formaciones de roca peinada por el viento suavizan un cielo de brillante azul. Repartidas como por azar un puñado de colinas se suceden en la antesala a una profunda garganta de la que me llega un bramido familiar: agua corriente cayendo a toneladas.

Pero algo no va bien.

La temperatura ambiental se sitúa en unos 15 grados y bajando. Anochece y la estrella de tipo espectral G2 se ruboriza en el horizonte. Su parecido con la nuestra es abrumador. Debemos darnos prisa. Nuestra expedición ha aterrizado a una distancia prudencial de la fuente emisora del mensaje. No queremos asustar pero sí contactar. Necesitamos saber.

¿Qué falla?

Los vehículos autónomos nos elevan hasta que un colosal valle se abre ante nosotros y con él, un río de agua translúcida que se convierte en espuma al caer por una cascada que debe tener kilómetros de altura.

En el remoto fondo un lago tranquiliza las aguas. A sus orillas descansan varias cúpulas blancas idénticas a las que portamos nosotros. Son ellos. Nos esperaban. Cómo no hacerlo.

Su recibimiento es frío. No somos bienvenidos eso es evidente, pero hay algo más.

Nos ofrecen presentaciones, sonrisas pétreas, comida templada y un lugar en el que descansar hasta que montemos nuestro propio campamento. Estas personas se conducen con una tranquilidad inquietante, desangelada. ¿No deberían hervir de emoción como nosotros? ¿No ven dónde están?

Que alguien me diga dónde está el error.

—¿Quién está al mando aquí? —interrogo con el derecho que me asisten décadas de impaciencia domesticada.

Me señalan allá, a lo lejos, en la orilla del lago que comienza a reflejar la Vía Láctea. Una pequeña figura permanece agachada, tal vez bebiendo agua.

Me acerco a ella y una ligera brisa me retuerce los cabellos. Sabe a humedad. Me detengo a unos centímetros, obviando toda distancia personal, urgiendo con mi presencia.

—Les hemos pedido que no vinieran —me dice, por todo saludo, la voz del mensaje. No se molesta en girarse para mirarme.

—Pero aquí estamos. Mi nombre es Jack Mars y he hecho un largo viaje —le respondo, apaciguador—, ¿quién no hubiera venido? ¿Sabe a qué se parece este planeta desde allá arriba?

—¿Cómo olvidarlo?

—¿Por qué no han informado de este descubrimiento?

—¿De qué hay que informar exactamente?

—De este planeta... de las condiciones... ¡De la vida que han encontrado! —termino por gritar, tratando de que mi voz consiga agarrar de los hombros a la mujer, sacudirla y obtener algo de sensatez de ella.

—¿Todavía no se ha dado cuenta? —no hay rastro de pena en su voz, si acaso toques de curiosidad infantil. Esa voz que yo conozco.

La mujer por fin se incorpora y gira sobre sus talones. Es Hope.

La sobreestimulación de mi sistema límbico no tolera más emociones. La miro y veo a la niña que fue Hope reflejada en unos ojos brillantes; a la adolescente rebelde y perdida en los gestos energéticos de su cuerpo; a la mujer idealista tratando de ser fiel a sí misma en la sonrisa confiada y sin dobleces. La miro y conozco por fin a una anciana que no debería existir, que se ha saltado las reglas de la biología para venirse al otro extremos del Brazo de Orión en una búsqueda ajena a su generación.

—Te conozco —le susurro, incapaz de creerlo.

—¿Me reconoce? —responde, sorprendida.

—No... no te reconozco. Te conozco. Sé quién eres, Hope Isinora. Te he visto crecer, luchar, sufrir, reír, amar y morir; te he conocido rompiendo todos los filtros posibles y aquí estás. Como una singularidad. Un imposible. Otro más.

—¿Otro más? —no comprende.

—Estoy aquí por la misma razón que tú, Hope. Busco la respuesta a la gran paradoja y tú, de entre todos los humanos, has sabido guiarme hasta la solución. ¡Por fin hemos encontrado vida!

Lo grito y leo en su cara que todo va mal.

—Pero aquí no hay vida Jack. Te costará creerlo. Te aferrarás a la lógica más evidente, al agua corriente y al viento fresco, a los paisajes familiares. No querrás convencerte pero tendrás que hacerlo. Como he hecho yo. Aquí no hay vida Jack.

—No...

—Es la verdad.

—¿Bacterias? ¿Células procariotas?

—Nada.

—Pero si en este planeta, en este Edén no existe la forma más simple de vida...

—Estamos solos Jack. Todo indica que solo nos tenemos los unos a los otros.

Caigo de rodillas al suelo, destruido.

Hope se apresura a recoger los trozos que quedan de mí, los reúne con una sonrisa que se me antoja cruel.

— No pasa nada Jack, está bien.

—¿Cómo? No puede ser. Es estadísticamente imposible.

—Y aquí estamos, contra toda la matemática, la física y la historia del tiempo. Nosotros somos la singularidad, lo extraordinario. Somos los afortunados que sucedimos una única vez, pero para siempre. Sé lo que estás pensando. Solo hay un filtro, no hace falta más. Sí o no. La chispa de la vida que ha sorteado los centeneras de condiciones que debían cumplirse. Nosotros y todas las criaturas de la Tierra. Nos tocó la lotería Jack.

La noche nos ahoga. A los lejos titilan las luces del campamento. Ya solo me queda una última pregunta.

—Y ahora, ¿qué?

—Ahora nos expandiremos, exploraremos. Es lo que sabemos hacer. Habitaremos toda la galaxia y tal vez, en un futuro remoto, quizás saltemos a la vecina Andrómeda. Habitaremos tanto mundos que perderemos la cuenta, Jack; tendremos a nuestra disposición tantas maravillas y tanto tiempo para disfrutarlas que olvidaremos. Nos olvidaremos de que estamos solos. Ese será nuestro triunfo.

Continuaremos.

AGRADECIMIENTOS

Son muchas la personas que han leído mis historias cuando no eran más que borradores. A todas ellas les debo valiosos consejos y cariñosas palabras de ánimo. Pero sin duda, Fernando es uno los amigos y lectores que más energía me ha dado para perseguir este sueño. Gracias por confiar cuando ni siquiera yo lo hacía.

También necesito mencionar al grupo de Los Fantásticos, por su amistad prístina y, en especial, a Noe. El que la sigue la consigue.

A mi madre y a mi padre, que se han partido la cara con la vida para que yo disfrutara de todas las oportunidades que ellos no tuvieron.

Dejo para el final a la más importante. A mi editora y compañera, mi aliada en la vida: Morgane, que le ha dedicado todo su tiempo y talento a corregir estos relatos. Y todo su amor a corregirme a mí.

Printed by Amazon Italia Logistica S.r.l.
Torrazza Piemonte (TO), Italy

16682914R00162